艾伦那：破茧成蝶

孙毓徽 著

天津出版传媒集团
百花文艺出版社

图书在版编目（CIP）数据

艾伦那：破茧成蝶 / 孙毓徽著 . -- 天津：百花文艺出版社，2022.3
ISBN 978-7-5306-8190-9

Ⅰ . ①艾… Ⅱ . ①孙… Ⅲ . ①幻想小说－中国－当代 Ⅳ . ① I247.5

中国版本图书馆 CIP 数据核字 (2021) 第 242975 号

艾伦那：破茧成蝶
AI LUNNA:POJIANCHENGDIE
孙毓徽 著

出 版 人：薛印胜
责任编辑：胡晓童
装帧设计：马 佳
出版发行：百花文艺出版社
地址：天津市和平区西康路 35 号 **邮编：**300051
电话传真：+86-22-23332651（发行部）
+86-22-23332656（总编室）
+86-22-23332478（邮购部）
网址：http://www.baihuawenyi.com
印刷：天津雅泽印刷有限公司
开本：880 × 1230 毫米 1/32
字数：290 千字
印张：13.375
版次：2022 年 3 月第 1 版
印次：2022 年 3 月第 1 次印刷
定价：58.00 元

如有印装质量问题，请与北京知库文化传媒有限公司联系调换
地址：北京市通州区北关世界侨商中心 7-2-1504
电话：（010）81528114 邮编：101149

目录
CONTENTS

目录
CONTENTS

目录
CONTENTS

楔子

祸乱之始

这是一个平静的夜晚。星光点点，万籁俱寂，星辰默默地俯视着大地。

“沙——沙——沙——”夜空下，远处传来了一阵脚步声。

“三百六十年前，这里也曾是这般祥和啊！”一位老者用庄重而沙哑的声音感慨道。在夜色中，隐约可以看到他身穿一件深蓝色的长袍，上面镶着星星图案的亮片，在一片黑暗中折射出点点星光。老者还戴着一个酷似蓝喉歌鸲的面具，造型精致，却有一道难以发现的裂痕。

“扑棱——”一只洁白如玉的鸽子向老者轻盈地飞来，宛如黑夜中的精灵。

“有什么消息吗，彗芒？”老者温柔地抚摸着它，边说边将一颗绿色的药丸塞到白鸽的嘴中。

被唤作“彗芒”的白鸽伸了伸脖子，把药丸吞下。片刻之后，它竟然开口道:“奇布，今天是嘉铭四年十二月三十一日，一年的最后一天。庆典很快就要开始了，你不去看看吗？”

“不急。”老者抬头望了望苍茫的夜空。

他是最后一个星际预言家——西格瑞特·奇布。星空能告诉他未来的一切，但他不能告诉其他人;他可以尝试改变未来，但他不想这么做。曾经,他为此付出过代价,已经不想再经历一遍了。想到这里，奇布摸了摸脸上的面具——在那道裂痕下，有一道更深、更痛的伤痕。

“奇布？”看着老者呆愣在那里，慧芒不解地问。

“走吧。”奇布回过头，看了看温顺地站在自己肩上的白鸽道。他慢慢地抬起手，闭上眼，感受那股来自星空的力量:“星启！”

他开口召唤法术，随后身体逐渐上升、前进，像一颗流星，消失在茫茫的夜色之中。

一路沉寂。很快，他们便到了庆典的举办地。

一年一度的庆典自然很热闹，但奇布到了之后并不进入，只是站在远处观望。片刻之后，他低声说:“慧芒，把卷轴给我。”

“嗯。”听到预言家的召唤，彗芒捋了捋羽毛，两张纸片掉了下来。

可是，奇布并没有接，只是匆匆看了一眼，便撕毁了。

“嗯？”彗芒有些吃惊，这个卷轴记录着一年之中所发生的重要事件，在此之前，奇布从未撕毁过。

彗芒想要开口询问，奇布却打断了它，沉声说:“走，我们得赶回去！封印出问题了！”

彗芒愣在原地，似乎想说点什么，但终究只是不解地眨眨眼，拍了拍翅膀，仅此而已。

很快，他们就伫立在封印旁边。同心圆、六芒星阵……那么熟悉，却那么破碎，只有远方的一道黑影……

“还是被他抢先了一步，”奇布缓缓蹲下，拂去地上的灰尘，废墟中有一块火红色、六边形的小东西闪闪发光，上面写着“归雀剑”三个字，他点了点，说，“但仍有希望。他释放了六魔王，抢走了诛魔剑，但没能夺走归雀剑和……”

“什么？”慧芒好奇地问。

“希望。”奇布露出一个神秘的笑容，不再说话，只是抬头望向星空。

重重黑影背后，仍然有一束温暖的阳光。

1

梦境疑团

黄昏，太阳正在缓缓下沉，但骤然间又定格在半空中。阳光撒在草地上，有个小女孩躺在上面，碧绿的草被她压倒了一大片。夕阳照到她的脸上，她缓缓地睁开眼睛，困惑地抬起头，环顾四方。

“这是……哪儿？”小女孩双手撑地，试图站起来，但因身下的殷红色的液体而滑倒，又跌倒在草丛中。

“唔……好疼……”她低声呻吟着，再一次试图站起来。但她太虚弱了，只得勉强蹲着并用双手撑在地上。突然一阵剧烈的晃动，女孩右肩上的肩章脱落，掉了下来，撞击到地面上的岩石，肩章上有一行字：影陌、晨曦王之女——艾伦那。

艾伦那觉得胳膊传来一阵剧痛，这才发现不知什么时候，右臂被划出了一道长长的口子，正不断地冒出鲜血。她连忙从上衣口袋中摸出绷带，包扎伤口，这一切对她而言似乎非常熟悉。很快，她便做完了简单处理，之后她捡起肩章，重新戴好，向前摸索着前进。

突然，她被一块石头绊倒，恰好在一道山坡上，只一瞬间，她滚落到了山脚，跌入了草丛中……

战火中的双方谁都没有注意到，草丛动了动，交战仍在继续。

尽管魔兵中的大多数已经战死，但自己带领的圣兵已经全部阵亡。

伦利亚皱了皱眉，魔兵还有几百人，不足为惧，但他们的头领伦塔森不仅毫发无伤，还在不断加强自己的力量。而自己已经身负重伤，打持久战断然不可！

“伦利亚，不如你投降吧。”伦塔森冷嘲着。

“做……做梦！”血液混合着汗水不断滴下，伦利亚只剩下了说话的力气。

这时，艾伦那醒了。她一眼便看到了已经是强弩之末的伦利亚，便心急如焚地疾冲出草丛，高声喊着：“妈妈！妈妈！”

“艾伦那？”伦利亚呼唤着女儿的乳名，焦急地喊：“这里很危险，快离开！”

“不！”

“哼，”伦塔森冷笑着汇聚力量，大喊：“无念魔神破！”

艾伦那闭上了眼睛，脱口而出：“守护之意！”随后，她发现自己正在缓缓上升……

竟然成功了？

艾伦那轻轻睁开眼睛，高兴极了。

伦塔森却愤怒了，他咬牙切齿地怒吼：“月圆？”

守护之意在月圆时筑起的防护罩拥有防御的绝对优势，一般的攻击都无法打破。

艾伦那摇了摇身负重伤的伦利亚，她无助地喊：“妈妈？妈妈？”

此时，伦利亚眉毛拧在了一起，脸色因为流血过多而愈发苍白。

艾伦那明白了什么。她用手凝聚些光与暗的力量，再将双手举到脸前，轻念魔法：“天僖！”

天僖技能可以恢复自己百分之百的体力，大概能恢复母亲六分之一的体力。

残存的魔兵已经开始逐渐包围防护罩，但伦利亚身上的伤痕也在消失。

待所有的魔兵都聚集在防护罩旁时，伦利亚已经恢复了一些体力，她站到防护罩中央，说："伦那，站到我身边。"

"好！"艾伦那连忙跑过去，站好。

伦利亚深吸口气，汇聚了全身的力量，喊道："魔碟飞舞！"

只见魔兵一个个倒下，化为数团黑雾。艾伦那有些紧张，生怕它们又变回去，但她的瞳孔中，包含更多的是对黑暗力量的敬畏。

"好……好厉害。"艾伦那喃喃地说。

"哼！别太得意！"伦塔森的脸色变得更加阴沉，墨色的眼眸瞬间变成了血红色，发出了大招，"万重·无念魔神破！"

强大的能量震碎了防护罩，伦利亚右手护住艾伦那，左手凝集了些暗影能量："幽兰盾！"但她立刻就感到情况不妙，忙把艾伦那推到了一边，右手也聚集了力量，"幽影！"

果然，幽兰盾根本无法承受伦塔森的攻击，碎成了千万片。

"唔……"伦利亚被击倒在地。

"妈妈！"尽管受伤的地方再次渗出血来，但艾伦那顾不了许多，想要冲到母亲身边。

"伦那，别过来……"

艾伦那跑到了母亲身边，扑倒在地。看着因受伤而虚弱的母亲，再也控制不住，哭出声来。她也想像妈妈那样凝聚强大的暗影能量，但她还是太小了，根本做不到。

“伦那……这个……给你。”伦利亚掏出一个蝴蝶形状的物品，塞进艾伦那的手里。

“影陌幽蝶？”艾伦那吃了一惊。显然，她知道这意味着什么。

“嗯。”伦利亚无力地笑了笑。

“哼，还真是感人啊！”伦塔森攥紧了拳头，“就让我再送你们一程吧！无影魔神破！”

就在这个危急关头，伦利亚用手肘撑地，摇摇晃晃地站了起来，拼尽最后一丝力气，喊道：“幽影！”

此时，艾伦那已经退到了远处，伦利亚迅速转过身，面向伦塔森，发出大招：“影陌·万魔熄灭！”

刹那间，以伦利亚的身体为中心，绽放出数朵湖蓝色的水晶兰！

那么美丽，却又那么凄凉。

那只是一瞬间的美景，却永远印在艾伦那的脑海中，挥之不去。

很快，水晶兰同时爆炸。火光中，艾伦那看到母亲一点点地消失。

“妈妈！”她向伦利亚跑去，但爆炸造成的冲击波把她推得更远……

一瞬间，伦塔森消失了，伦利亚消失了，战场消失了。艾伦那还没回过神，就已经被火焰包围。

“妈妈？妈妈！”惊恐之余，艾伦那没有意识到，伦利亚，已经牺牲了。

“妈妈……”等她回过神来，泪水喷涌而出。

悲痛、浓烟、高温……艾伦那再也坚持不住，倒在地上，昏了过去。

“伦那，伦那？醒一醒啊，伦那！”

多么熟悉的声音啊，是妈妈吗？

这是梦吧，妈妈，不已经逝去了吗？

如果是梦，我愿意永远做下去。

…… ……

“妈妈！”艾伦那从梦中惊醒，瞬间弹坐起来，又重重地躺了回去。“咚”的一声，床不满地发出声响。艾伦那再闭上眼睛，却怎么也睡不着，不由地叹了口气。妈妈已经去世五年了，但她怎么也忘不了当时的场景。正如她忘不了，自己仿佛诅咒一般的存在。这件事犹如扎在心中的一根针，越不愿意触碰，就出现得越频繁。

尽管已逐渐变得坚强，但还是忍不住悲伤。艾伦那睁开眼，无助地望向天花板，任由泪水流淌。

我是影陌、晨曦两王之女，我是史上第一个光暗系，我是预言中的灾星、诅咒。

数百年前，有一则预言:圣影交合，毁灭将至。所以吟德星系世代均视光、暗的属性结合为忌讳。

除了我和我的亲人，旁人只知道我是暗影系的，并不知道我的真实属性。

伦那，要坚强。妈妈曾经说过，眼泪解决不了问题。

我，艾伦那，一定，要坚强！

妈妈也不希望自己的女儿是个懦弱的人吧。

…… ……

艾伦那默默地自我安慰着，想要再睡已经是不能了，只好从床上起来。此时还是半夜，她坐在窗前的椅子上，双手放在桌子上，两眼望向夜空。尽管没有皎洁的明月，却有闪耀的星辰。

每当她睡不着时，就会凝望夜空中的星星。

书桌上摆放着一盆优雅的紫罗兰，浅绿色、长方形的电子钟靠在紫罗兰白色的陶瓷花盆上。闹钟的右边放着一个木制相框，里面放着艾伦那家族的全家福——爷爷艾延、奶奶英宁、外公伦安、外婆宋芬、妈妈伦利亚、舅舅伦冥、舅妈阿曜达、姑姑艾天岚、她、表妹伦霄，以及爸爸艾希。点点星光照在他们洋溢着微笑的照片上，却照不进艾伦那的心里，照不亮她失去亲人的阴影中。

爷爷奶奶、外公外婆，在妈妈牺牲后，也被伦塔森残忍杀害，先后阵亡了。姑姑在奶奶阵亡后，不久也……也……

糟糕……好痛，艾伦那扶住额头，脑海里竟然是一片空白。越想记得清楚，记得越模糊，特别是妈妈牺牲前的事情。

已经完全忘记了。

再想一遍，再想一遍，一定能记起来！可不管她怎么努力，都全无记忆。突然，大脑中出现了两只金色的眼睛。

“是……谁？”艾伦那皱紧了眉，拼了命想要想起这双眼睛的主人。

但刹那间，眼睛消失了。她的思绪又回到了家人身上。

姑姑失踪后，大概……六个月吧，有人在云岚星发现了她的尸体，应该是失踪不久便去世了，死因……不记得了。

自从姑姑的葬礼结束，她就没再见过爸爸。除了日常开销，她和爸爸没有更多来往。妈妈去世后，爸爸仿佛变了一个人，不关心她的学习，甚至没再跟她说过一句话，每天都把自己关在晨曦星的宫殿内，没有踏出一步。

可现在，她需要一个家，需要亲人的陪伴。

想着，鼻子一酸，眼泪又掉下来。不行！要坚强，要坚强……

正想着，放在桌上的手机亮了亮，是好友任伊彭发来了一条消息：“艾伦那，在吗？”

紧接着，又发来了一条：“额……才四点多……有人吗，有人吗？三分钟内没有回应我就下线了啊……”

果然是任伊彭的性格。艾伦那笑了笑，回复道：“在呢。”

“哇！你也没睡啊？”

艾伦那揉了揉眼睛，浮现出一丝苦笑，不禁在心里吐槽，谁像你似的，难道我跟你一样无聊吗？正想着，脑海中浮现出任伊彭早上上课时不断打哈欠的模样。

这时，伊彭又发来一条信息：“怎么了？出了什么事？”

艾伦那摇摇头，到底是好朋友，稍微有一点反常，对方都能察觉。但即便如此，以伊彭的性情，也不可能懂得自己。

有些问题，说出来才能解决。然而，记忆断层这件事，她更愿意保密。于是她回道：“没什么。倒是你，大晚上神神秘秘地做什么呢？”

“那个……我爸不是有一本雷电系技能入门的书嘛，现在我正在努力钻研呢。”

“没把你家拆了吧？”

“当然没，那个，别告诉我爸妈，他们会把我拆了的。”

“行。不过，我很羡慕你。”

“有吗？说实话，我还羡慕你呢。”

“好吧。你不是说你父母不让你学习雷电技能吗？”

“我从爸爸的书架上翻出来的，你知道，我奶奶就是雷电属性。”

“然后，雷电给你们家带来了灾难？”

“嗯。”

双方都沉默了。片刻之后，伊彭回应道:“学习它还是因为我喜欢这种神秘的力量。”

艾伦那自然懂得，尽管有危险，但因为热爱永不停歇，正如她也喜欢光暗混合带来的力量。她叹了口气，写道:“伊彭，我先去睡觉了。”

“好，我得把这些消息删了。”

真是……艾伦那摇摇头，也把自己的消息删除。

2

归雀剑

夜，耀光星中心城的城郊。西格瑞特·奇布正盘腿坐在草坪中央，等待着。四周分外寂静，即便彗芒拍打翅膀格外的轻，奇布仍然能听得清清楚楚。

“彗芒，过来。”他招着手说。

“咕咕——咕咕咕——”

“差点忘了你还不能开口说话。来，把这个吃了。”奇布从布袋里掏出一颗药丸，递到慧芒的嘴边。

彗芒把药丸吞下，伸了伸脖子，问:“奇布，有什么事？”

彗芒已经郁闷了很久。自从十三年前法阵被破坏，奇布就没再让它来过耀光星。尽管它早就学会了运用技能穿梭于整个吟德星系的任一星球。当然，奇布也未再离开过耀光星。按照他的话来说，只有耀光星能够庇护他了。彗芒觉得，奇布一定是被破坏法阵的人吓得不敢出耀光星了。

有那么恐怖吗？

奇布早就知道彗芒的郁闷，但他没空理会，因为此刻他有更重要的任务。

他低声自语:“只有这里，‘那个人’才看不到我所做的一切。”

“那个人？”彗芒疑惑地问。

“没什么。”奇布不再多言。不能让旁人知道，尽管彗芒不是“人”，但它最好也不要知道太多。

奇布从怀里摸出了一个正六边形的物件。

彗芒一看，便惊住了。

竟然是归雀剑！

“把它交给艾伦那。”奇布淡淡地说。

彗芒眨了眨眼，晃了晃脑袋，确定没听错后使劲拍了拍翅膀，道：“西格瑞特·奇布，你……你确定？诛魔剑已经丢了，你还要把归雀剑交给一个素不相识的十三岁的小女孩？”

“三个月后，艾伦那就满十四岁了。”

“可是——”

“她，更需要这把剑。”

“这不好吧……”

“执行我的命令，彗芒！”奇布用不容反驳的口吻说。

“是。”

嘀嘀——嘀嘀——

早晨，闹钟准时响起。艾伦那揉了揉眼睛，简单洗漱，换好校服后回到卧室，蓦然发现一只雪白的鸽子站在窗边的书桌上。而它正在打量着房间，打量着自己。

紫罗兰，六月开了花，大概是三月在温室里播的种。彗芒满意地点点头，又上下打量着艾伦那。淡紫色的长发，如同紫罗兰花瓣般深紫色的眼睛，厚重却泛着亮光，透出一丝温和。睫毛略长，鼻子稍小。淡红色的嘴唇笑起来一定很好看。

艾伦那也在观察彗芒。发现它正衔着一个火红色的六边形物体，腿上有一个金色的环状物，上面写着两个字：彗芒。

“你好，彗芒。”艾伦那顿了顿，“这是给我的吗？是谁让你给我的？”

“星之预言家——西格瑞特·奇布。”

艾伦那点点头，说：“哦，我听妈妈提起过。”

“那……你妈妈呢？”

小女孩眼睛中的亮光消失了。片刻之后，她淡淡地说：“她……五年前……战死了。”

“抱歉。”慧芒觉得有些不好意思。

“没事。这是……”

“归雀剑。奇布说它能帮到你。”

艾伦那愣了愣，说：“替我谢谢他。”

慧芒点了点头，似乎是在回应艾伦那的话。将归雀剑交给她之后，慧芒扇动翅膀从窗口飞了出去……

房间内，只剩下艾伦那，她紧盯着归雀剑，喃喃自语：“归雀剑……神器……圣器……”

因为记忆断层，对于归雀剑，她只有零星的记忆：“火属性……影陌……至关重要……守护……封印……”

无意中，她瞥了一眼电子钟，竟然已经七点了！如果再耽搁，肯定就错过校车了！艾伦那抓起书包，冲出房间，顺手边把归雀剑放进包里。

她不知道的是，有几个黑影在她走后围住了她的小屋，搜寻半天，却一无所获……

艾伦那小屋旁的白桦树上，一位老者正在轻轻抚摸着手中的蝴蝶状的物品。那几个黑影走后，他也来到艾伦那的小屋内。

“真是出乎意料啊！”妩媚而又诡异的女声从他的身后传来。

“我早该料到，你还会回来。”老者没有回头，但早已知道后面有人。

“西格瑞特·奇布，我劝你早点把影陌幽蝶交出来，否则……哼，魔使大人可是有几千种制服你的方法。”

“难道我会把影陌幽蝶交给你这个可恶的家伙吗？”

“哼！别敬酒不吃吃罚酒，看招！火焰矛！”

“星凝！”

火焰矛瞬间被瓦解。还没等神秘女子反应过来，奇布又发动了攻击：“星云空间！”

两个人来到了一个神秘的空间。

那是只属于西格瑞特·奇布的星云空间。

“星爆！”奇布抢占了先机。

“三百六十年了，你这家伙，还是这么……咳咳咳……”神秘女子猝不及防被击中，她一只手攥紧，另一只手则捂住受伤的腹部，说，“顽强！”

“多谢你的赞赏，但我不接受。”奇布冷冷地看着她，“我不想随便惹麻烦，也不想随随便便害死无辜的人。你回去吧，但不许动艾伦那的东西，也不许再打影陌幽蝶的主意。”

神秘的女子不再说话。

“收！”星云空间消失了。

神秘女子还是没说话，她一声不吭地离开了艾伦那的小屋，心里却想着：这样下去，难不成连魔使大人都没有办法制服这个强大的对手吗？

奇布把艾伦那的房间简单整理了一下，把影陌幽蝶放回原处。正打算离开，却发现地面上有一根头发。显然，这是那个神秘女子在战斗中掉下的。

红色的头发，但发梢是紫色的！

奇布皱起了眉头。

难道说……

奇布摇摇头，事情绝不能往这个方向发展！

派出了二当家来抢影陌幽蝶，那么，其他人不是信不过……

糟了，调虎离山！艾伦那有危险！

大意了！

但……为了不让“那个人”发现，他又不能离开这里。

只能听天由命了，但愿艾伦那和她的朋友能撑住……

奇布望向天空，但天空不能给予他想要的答案。

毕竟，白天看不了星象。奇布低下头，甚是无奈。

3
森幻星之旅

另一边，艾伦那一路小跑，终于赶上了校车，坐在任伊彭早已为她留好了座位上。

“呼……谢，谢谢，麻烦你了。”气喘吁吁的她向好友道谢。

“没事，之前都是你帮我留座位，朋友间互相帮忙是应该的。”任伊彭无所谓地耸耸肩。

“好吧。”艾伦那笑了笑，坐在座位上调整呼吸。

“对了，给你看一个东西。”任伊彭把深蓝色的书包拉链拉开，翻出一本很厚的书。祖母绿的封皮，上面印着几个橙色的大字——《雷电系技能入门》。

“哇。”艾伦那眉梢向上一扬，“你家太后和太上皇开恩了？”

“才不是呢，是靠我自己争取到的。”任伊彭不无得意地说。

“这就是你奶奶留下的那本？”

“据说还有别的，改天去学校的图书馆看看有没有这方面的资料。”

“好啊！”艾伦那应承下来，心里想着，可以顺便查找一下归雀剑和影陌幽蝶的资料。

再过几分钟就要开车了，就在这时，艾伦那听到一些异常陌生而又细小的声音。

“一切妥当？”

“麻醉药已经用了。摄像也毁了，昨天该发的消息也没发。”

“嗯，开始吧。”

正当她想仔细倾听的时候，一位男老师走上校车，站在前端说：“同学们，今天老师们调休，所以先布置一项综合作业。在这里说一下注意事项。我们这次去森幻星收集动植物样本，太空船票费及保险费由学校承担。去森幻星时要注意以下几点……”

艾伦那回过神来，忙从书包里翻出了记事本，认真地做笔记。任伊彭则随手翻起了书。其他的同学，大部分也像伊彭一样做着自己的事情，根本不记。

老师说完了注意事项后，又叮嘱道：“对了，同学们，这次一共要去七天。现在请大家领一下标本箱和船票，一号……”

报了一会儿，终于叫到了艾伦那的名字，她连忙上前，领取了属于她的紫色标本箱，上面写着八号。

“……二十一号，任伊彭……”伊彭的标本箱是淡蓝色的。

老师还在叫着同学们的号码和名字，但艾伦那发现，老师正在用一种奇怪的眼神看着自己。那目光让她觉得很不舒服。

奇怪，这是为什么呢？

伊彭突然叫艾伦那，打断了她的思绪：“艾伦那，这本书上记载着历届雷神的名字啊！”

“嗯？什么？”艾伦那的思绪还停留在老师奇怪的目光中，根本就没有注意好友说了什么。

“我是说这本书里记录了历届雷神的名字，从第一届、第二届、第三届……”正说着，伊彭疑惑地说，“咦？怎么都姓雷？修尔·雷、涟·雷、明·雷……如果我也成为雷神，是不是要被称为伊彭·雷？”

艾伦那笑了笑，说：“不太可能这么巧。应该是雷氏家族历代传承下来的位置吧。”

“额……不是说神位是公平竞争的吗？”

“嗯，成王败寇，是这样的，但作为一个家族，他们对于后代的训练一定很严格，所以才能传承下去。”

“也许吧。希望有一天有人能打破这个僵局。”

“你想做打破困局的人吗？”

“也许吧。”

艾伦那故意放慢了语速：“有些事，说——到——就——要——做——到。”

“啊啊啊……别说了。”任伊彭已经开始后悔为什么要许下这么宏大的志向。

看到好友的崩溃，艾伦那心情大好，说：“哈哈哈，好吧。走，去车门处抽个签，看看我们会去哪个区。”

任伊彭被艾伦那半推半拉地走到车门口。艾伦那抽了张签，上面写着：四十七。

她还没来得及和好友分享，就看见老师诡异地笑了一下。尽管只是短短一瞬，但诡异到了极点，让她愣在原地。

察觉到艾伦那的举动，走在前面的任伊彭回过头，问：“怎么了？”

艾伦那摇了摇头，连忙赶上去，说：“没什么，先回家准备一下，晚上在中央喷泉那里碰头。”

“嗯。”

艾伦那再回头，那个老师已经不再注意她……

这个老师太奇怪了，那个笑容让她感到诡异而疑惑。但她一整天都没时间细想，也没有再看到那位老师。带着疑惑，艾伦那回了家，还是等去了森幻星再说吧。

要去森幻星，老师提出的必备清单还是要提前准备好。伊彭有爸妈操持，艾伦那必须自己动手。她叹了口气，掏出记事本。

物品清单

1. 食物（不易腐烂）

2. 水（不必太多）

3. 运动服（两套以上，耐撕）

4. 药物

5. 创可贴、纱布、绷带等

6. 相机（或手机）

7. 标本箱（已发）

8. 武器

对于这一切，艾伦那早已熟门熟路，她从衣柜里找出两件深蓝色的厚外套。虽然现在已经是夏天，但森幻星的平均温度大概只有十摄氏度左右，还是带上厚外套比较保险。她把衣服叠好，放到床上，自己先换了白底蓝色条纹衫和灰色长裤，顺手把长发重新梳好。当她带着梳子和小镜子回到卧室时，就看到了任伊彭发来的消息："清单！太皇和太后急需！"

哎，这记性。艾伦那在心里吐槽着好友，但还是用手机拍下了物品清单的照片，给对方发了过去。收起手机，她出门买来面包、药物和绷带。还用剩余材料做了两个蛋糕，分别放在保温饭盒里。然后，她把药品和绷带分类放到便携药箱，再把衣服、食物、文具、标本箱和药箱分开放好。把船票和身份证放在书包的侧兜，另一边则装上水杯。

收拾妥当后，艾伦那松了口气。突然，她看到在黑暗之中闪闪发亮的影陌幽蝶和镶在蝶翼上的归雀剑。她犹豫片刻，还是把它们拿了起来。

“我向来不相信神灵。但……也许它们会庇护我，给我带来好运吧。”艾伦那喃喃自语，还是把它们放进包里，并刻意塞到最里面。

吃过晚饭后，艾伦那便赶到了中央喷泉。任伊彭早已等候多时了，她把浅紫色的头发梳成了又粗又长的麻花辫，换了一件上面涂鸦着五颜六色的抽象画、领子像旗袍、中间有颗棕色扣子的圆襟上衣，下身则搭了一条深蓝色的短裤，在膝盖上方收口，有一点像武术服，两边都有口袋，红色打底的低帮鞋拼着白色的鞋头，又配了白色鞋带，左手戴着一串用橄榄核做的手链。

看到艾伦那，伊彭向她挥挥手，说:“走吧！”

对于森幻星的好奇，早已让她们把记忆、家族、身世的问题抛在脑后。

记忆让人们相聚，却又带来痛苦。

忘却让人自由，却添上一份孤独。

艾伦那想回忆起过去，却不愿承受痛苦。

她想忘却，但黑暗，正逐渐靠近……

4 暗无天日

黑暗的地下室内。一个女子单膝跪在正中央，在她面前的是一片巨大的阴影，而令她心生恐惧的人正隐藏在这片阴影之下。

过了片刻，她强忍着恐惧，颤抖地说:“大……人，任务失败。影陌幽蝶……和归雀剑，都没能抢到。”

等待她的并不是暴怒，而是沉默。面前的黑影也没动。

死亡般的寂静，寂静到……能清楚地听见心脏急促跳动的声音。

似乎过了一年之久，她听见了一阵轻快的脚步声。

一个男人走了进来，和她一样，把披风一扬，单膝跪地。和她不同的是，男人不无骄傲地说:“魔使大人，成了。”

“嗯，起来吧。”黑影终于开了口，似乎很满意。

“是。”

她不禁望向旁边的男人。那人也不失时机地向她露出高傲的笑容。她冷着脸回过头，压根不想再看他那自负的笑容，心里却发着狠:“不就是把他们引到森幻星吗？‘蜂毒’夏礼鸿！没有你，我也能杀了艾伦那！”

看到对方的反应，蜂毒夏礼鸿也把脸转正，心里笑开了花："九尾火狐，你也有今天！"

魔使早已察觉到蜂毒和九尾火狐之间有矛盾，但还是联合了其他人与他们合作。缓和关系是不可能了，但利用这个矛盾他可以从中取利。九尾火狐提出亲自尝试黑暗元素试验版，如果成功了，她的属性会从火变到魔火，威力将大幅提升。蜂毒则献上了禁术，激活了六魔王。

哎，可惜了……魔使原本想的是势均力敌，没想到九尾火狐却失败了。

蜂毒见此情景，趁机说："大人，火狐是不是应该……"

魔使皱了皱眉。尽管蜂毒任务成功了，但也……太嚣张了。于是，他不动声色地说："你们都退下吧。"

火狐感到一阵庆幸，沉声说："是。"

蜂毒瞪大了眼睛，不敢置信地说："这……"

"嗯？"魔使反问，语气中透着威严。

蜂毒只好心有不甘地说："是。"

待两人走后，魔使弯弯右手食指，敲了敲面前的桌子。

"大人。"站立在旁的侍卫立刻上前听命。

"把秋叫来。"

"是。"

"等等。"

"什么事，大人？"

魔使血红色的眼睛陡然睁大，直盯着侍卫的眼。

这份压迫感让侍卫直冒冷汗，"扑通"一声跪在地上，颤抖地说："大……大人……"

“把这两片药吃了。”

“这……”侍卫自然知道魔使之命绝无反抗的可能，咬了咬牙，把药吞了下去。

魔使冷冷地说：“第一片，解毒；第二片，秘密。”

“谢……大人。”

“把秋叫来。”

“是，属下绝不泄密。”

过了一会儿，一阵轻盈的脚步声响起。

“秋。”

“属下已将猫眼带回。”

“嗯。”

“属下无能，银狼仍然不听劝告。”秋一边说一边偷偷打量着魔使的反应，见他不动声色，便接着说，“而且……属下没能找到圣光琉璃蝶。”

“这不怪你。”

“这……为什么？”

“西格瑞特·奇布不用全力就能把火狐打败，你任务失败很正常。”

“九尾大人处在重要阶段，用不了全部的力量。”

“我说了这不怪你。”

“谢大人。”

秋刚想起身，魔使又开口了：“给你个任务。”

秋慌忙又跪正，说：“是。”

“探听皇那里的动静，明天过来再给你任务。”

“是。”

魔使闭上眼，不再说话。

秋又跪了一会儿，思考了片刻之后才小心翼翼地开口说：“属……属下告退。”

“嗯。”

待秋走远了点，魔使又嘱咐道：“这几天注意点身体，别着凉了。”

秋转过身，魔使清楚地听见了她的披风发出了“哗啦”一下的响动。

“谢大人关照！”

“没什么，只是后面你的任务很重。”

“是。”

“还有，别总是‘大人大人’的，换个叫法。”

“属下恐怕不能这么做。”

“为什么？”魔使半是疑惑，半是威胁地问。

但秋平静地说：“属下不想随便招惹是非。”还没等魔使开口，秋又补上一句“属下告退”便头也不回地走了。

魔使的嘴角弯了弯。

秋，当真是有趣得很啊！

5

四十七区

按照学校的安排,艾伦那和任伊彭等一行人已经到了森幻星。

“阿嚏！阿……嚏！”刚走出休息舱，伊彭就连着打了好几个喷嚏，她连忙返回休息舱，从书包里翻出长裤和厚外套进了更衣间。

艾伦那看到好友的毛躁不禁摇了摇头，又见怪不怪地低下头研究起了地图。飞船连续飞行了两天，来到了离耀光星第九远且植被覆盖率最高的星球——森幻星。尽管已经有人类在此定居，但这个星球上的森林覆盖率仍然超过了百分之九十。现在，她们降落在森幻星的中央一区。艾伦那放下手里的地图，开始穿长靴，为出舱做准备。

森幻星整体被分成一百多个区，其中中央一到五区是科研与军事基地，全星球唯一的太空飞船站也在这里;开发六到十五区是居民和科研人员的居住地，全靠一到五区供电，同时为一到五区提供食物;建设十六到二十区，但都只是通了有轨电车其余近百个区更是连电车都没有通的荒地。

“一到四十七,”艾伦那在电子地图上轻轻点了一区，又点了一下四十七区，很快设备就给出了最短的路线，“坐电车到十九区，然后……走过去？电车大约十分钟就到了，不过，记下来徒步的部分……”

“要多久？”伊彭在里面听到路线，只穿了一只长袜就慌慌张张地跑出来问。

艾伦那用眼神示意伊彭坐到对面的木椅上，继续说下去：“走路大概要用一天半，这是最快的路线，要穿过四个区。”

伊彭穿好另一只长袜，想了想，说：“就这样吧，听起来挺容易的。”

“嗯。那咱们把书包拿上，去坐车吧。”艾伦那又顺手拿了两张电子地图，深吸了一口气，和好友踏上这一次的旅程。

真正开始在丛林之中徒步，她们才发现这并不容易。

艾伦那从未遇到这种情况，伊彭也是。说来好笑，现在她们面临的最大问题竟然是——如何从淤泥地之中拔出靴子！

此刻，艾伦那的心情极为沮丧。她修炼的是光与暗影系的法术，破坏力巨大，任何一个技能都能帮她扫开淤泥，但同时也有可能把靴子撕成碎片。她看了看遥远的干燥陆地，摇了摇头，还是放弃了牺牲靴子的念头。

任伊彭就更不用提了。她专攻的火系法术，能把泥直接烤干，若是那样的话，靴子就更不可能拔出来。电系？不行。艾伦那直接否定了这个想法。如果这家伙一不小心用错了技能，毕竟她只是个初学者，犯错的概率太大。更何况，人体本身就导电，后果不堪设想。算了，慢慢拔吧。

突然，眼前闪过一道电光。竟然是“奔雷”！

慌乱之下，艾伦那只好发动了“暗之盾”技能。几束较弱的雷电打在盾上，并没把盾打碎。

好险……如果是直面雷电，恐怕暗之盾无法抵挡。艾伦那叹了口气，自从妈妈去世后，她没再用过“守护之意”来保护自己，即便是在这种慌乱的时刻，也只是用暗之盾技能。

任伊彭完全没有注意到好友情绪上的变化，用奔雷劈开了一条小道，就招手说:“艾伦那，快点！”

“嗯。”艾伦那连忙应承道。

伊彭有些冲动，做事不顾后果，总是给她们带来意想不到的麻烦。现在在陌生的森幻星球上,一旦出了意外,后果将不堪设想。不过，艾伦那不得不承认，目前伊彭还没真的搞砸过什么事情。

看着任伊彭已经快步向前走去，艾伦那也不再胡思乱想，用力地从泥沼里拔出靴子，向前走去。

路面越来越干燥，任伊彭的速度也越来越快，艾伦那甚至有些跟不上了。

突然，伊彭停住脚步。在她身后的艾伦那光顾着快走，并没有注意到眼前赫然出现了一条河，差点掉进去。

“哎，你小心点啊！”任伊彭赶紧拉了她一下，有些发愁地看着河面，问，“那个，咱们怎么渡河啊？”

“这样吧，你去找水浅一点的地方，我在这里看着包。”

“嗯。”伊彭丢下书包就跑远了……

看着好友离开后，艾伦那若有所思地翻出了影陌幽蝶。拿在手里的幽蝶是个紫色蝴蝶形状的物件，蝴蝶的翅膀上有两个六边形的凹槽，侧面上有一条缝隙。

六边形。这个形状似乎产生一种莫名的熟悉，艾伦那仔细想着，难道是……

归雀剑！

当这三个字如同惊雷一样闪现在脑海中，她立刻拿出归雀剑，并放进影陌幽蝶左边的凹槽里。等了一会儿，却没有任何反应。

这样不对！想了想后，她又把归雀剑向右平移，只听见“咔嚓”一声，归雀剑果然严丝合缝地嵌进了凹槽。

影陌幽蝶，归雀剑……这两者之间究竟有什么关系呢？

就在她百思不得其解的时候，伊彭小步跑了回来。艾伦那手忙脚乱地把东西收好。

“艾伦那，那边可以……渡河。”任伊彭跑得有些气喘，但还是掩盖不了脸上的喜悦。

艾伦那把书包交给她，道：“好，那咱们走吧。”

找到了合适的渡河位置，很快，她们就抵达了河对岸。艾伦那看看时间，已经是中午了，也该吃点东西补充体力。她们找到一个相对比较平坦的地方，任伊彭负责去找些树枝，而艾伦那则待在原地研究地图。

她摆弄着手里的电子地图，可就在这个关键时刻，电子地图竟然失去了信号，最终只停留在三十九区的边境线上。

艾伦那记得很清楚，刚刚渡过的那条河是三十九区和三十一区的分割线。穿过三十九区后再经过三十二区和四十五区就能抵达她们的目的地。尽管电子地图没了信号，但后面应该不成问题。

片刻之后，伊彭抱着一堆树枝回来了。看到艾伦那沮丧的样子，她忙问：“怎么了？”

“唉，别提了，电子地图没信号了。”艾伦那双手一摊，无奈地说。

“啊！”伊彭发出了一声惊呼，立刻抢过电子地图，使劲摇晃起来，仿佛这样就可以晃出信号。

看着任伊彭这么暴躁的样子，艾伦那赶紧拦下，说："别弄了，还是先吃午饭吧。"

"好吧。哎，今天出门没看黄历啊，真是倒霉！"伊彭忍不住抱怨道。

"好了，好了。"艾伦那可不希望被这种小挫折打败，连忙转移话题，"我带了面包，你带了什么？"

她知道伊彭可是名副其实的"吃货"，尤其是已经徒步在森林里走了这么长时间，肯定饿坏了。果然，伊彭的眼睛立刻亮了起来，不无得意地说："多着呢，腊肉、压缩饼干、蔬果干……"

"好家伙，你是把家里的年货都搬来了吗？"

"额……那倒不是，我妈认为这些食物容易保存，利于咱们这种野外生存。"

嘴上虽然吐槽，但艾伦那心里还是佩服伊彭母亲的先见之明。她指了指被放在边上的树枝，说："那就有劳专攻雷火法术的伊彭点火吧。"

伊彭笑呵呵地说："好嘞！火花！"

随着她手指一点，树枝就被点燃了。两个女孩随意坐在一旁，开始享受着带来的美食。如果不是电子地图失去了信号，这顿午餐一定非常惬意且美味。不过，她们不知道的是，与此同时，远在光耀星的皇宫里已经乱作一团，引起混乱的原因就是这一次的森幻星之旅。

"什么？七年级一班所有同学全在森幻星失去了联系？这怎么可能？"吟德星系的皇——凯齐秉听到这个消息后简直不敢相信自己的耳朵，就连一对剑眉都拧在了一起，"森幻星上有着上百个卫星保障信号……来人，严查此事！”

侍卫领命之后转身离开。皇后琴亦听说后赶了过来，见丈夫眉头紧锁，再看匆忙离开的侍卫，已猜出了事态的严重性。她宽慰道:“秉，是森幻星的事吗？你放心吧，一定能找到他们的。”

“唉——”凯齐秉叹了口气，“琴亦，你是知道的，他们都是七年级的精英啊，怎么会这么悄无声息地失去消息呢？”

琴亦点了点头，说:“也是。幸好文亚在二班，没有跟着去。”

“但我还是希望他能更优秀些。”

琴亦体贴地说:“放心吧，我会督促他学习的，你先去忙你的。”

“嗯。”凯齐秉还在担心森幻星上的学生，只是淡淡地回应了一句。

这本该是一次皇宫内部比较隐秘的对话，却有第三双耳朵在听。听到琴亦离开后，她也悄声向宫门走去。到了宫门前，她随手亮出令牌。守门侍卫一齐行礼，恭敬地说:“秋大人走好。”

秋并没有回应，而是径直穿过皇宫外的街道，悄然走向一栋房屋，并转身进入地下室。

地下室很暗，只能看见他披着黑色的披风站在窗边，一缕微弱的阳光照在他银色的头发上，显得有些神秘。

听说，他只有二十三岁，却拥有最强大的黑暗力量。据传闻，他的银发也是因为长时间修炼暗黑魔法所导致的副作用。

秋进去后，他并没有做出任何反应，这倒让秋有些不知所措。她抓了抓自己深棕色的短发，单膝跪在地上，看着他的侧脸说:“禀报大人，皇发兵救援了。”

“这次任务办得不错。”银发男子微微一笑，但并没有看着秋，紧接着，微笑就变成了狞笑，“接下来，要去办正事了。秋，这件事还是你去办。”

刚才那一抹淡淡的微笑，太过短暂，甚至让秋以为不过是自己眼前出现了幻觉，可心里仍然希望能再次看见那醉人的微笑，而不是现在这种狰狞诡异的笑。

尽管心里的愿望那么强烈，可她又能如何呢？她只能低下头，咬了咬嘴唇，有些悲凉地说：“是。”

秋不知道的是，当她转身离开时，那双海蓝色的眼睛紧紧地注视着她，直至身影彻底消失……

秋走出了房子，不知何时，外面开始下起了小雨。望望灰蒙蒙的天空，她的思绪飘到了远方……

悄然站在一旁的属下看到秋的样子，提醒道：“大人，该行动了。”

秋并没有什么反应，而是将视线移向了空无一人的街道，似乎仍然沉浸在自己的思绪中，无法自拔。

“大人？”属下再次提醒道。

“知道了，趁现在没人，抓紧时间。”秋说完，又轻声叹了口气。

存在，究竟是为了什么呢……

如果消失，几乎没有人会注意到她……

6

危机四伏

艾伦那和任伊彭坐在河边慢慢享用这顿午餐，大大咧咧的伊彭还在感慨着速食的味道，艾伦那心里却产生了种种疑问和不安。按理说，电子地图不会无缘无故地失去信号，毕竟森幻星上早就全信号覆盖，不会出现这种情况。她突然想起发出旅行通知的老师那一抹诡异的笑容，心里不禁打了个激灵……

吃完饭后，艾伦那决定回去。伊彭虽然觉得她有些大惊小怪，但还是表示要共同进退。艾伦那没多说什么，收拾一下书包就准备出发。没想到的是，回去的道路似乎被一层隐形的屏障挡住了。

艾伦那心里大惊，伸手用手指触碰到屏障，立刻出现了一层层波纹，好似湖面上的涟漪一般。过了好一会儿，波纹才消失。她疑惑地喃喃自语："难道……回不去了？"

任伊彭也发现了奇怪之处，立即起身，向着屏障用力踹了过去。屏障毫无破绽，甚至还形成了反作用力，将伊彭震进了树丛中。

"伊彭，你还好吧？"艾伦那关心地问。

伊彭从树丛中钻出来，用手扫去头发上的树叶，有些不好意思地说："额……刚才是失误，我再试一次……"

艾伦那摇摇头说："别费劲了，咱们继续向前走吧。我觉得是有人要我们必须到达四十七区，只有到了那里，才知道到底是什么人在背后做小动作，也才能知道他们的目的。”

“嗯。”伊彭点了点头，也重视起来。收拾好背包，两个人迅速朝着目的地出发。

之后的几天，她们没有再遇到什么麻烦，顺利抵达四十七区。

“终于到了……”艾伦那看了看周围，确定没有任何危险，提议道，“咱们就在这里扎营吧。”

“没问题。”伊彭随手把书包放在地上，便进入丛林，捡了些树枝、石头和藤蔓。两个人做了简易营地，固定好帐篷之后，已到深夜。在星空之下，她们拖着疲惫的身躯进入了梦乡。

新的一天到来了，阳光透过树叶洒向大地，一切都是那么平静，那么美好。

在另一个地方却是另一番场景。两个女孩拼命奔跑，身后，是一个体形硕大的黑熊。显然，她们遇到了危险，正在逃命。

“梦……梦宁，那是什么……什么东西？”比较靠后的女孩气喘吁吁地问。

梦宁一边跑一边翻出手机，看了看，不禁哀叹道：“糟了，是三十八区首领。”

“地裂熊？”女孩露出了惊恐的表情。

“没错。正土——大地属性，防御力极强。”梦宁也露出了一丝惊慌，地裂熊有多厉害，她早就有所耳闻，完全没想到竟然会在这里碰到这么厉害的对手。

“梦宁，你不是风属性吗？风从木，木克土。我是火属性，不被克制，咱们可以合力试一试……”女孩已经筋疲力尽，这是她想到的唯一一个应对方法了。

梦宁却有另一番考虑，说:“我只能用风的加速技能，不可能打败它。”

女孩着急地说:“那你帮我一把啊，我实在是跑不动了！”

梦宁猛然转头，但速度并没有降下来。她冷静而残酷地吐出四个字:“自求多福。”

说罢，她没有再看那个可怜的女孩。梦宁知道，面对地裂熊，那个女孩没有任何存活的可能，所以不用眼睁睁地看着那么血腥的画面。同时，她也没有看到在远处还有一只绿莹莹的眼睛。

太阳虽然升起来了，但由于这里是树林深处，光线仍然非常微弱，在黑暗中眼睛会发出绿色光芒的，自然是狼了。盯着她们的并不是普通的狼，而是独眼狼王。原本它也想要偷袭这两个女孩，但地裂熊的出现扰乱了它原本的计划。很快，空气中就弥漫了浓郁的血腥味，明显是地裂熊得手了。既然如此，独眼狼王便回到了它的底盘——四十七区，准备寻找下一个猎物。

谁都不曾注意，就在这片树林中，一个棕发女子坐在粗壮的树枝上，静静地看着这一幕，心里不禁冷笑。

这些人啊，果然如此。背叛，自食其果，不可相信……

只不过，那个叫艾伦那的小姑娘，可能要被独眼狼王撕成碎片了……

棕发女孩又回头看了看树下的梦宁——七年级一班的文艺委员——李梦宁。

如此浓郁的阴暗面，是个可以利用的对象……

7

独眼狼王

在无形的危险中，时间过得飞快，眼看太阳又开始下沉。光，从林木间、绿叶间、指缝间，缓缓消失。此时，艾伦那和任伊彭早就回到了庇护所，正在享用晚餐。经过几天的徒步，她们都很疲倦，伊彭也显得非常安静。

突然，艾伦那看到自己的书包里不断闪烁出奇怪的光亮。她翻了翻，原来是影陌幽蝶的眼睛闪烁出光亮。

“艾伦那，那是什么？”伊彭好奇地问。

“影陌幽蝶，是我妈妈留给我的。”

关于艾伦那的身世，任伊彭大概了解一点，也清楚这是好友最不愿意提及的往事。她没有刨根问底，只是随口问道：“为什么这个东西会发光呢？”

“我也不知道。保险起见，我先去发个求救信号。”

艾伦那没有告诉好友，她隐约记得，母亲当时把影陌幽蝶交到自己手中时说过，按住，说出你的讯息……但她实在想不出这样做是为了什么。

就在这时，庇护所外传出一阵狼嚎。

艾伦那和任伊彭交换了一下眼神。两个人长时间的默契，不需要说出口便知道对方心里想的是什么。外面有狼，但现在整个四十七区的庇护所里只有她们两个人，必须要依靠自己解决眼前的危机。

走出庇护所，只见月色下，那一袭银色的毛发，一只绿莹莹的眼睛，嘴边还有几滴血……没错，正是独眼狼王！

伊彭暗自庆幸，她随身带了一把匕首，正好防身。可艾伦那两手空空，要怎么自保呢？她不禁有些着急，问："艾伦那，你带了武器吗？能保护好自己吗？"

"放心，我带了把剑，没有问题。"

任伊彭用眼角的余光扫了一眼，没看到艾伦那手里拿着剑啊！此刻她已经顾不了这么多了，先解决这家伙要紧。

独眼狼王狰狞着走来走去，打量着它的猎物。艾伦那一边用眼睛死死盯着独眼狼王，一边从幽蝶上取出一个火红色六边形的物体。轻轻一按，六边形就变成了一把长剑。剑身是银色的，剑柄是火红的，而剑柄和剑身之间的镡，是一大一小，血红色的月牙重叠构成。

伊彭把军刀抽出来，又点燃了一只木棒。她悄声说："这只狼，起码有四米高。"

"你看它的眼睛，有一只已经瞎了。不过这倒好辨认，它肯定是独眼狼王。"

"这么大，怎么对付它？"

"我想想……"艾伦那上下打量着狼王，皱眉思索了一会儿，道，"狼最大的优势在于速度和攻击力。它肯定觉得咱们这么小的体型，不是它的对手。我们可以……"

艾伦那在任伊彭耳边小声说了几句。伊彭的眼睛一亮，信心大增，说："试一试？"

“嗯。”艾伦那点了点头，“左右夹击，迅速找到它的弱点。”

伊彭听到后，迅速出击:“奔雷！”

霎时之间，数道闪电奔驰而去。但狼王只是轻轻一挥爪，就化解了闪电的攻势。

“阳旋！”伊彭再次发招。

又是随意一挥，攻击竟然被反射回来，朝着艾伦那的方向转移。

艾伦那快步闪到一边，说:“换我去近身攻击。伊彭，你负责干扰它！”

“明白。奔雷！”

伊彭连续发动奔雷去攻击狼王，尽管没有成功，但足够牵制狼王的精力。趁此时机，站在一边的艾伦那举起归雀剑，用力向狼王的后腿上一刺，想不到的是，独眼狼王后腿竟然坚硬如刚，根本刺不进去。

艾伦那忍不住骂道:“该死。这家伙是钢铁做的吗？”

“嗷呜——”狼王狞笑着甩开最后的雷电攻势，猛然用尾巴抽到正在攻击的艾伦那。

艾伦那被它的尾巴甩到，被打翻在地。她忍着疼痛，挣扎着站了起来。想不到独眼狼王竟然这么厉害，看样子想要在短时间内找到它的破绽不太容易。但艾伦那从来都不是个容易认输的人，既然独眼狼王浑身坚硬如铁，就连毛发都是硬茬，这倒给了艾伦那一个方便。

她用力抓住狼王后腿上的硬毛迅速向上爬。独眼狼王发现她的意图，想要依靠自身甩动的力量将她抛出去。可任伊彭又是接着连续发动奔雷攻势，让狼王顾此失彼……

终于，艾伦那顺着独眼狼王的毛发爬到了它的后背上。身体呈现匍匐的姿势，一只手紧紧抓住坚硬如题的毛发，另一只手举着归雀剑寻找它身体的最柔弱的地方。

眼睛？不管是什么物种，眼睛都是弱点，但对于独眼狼王而言却并不尽然，它的毛发太长，已经挡住了眼睛外露的地方，很难一击即中。

后背？不行，那里的毛发更长，根本也刺不进去。

就在这时，为了躲避奔雷攻势的袭击，也为了甩掉背部的艾伦那,独眼狼王突然扬了一下脖子。艾伦那脑海中灵光一闪,对了，就是这里！

电光闪石之间，艾伦那瞅准机会，用力地将归雀剑刺了进去，又迅速拔出。

果然，独眼狼王吃痛之下疯狂甩头，晃动身体。艾伦那被这股力量甩了出去，她站起来，手持归雀剑紧紧地盯着独眼狼王。伊彭看到好友得手之后，也快步闪到她的身边，防止这头猛兽在剧痛之下发了狂。

片刻之后，独眼狼王才遏制住痛苦。此时形势急转直下，想要战胜眼前这两个人，已经是不可能的事情了，不过，它仍然保持着狼王的骄傲，仰着脖子道:“人类！我会回来报仇雪恨的！”说罢，便转身离去。

“它……它怎么说话了？”任伊彭有些吃惊，过了好一会儿才反应过来，问，“艾伦那，你没事吧？”

刚才那场打斗，艾伦那和狼王几乎是正面过招，尤其是被它甩出去两次，不过好在都只是些皮外伤。她说:“没什么大事儿。”

“那就好。”伊彭松了口气，看着狼王离开的方向，有些不可思议地说，“它就这么走了？”

艾伦那也觉得有些不可思议，不知道狼王此番举动究竟出于什么原因。

独眼狼王和它的狼族部落一直在森幻星的丛林深处生活，可就在几天之前，森幻星中来了一群奇怪的人。那些人战斗力十分惊人，竟然将部落中其他的狼一一斩杀，独眼狼王拼尽全力才冲出重围。它此番攻击艾伦那和任伊彭，是遭受了重创后的报复行为。没想到的是，眼前这个不起眼的小姑娘，竟然拥有一种无法靠近的力量……

这些事情，艾伦那和任伊彭自然无从知晓。既然眼前的危险已经消除，她们终于可以放下心来。回到庇护所后，任伊彭准备休息，艾伦那想了想，说：“我还是先给学校先发个信息，汇报一下吧。”

她通过自身能力发送了一条讯息：“森幻星四十七区，独眼狼王，外围——ALN，RYP。”

8 讯 息

琴亦又看了一遍这条讯息，没有错，信号来源正是森幻星。比起前几次断断续续的求救，这次的讯息不仅精准还简洁。能如此连贯地发送文字，无论是设备，还是技术，都只有“那个人”才拥有的能力，可是，“那个人”在五年前已经……

琴亦永远都忘不了五年前发生的事情，那一天的种种，永远铭记在脑海里……

“那个人”是她最好的朋友——伦利亚，影陌之主。当时的她接收到一条来自烈阳星的信号，同样是准确简洁:“烈阳星，炎火盆地核心区——LLY。”

想到伦利亚，琴亦不禁陷入了回忆:在世人眼中，自己不过是一个家境贫寒的女孩，可是，伦利亚从没有流露出任何厌恶和鄙视，相反十分关心自己。哪怕曾经欺骗过她，她也不在意，仍然愿意提供帮助。在琴亦加冕为后的那天，数十名大臣联名反对。伦利亚出面担保，甚至亲自去劝解。这样僵持了一个月才压制了那些大臣，毕竟，反对的大臣之首正是她的父亲——伦安！她和她的父亲打赌，琴亦，比任何一个世家小姐都更出色！

正因为这个缘故，当她收到伦利亚的求救后，毫不犹豫地赶了过去。但她还是晚了一步，当她到达烈阳星的时候，只看到了伦利亚的尸身，和她年仅八岁的女儿——艾伦那。

她不知道这里曾经发生了什么，以伦利亚的能力却仍然没能自保，不难想象当时的打斗有多么惨烈。不过，年仅八岁的艾伦那竟然奇迹般地活了下来。琴亦想要去安抚这个不幸的孩子。就在这时，耳畔响起一个苍老的声音："不要去！不要留下把柄！"

这个声音，如同存活了上千年的银杏树，如同存留了上万年的化石，如同存在了上亿年的恒星。她心里一惊，向远处望去，只见那里站着一个老者。

负责保护的侍卫以为是敌人，立刻做好战斗准备。琴亦抬了一下手，示意他们放下武器。

苍老的声音再次响起："殿下，我是西格瑞特·奇布，参加过三百六十年前的圣战。"

这句话引起了侍卫的哗然。三百六十年前的圣战，几乎是一个传奇，参与其中的所有人都成了传说。过了好一阵子，喧嚣才渐渐停止。老者的声音再次响起："星凝。星云空间。"

突然，侍卫消失了，喧嚣消失了。琴亦知道，这是老者通过法术制造的结界。

他说："把这个孩子带回去，交给她的父亲。政务交给伦冥。"

"为什——"琴亦有些不解地问，但话刚说了一半，就被打断了。

"我不便说。"老者沉吟了一下，又补上一句，"请你相信我。这里是星云空间，因为我静止了时间，不方便细谈。"

"好，我相信你。"琴亦郑重地点了点头，过了一会儿，问，"但请你告诉我，利亚为什么会死？"

“有人想要她的一件东西，我不方便说。”

“是谁？”

“不能说。”老者的脸色暗了几分，“我走了。”

说罢，西格瑞特·奇布随手一挥，结界消失了，侍卫们的低语又回荡在琴亦的耳畔。她有些恍惚，刚才那段交谈仿佛是在梦境一般。虽然那段交谈非常短暂，但至少也有三五分钟，侍卫竟然毫无反应。换作平时，哪怕她只消失了几秒钟，回来时都不会是这种景象。想来，这就是老者所谓的时间凝固的法术了。关于政务这件事，交给伦冥是为什么呢？她不明白。她隐隐约约能感觉到，这个决定有利于她。

到了后半夜，她又收到了一条讯息：“危机解除——ALN、RYP。”

她有些吃惊，危机解除，也就意味着独眼狼王不在了，难道……独眼狼王死了？

独眼狼王是森幻星物种中翘楚的存在，狼族作战百战百胜，而它自己也是十分优秀的首领。如果想彻底消灭狼族，至少需要三千人，而且是皇族精兵。

以艾伦那的实力根本不可能做到。除非……是一种由心而发的畏惧……

这一夜，琴亦都没有休息好，心里总是惦记着这件事情。第二天一早，琴亦就起身准备做点什么。森幻星常年低温，现在信号设备都已经损毁，更让人担忧。她招呼道：“来人。”

侍卫连忙上前，行了一礼，道：“殿下，请您指示。”

“我还能调动多少兵力？”

侍卫想了想，说：“五十。”

“嗯？”琴亦眉头一皱，有些莫名，问，“五周前，我还可以调动‘天羽军’。如果我没记错的话，目前为止被支开的一共有四百五十人，而天羽军一共有六千人，分别是步兵、飞兵和炮兵，怎么会只有五十人？”

“禀殿下，十天前，几名大臣联名上书，废除了天羽军，而这六千人早已被分到不同的军区，恐怕难以召回。”侍卫不卑不亢地说，“是哪些人，殿下比谁都清楚。”

侍卫的态度，让琴亦非常满意，她端起木桌上的茶盏，道：“知道了。”

“属下告退。”

“等等，”琴亦喝了一口茶，说，“把小安和小鸿叫来。”

侍卫连忙停住脚步，但听到皇后这样说，有些为难地说：“殿下，这……”

“没关系，我自有分寸。”

“是。”

侍卫转身离开，片刻之后，两个棕发男子走入大殿。

他们正是小安和小鸿，既是臣子，也是皇后的堂弟。刚刚被大臣们上书的琴亦此时见自家亲属，定会被有心人利用，这也正是侍卫感到担心的地方。不过两位堂弟颇懂礼数，先行过臣子礼后，又行了一个亲人礼。

琴亦微微一笑，招呼道：“小安小鸿，不必多礼。”

两个男子也笑着抬起头，才有了一些亲人见面该有的温暖。

琴亦看了看四周，吩咐道：“闲杂人等都退下吧。来，咱们姐弟三人到里间去叙旧，那里凉快。”

“全听姐姐吩咐。”二人齐声应道。

9
凯文亚的回忆

大殿又变得空荡荡的，突然，最左侧第一个房间的大门打开了一条缝。一个十三岁左右的金发男孩先小心翼翼地探出头来，确定没有人后蹿了出来，快步溜出大殿。大殿外面有一片树林，闪身绕过之后，他双手攀住石墙凹凸的地方，双脚用力一蹬，轻快地爬了上去，再飞身跃下。

终于溜了出去，他翻过了银白色的宫墙后，用“虚影”法术向皇宫后方的密林跑去。轻快地穿过灌木丛，来到密林中心。这里有一座小木屋，是他此行的目的地。

走到小木屋近前，他停下来，轻轻地敲了敲门。

很快，门就开了，走出来的是一名老者。

“老师！”男孩毕恭毕敬地鞠了个躬，语气中有些兴奋。

“是文亚啊，进来吧。”老者不慌不忙，把男孩引进屋，问，“喝点什么？有新泡的茶。”

“不用了，我喝点水就行了。”男孩擦了擦额头上的汗，说。

“很快就要期末考了，你怎么还乱跑？”老者口气和蔼，并不是责怪。

“老师，妈妈都把我关在家里三天了，除了上学哪儿都不能去。

今天她和舅舅们谈事情，我才有机会出来。”文亚还是有些孩子气，和熟悉的人在一起时，不禁撒起娇来。

老者微微一笑，说：“十四岁考试对你很重要，你是皇储，自然要比任何人优秀。”

“我明白。老师，这次主要考什么？”

“你们老师没讲吗？”老者有些奇怪地问。

“没有。最近学校出事了。”

“什么事？”

“我听一班老师讲的，说他们班的学生在森幻星都失联了。”

老者沉默了。艾伦那他们失联了？最近事情太多了，竟然无暇顾及此事。不过，他并没有表现出来，还是不要让凯文亚掺和进来，“那些人”他会注意的。

凯文亚的声音打断了他的思路。他看了看四周，问：“老师，彗芒在哪儿？”

“哦，它去找吃的了。”老者心不在焉地应了一声，“凯文亚，你先回皇宫吧。考试的话一般分为两块——文科和武科，文科就是你在学校学的知识，占七成，武科就是到其他星球上收集指定的材料。”

文亚看老者似乎有心事，也觉得没有了兴致，便说：“好吧，老师，那再见喽！”

老者还是有些不放心，嘱咐道：“最近不要管这些杂事，专心学习！”

凯文亚挥了挥手，边走边说：“知道了！”

直到他回宫殿，母亲和舅舅们的谈话还没有结束。文亚想了想，悄悄向最接近正殿的房间走去，他实在太好奇了，想听听究竟发生了什么事情值得母亲花费这么长的时间和舅舅沟通。正走着，突然瞥见正殿的桌上有东西闪了几下亮。他拿起来一看，是琴亦昨天晚上看的信息:“森幻星四十七区，独眼狼王，外围——ALN，RYP。”“危机解除——ALN、RYP。”

ALN、RYP？这又是谁？是一班的同学吗？

可以查一查，或许能够得到一些有用的线索呢！

凯文亚记住了这几个字母，溜进房间，翻出他的电子学校档案，把字母输进去。

ALN——艾伦那

RYP——任伊彭

对任伊彭没有印象，应该是十岁大考转进来的。而艾伦那这个名字，竟然非常熟悉……

凯文亚搜索着脑海中的回忆。突然想起七年前的春天，当时他岁数小，还没到上学的年龄，经常溜出宫。也就是那个时候，他认识了一位老者，常常会教他一些神灵系的招式，比如“虚影”，能够提高他的速度。

他很高兴，学会了这个招式，他能去的地方更多了。父母知道这件事情之后并未横加阻拦，只是有些担心他跑得太远而迷路，就给他戴上电子手环，方便追踪他的位置。在那之后，他就戴着手环在耀光星乱逛。

正逢各个星球的王爵来耀光星拜会皇——凯齐秉，文亚也难得有时间四处转转。那一天，他走过一片树林，发现了树林背后有一个带院子的小屋。屋子的墙面刷了一层白漆，屋顶上是红色的瓦片。红白相间，煞是好看。

就在此时，从屋子中走出来两个女孩，一个岁数稍大一点，将浅紫色的头发扎了一条马尾辫。另一个年纪小点的则是梅红色的头发扎成两个羊角辫。他生怕自己的行踪被发现，连忙爬到树上，用树枝遮挡住自己，透过树叶间的缝隙观察她们。

两个女孩说说笑笑的，过了一会儿，紫发女孩开始练剑，小女孩则在院子里玩着滑梯，玩累了就坐在滑梯上，偶尔喊一句："姐姐真厉害！"

紫发女孩没有停下，说："霄儿，你也多练练。"

小女孩撒着娇："不嘛不嘛，我要再玩一会儿。"

这时，屋子里又走出来一名男子。一头深紫偏蓝色的头发，一双海蓝色的眼睛，他的个子不高，也不是很强壮。凯文亚一眼就认出他是"影陌王"伦利亚的哥哥——伦冥。他亲切地说："小朋友们，蛋糕做好了，要去吃吗？"

紫发女孩笑了笑，说："不用了，舅舅。我还得接着练剑，再说了，妈妈说我不能吃太多蛋糕。"

小点的女孩扑在伦冥身上撒娇说："爸，给姐姐留一块吧，我要进去吃了。"

伦冥笑着说："好吧，小公主。"

艾伦那也笑笑，道："好，那给我留一块吧。"

伦冥放了个小蛋糕在滑梯旁的木桌上，说："小艾，要劳逸结合啊！"

"知道了。"

伦冥和伦霄进屋后，艾伦那并没有继续练剑，而是面向凯文亚藏身的大树喊道："喂，坐在树上的那个家伙，你可以下来了。"

被发现了？凯文亚十分无奈，一跃而下，走进了院子。

艾伦那有些警惕地问："你是谁？"

“耀光星皇储——凯文亚。”

“我不信。”艾伦那冷笑一声，“给我证据。”

“那要告诉我你是谁。”

“影陌王、晨曦王之女——艾伦那。”

“给我证据。”

“好吧。”艾伦那把肩章卸下，按了几个键，然后把它向凯文亚伸过去，“别眨眼。”

肩章上果然显示出这些字。凯文亚有些慌了，自己也要像她那样展示出来吗？

艾伦那似乎看出了什么，先开口道：“不用了，我相信你，皇储。”说完，就转身离开。

“等等！”凯文亚追了上去，一边跑一边拆下肩章，着急地说，“艾伦那，我给你看！”

没想到，匆忙间，他被栅栏绊了一个踉跄，手里的肩章飞了出去。艾伦那连忙纵身一跃，接住了肩章，也越过栅栏，跳到凯文亚身边。她关心地问：“你没事吧？”

“没……没事。”凯文亚也没想到在一个女孩子面前会这样丢脸，无措地理了理金色的头发，又尴尬地挠了挠头。

艾伦那笑了一下，说：“走吧，尝尝我舅妈做的巧克力蛋糕，味道很不错。”

“啊……谢谢。”

“不客气。”

除了她和西格瑞特·奇布，再也没有遇见过能够在得知身份后仍然不卑不亢地面对他的人——凯文亚知道，百姓们对他只有远观和敬畏，大臣们只会表面“尊敬”，但心中不屑。

不过……她在森幻星失联了，还能见到她吗？

10
归　雀

不知不觉，艾伦那和任伊彭已经在森幻星四十七区待了四五天，可是她们发送过讯息，也试图寻找其他同学，都没有什么结果。眼看带来的东西越来越少，艾伦那也开始有些担心，她清点所剩的食物，准备返回。虽然不确定那道屏障是否仍在，但她仍然决定回去。

如果回去，或许还能找到出路，如果再在四十七区等下去，独眼狼王随时都会向她们发起突袭，这对她们而言实在很危险。

她一边想，一边心不在焉地数着东西。

“面包一小袋，六块；水果干一袋，放这里；唉，伊彭带的腊肉没了……”数着数着，她眼前一亮，高兴地大喊：“找到了！”

“找到了什么？”伊彭刚刚在营帐外练习法术，听到艾伦那的喊声，连忙走了进来。

艾伦那神秘一笑，说：“你猜？”

伊彭一脸茫然，艾伦那缓缓揭开紫色塑料盒的盖子，一股奶油的甜香从盒中溢出。伊彭的眼睛睁大了，不敢相信地大喊：“蛋糕！”

“咱们晚上再吃，先去收拾一下东西。”

“哦，好吧”伊彭有些失望，但她知道好友说的是对的。

“喂，别磨叽了，咱们早去早回，你就能早点吃上蛋糕啦！”

艾伦那率先走出简易帐篷，任伊彭也只好跟着她走了出去。但当她们回帐篷时，却看见让她们始料未及的一幕。

“蛋糕！”艾伦那发出了一声惊呼。

蛋糕盒早已被啄坏，盖子上满是洞，被随意丢弃在一旁。一只火红色的小鸟正在吃只剩下四分之一的蛋糕。

“天呐！我的晚饭！”任伊彭比艾伦那还要激动，一跃而起，直扑小鸟。小鸟被吓了一跳，扑腾两下翅膀就飞出帐篷。她们赶紧追了上去。鸟儿飞得时高时低，但无论如何，艾伦那与任伊彭的攻击都打不中。待飞到一片空旷的地方，小鸟猛地在空中转了个身，吐出浓密的黑烟。

“小心烟雾！”艾伦那赶紧捂住口鼻，同时右手逆时针画了个半圆，“阳旋！”

她连续使用了好几次阳旋法术，才将烟雾彻底驱散，小鸟早已不见踪迹。

没有办法，她们只好先回到营地。进了帐篷之后，艾伦那从包里摸出影陌幽蝶，这才发现原本嵌在影陌幽蝶上的归雀剑不见了。她焦急地叫出了声:“糟糕！归雀剑不见了！”

“一定是被那只鸟带走了！”伊彭当然知道归雀剑于艾伦那的重要性，也很着急。

“唉，没办法了，现在也找不到那只该死的鸟了！”艾伦那有些伤心，也有些沮丧，那毕竟是她保留的为数不多的和母亲有关的物件了。

直到晚饭时间，艾伦那都闷闷不乐。伊彭点燃了营火，有一搭没一搭地跟她说话，见艾伦那心不在焉，就开始替她想办法。

艾伦那完全没有了吃蛋糕的心思。她感觉归雀剑与很多东西都有关，可怎么也想不起来，妈妈好像说过什么，她却不记得了，拼命去想也只是感觉头很痛，大脑仍然是一片空白。

从亲人们的离去，想到影陌一族和影陌幽蝶，再想到晨曦一族和圣光琉璃蝶……现在又多了一个归雀剑……

她隐隐感到，秘密，正在一点点展开，可她万分迷茫，没有一丝头绪。

正在这时，任伊彭突然开口道："艾伦那，我有办法找回归雀剑。"

"什么办法？"

…… ……

深夜，营地外的篝火逐渐熄灭。那只红色的小鸟打探了一会儿，才飞进了帐篷。

艾伦那正靠着帐篷闭眼假寐，突然听见了一阵轻微的拍打翅膀的声音，她立刻警觉起来。

小鸟先是围着伊彭绕了两圈，见她没有动静。它便向帐篷中间的巧克力蛋糕径直飞去。

上套了！

艾伦那眯着眼，用余光看到这一幕后，趁着小鸟用嘴"叮叮"地敲打着蛋糕外的防护罩时，悄悄把帐篷的拉链拉上。小鸟听到了异常的声音，回头一看，艾伦那还靠在帐篷"闭"着眼，伊彭还在简易的地铺上睡觉，只有帐篷的拉链不知什么时候被拉上了。它正打算出去，但突然看到了艾伦那的身份肩章。

难道是……她？

它飞了过去。

艾伦那的眼睛一直都留着一条缝隙，看到小鸟向她飞来，赶紧闭紧眼睛。小鸟并没有啄她，而是又发出了一阵“叮叮”的声音。

这是小鸟用嘴输入密码的声音。就在刚才，它的瞳孔通过了检测。难道……小鸟猛然跳了起来，扑打着翅膀，使劲地啄艾伦那。

就是她！就是她！

艾伦那不知道发生了什么，可在这种情况下想要装睡已经不可能了，便睁开眼。同时，右手汇聚了一些能量，随时准备攻击。

“啾？”小鸟看到她一副戒备的样子，想了想，就飞到艾伦那的书包那里，翻出了影陌幽蝶。

艾伦那回头看看肩章，意外地发现，上面显示着自己的身份！

身份肩章，只有王侯和皇室才拥有，一般情况下，普通人是看不到的。像任伊彭就看不到她的肩章，但家人和其他封侯的家庭就能看到。肩章也有一个弱点，当它被识别后，就会显现出来。这只小鸟是怎么做到的？

与此同时，小鸟把影陌幽蝶拖了过来，并放在艾伦那的眼前。

“你是谁？”艾伦那觉得这样有点傻，但还是继续问了下去，“归雀剑在哪？”

“啾？”小鸟眨眨眼，身体开始发光。眨眼之间，小鸟不见了，只剩下归雀剑。艾伦那刚想拿住它，它又变回了小鸟。

“你就是……归雀剑？”艾伦那怀疑自己眼花了。

“啾。”小鸟点点头，顺便用金黄色的爪子摁住了幽蝶侧面最上面的一个紫色按钮，叫：“啾啾啾啾啾啾……”

艾伦那心里很崩溃，她完全不懂鸟语！这鸟能像慧芒那样说人话吗？

突然，一阵声音响起，正是从影陌幽蝶里发出的："没错，我就是归雀剑的剑灵——涅槃，不过鉴于我还在小形态的状态下，就叫我归雀吧。"

"好吧。"原来影陌幽蝶还能充当翻译器使用。

"还有，看在我睡了三百六十年没吃东西的份上，把巧克力蛋糕再分我一些吧。"

看归雀那无辜的小眼神，艾伦那差点就说出"全都给你好了"。但她想了想，放弃了这个想法，毕竟她们也没有太多余粮了。她狠了狠心，道："只能给你四分之一。"

就在这时，任伊彭醒了。她揉了揉眼睛，问："艾伦那，那只小鸟抓住了？"

艾伦那愣了愣，说："额……这只小鸟就是归雀剑，准确来说，它是归雀剑的剑灵——归雀。"

"那……"

任伊彭还没说完，艾伦那赶紧打断她说："先吃蛋糕吧。"

看到伊彭和归雀去吃蛋糕了，艾伦那仿佛听见了一个神秘的声音，在脑海里回荡。

"秘密是守不住的……"

是谁！

"秘密。你可以把我当成你的第二人格。"

你究竟是谁！

神秘的声音消失了。

奇怪，为什么会感到这么大的敌意？为什么这个家伙说话的声音明明很大，伊彭和归雀却听不见？还有，我身上到底有什么秘密？

11
回　家

无论如何，先离开森幻星再说，这是艾伦那和任伊彭的共识。分享完蛋糕之后，她们就出发了。因为有了归雀，她们的话题就围绕着它展开，一边走，一边聊，旅途倒也轻松。

“归雀，你是公的还是母的？不对不对，你是雌的还是雄的？”

“啾！”归雀用力戳了一下任伊彭的脑袋，用艾伦那别在腰间的影陌幽蝶翻译，“我是女的！我不是家禽！”

艾伦那有些无语，为了解救好友，便递给归雀一块面包。小鸟坐在艾伦那头上，吃起面包。

“那……归雀，你有亲人吗？”伊彭问。

“有啊，我有一个姐姐，它叫诛魔，是诛魔剑剑灵。”

“它很厉害吗？”艾伦那插了一句。

“它——”归雀愣了愣，自己有多少年没跟姐姐比试了？

“怎样？”任伊彭也好奇起来。

“和我一样厉害！绝对的！”归雀一边说一边用翅膀拍着胸脯。

“切。”

艾伦那又听到了那个声音，心下一惊，下意识地环顾四周。

不是任伊彭，不是归雀，更不是她自己。

“别乱看了，是我，你的第二人格。”

艾伦那定了定神，在心里问，你到底是谁？

“秘密。”

过了半分钟，艾伦那发现声音没再响起，注意力才回到谈话上。伊彭还在发问，归雀还在回答，没有任何不同，也没有任何异常。

“归雀，你多少岁了？”这个问题让归雀生气了，狠狠地被啄了一下她的脑袋。任伊彭抱怨着，“痛死了！你怎么总是啄我？”

“我是神兽，年龄不重要！”

“分明是太老了，或者是记性太差了吧……”伊彭口无遮拦，让归雀啄得更狠了，不由大叫，“哎，疼疼疼！我错了，我错了！”

见归雀去啄任伊彭了，艾伦那把头发重新梳理一遍，扫落归雀吃剩下的面包屑。

这两个活宝……

走了几天后，她们终于回到了屏障所在的地方。果然，看到了半透明的屏障，还隐约看到屏障里有人在击打屏障。

“喂喂喂，能看到我们吗？”伊彭使劲挥手，可击打着屏障的圣兵对此毫无反应。

“这是单向镜面的屏障。”艾伦那想了想，又加上一句，“如果能打开一个缺口的话，应该就可以看到咱们了。”

“切。”脑海内的声音再次响起。

又是你这家伙。

“你以为，就你们那三脚猫的功夫能把回影屏障打破？”

切，你以为我有这么弱吗？

“艾伦那，就凭你们是做不到的。”那声音终于不再充满嘲讽，而是非常认真地说。

不试试怎么知道结果呢?

“你……”它还想再说些什么。

但艾伦那已经不想在听下去了，她心里愤恨地想:给我闭嘴。第二人格到底是怎么回事，烦死人了!

果然，脑海内的声音停止了，似乎同样也可以被艾伦那本人控制。

“艾伦那，准备合力攻击屏障吧。”

“好。”

“三,二,一，奔雷！”任伊彭汇聚了点能量就转换成雷电打了出去。

“魔影阳旋！”艾伦那把光暗力量汇聚在右手上，连续向同一个点攻击。

“看本神兽的！焚天箭雨！”但下一秒它就感到不对，“咳咳咳……”

“归雀，怎么了？”艾伦那一边攻击，一边用影陌幽蝶翻译归雀的话。

“没……没什么，螺旋火焰！”归雀继续发动攻击。

很快，屏障上就出现一个小洞，立刻就有圣兵赶来。艾伦那暗暗松了口气，手上却没有停止攻击。

“归雀，你变回剑吧，被人看到可能不太好。”

“啾，啾啾。”归雀变回归雀剑，艾伦那把它和影陌幽蝶放回了书包。

等到屏障打开，她们看到了许多家长。有伊彭的父母，但没有艾伦那的父亲。她有些失望，对这种情况却也习惯了。

伊彭的母亲看到女儿的身影，抱住她哭得稀里哗啦，任伊彭也同样号啕大哭，她的父亲站在一旁安慰着。艾伦那则穿过嘈杂的人群，找了个僻静的角落坐下，轻叹口气，望向天空。

“你是艾伦那吧？”身后突然响起一个女人温柔的声音。

艾伦那猛转过头，待看清眼前的人是谁后，鞠了个躬，恭敬地说：“琴殿下。”

“艾伦那，不必多礼，头抬起来吧。”

“这……”艾伦那有些顾忌，毕竟眼前的是耀光星的皇后琴亦。

“祭之风。”琴亦使用了一点法术。

艾伦那的脑袋竟然自动抬了起来，她吃惊地问：“这是？”

“我是神秘系的，这是个秘密，只有我的亲人、丈夫和儿子知道。”琴亦笑了笑，说，“现在又多了一个人。艾伦那，你会帮我保守秘密吗？”

“我会的。”艾伦那仍然有些警惕。

“别担心，我和你的妈妈是好朋友。”

艾伦那点了点头，妈妈好像提过琴亦这个名字。

“虽然我不熟悉艾希，但我知道，你父亲这么做一定有他的原因。”

“谢殿下。”

“我先走了，有空可以来宫殿找我。小凯也该认识一些学霸，他总是在学习上不用功。”

小凯？艾伦那心里疑惑着。

“小凯就是我的儿子——凯文亚。”

天啊，殿下会读心术吗？

“神秘系的人都会一些特殊的法术，只是不被世人理解。”

等到琴亦走后，艾伦那开始回想她说的话。凯文亚，好熟悉的名字……

突然，远处传来任伊彭的声音：“艾伦那，你在哪？咱们要回去了！”

艾伦那从角落溜出来，应承道：“走吧。”

12

暗黑·梦宁

又回到了“正常”的生活，但他们发现，原来六十多个人的班级，到最后只剩下了二十个人，其他人基本都离开了这个世界。

最惨的是明姗，她被地裂熊……更奇怪的是，她的宝贝挂饰也不见了。还有，梦宁生死不明，让其他人都担心不已。

“但愿她还活着，她要回来，保险公司就免于破产了。”伊彭不合时宜地开了句玩笑，可其他同学根本没有什么反应。

教室里空荡荡的，班主任本来想从二班调点人，但校长委婉地拒绝了：“六月中旬了，再过两个半月就面临十四岁大考，现在做出调整，彼此都不适应。再说，老师们都在忙着出十四岁大考和十六岁毕业考的‘千分卷’，还要重新选三成的武考场地，腾不出时间和人手啊……”

所以，现在教室里几乎是死一般的沉寂。艾伦那用眼神示意她不要再说了。现在，大家的心情都不好，就算是幸存者，也有几个人因为遇见某区首领而受到惊吓和伤害，班里只剩下了十四个人。所有人脸色都阴阴的，四天后，他们要去祭奠逝去的同学。这实在不是一个能够随意开玩笑的时刻。

几天后，就在大家祭奠逝者时，梦宁，带着明姗的挂坠——

金色瑶梦，回来了。

对于临时班长艾伦那来说，这是个天大的好消息，尽管在表面上毫无波澜，可心里十分高兴。毕竟森幻星之旅让同学们受到重挫，他们很难从阴影中走出来。梦宁的归来，唤醒了沉默已久的同学们。

艾伦那并不知道，“梦宁”心里提不起一丝感情。在森幻星上，她已经死了，现在，这个身躯内被注入了一个傀儡般的灵魂。原本堆积在心中的黑暗爆发了，这才是无穷无尽的力量！无论是梦宁，还是她的父母，所有不好的情绪产生的黑暗都可以为她所用。

至于梦宁昔日的同学和伙伴之间的感情，这个“梦宁”毫无感觉。她只在意他们心中的黑暗。那个叫艾伦那的女生可以被吸收不少，可惜的是，她体内的光明成分太多了，阻碍了自己。同时，梦宁原本的性格也在左右着她。虽然这可以形成伪装，但阻碍了榨取黑暗的速度。

真是烦人。为了榨取黑暗献给大人，换回她的永生。顺带着满足她内心深处的破坏欲。

不过，她也时常会在心里产生这样的困惑：“我”是谁？为什么“我”要存在？只一瞬间，就有了答案：我是暗黑·梦宁，我要吸取黑暗，我要强大，让他人畏惧，臣服于我！

“梦宁，要不要去图书馆？”耳边传来一个声音，她回头一看，是任伊彭和艾伦那走了过来。

这是吸收艾伦那的黑暗能量的好机会！暗黑·梦宁在心里警告着，本体，你可不要烦我。

是你不要烦我才对！尽管爸妈天天应酬、吵架、闹离婚，但也比你好！我要控制我自己的身躯！本体梦宁在她体内嘶吼着。

梦宁稳了稳神，用平时冷冷的口吻说："不用了。"

"那好吧，我们先去了。"伊彭拉着艾伦那离开了。

等她们走远后，暗黑·梦宁愤怒了。

本体，看你干的好事！有了艾伦那的黑暗能量，至少我能打败这个学校的其他学生，甚至老师，难道你不想打败他们吗？

打败他们又有什么用！能改变我的生活吗？

迎来的是暗黑·梦宁的冷笑。

梦宁只感到一阵天旋地转，教室消失了，只剩下一片紫红色的雾。这时，暗黑·梦宁的声音从四面八方传来，齐齐钻进了她的耳朵中，冲击着她的大脑。

"本体，力量可以改变你的生活，让你的家复原，得到你想要的一切……在这里好好想想吧……在想好之前，我不会放你出去的。"

"这是什么地方？"梦宁十分害怕，恐惧在她的身体中蔓延、扩大，甚至在吞噬她。

暗黑·梦宁的回答却出人意料："哈哈哈……这是你的心啊，你黑暗又贪婪的心！正因为这样，我才可以得到你的能量！现在，和我融为一体吧！哈哈哈！"

黑暗侵蚀了梦宁的最后一丝光亮。梦宁看到光在消失，恐惧在增强。

"啊——"

最后，本体梦宁消失了，她和暗黑·梦宁已经成为同一个人，站在浓雾之中，再也不会感到害怕。

梦宁看了看充满了黑暗的双手，脸上浮现出了邪恶的微笑，说："力量！我渴望黑暗的力量！"

13

最后一本书

“艾伦那，梦宁是不是有心理问题？”进入图书馆后，任伊彭还在想着刚才看到梦宁时的场景，觉得有些奇怪。

艾伦那从顶层的书柜拿下一本厚厚的历史书，顺手从底层书柜中拉出来一本化学辅助教材，放在白桦木桌子旁边的书堆上，溅起了大片大片的灰尘。她拍了拍，顺口答道：“我怎么知道。”

再过五天就是期末考试，现在她可没心思关心那些问题。她只知道，这次去森幻星浪费了六七天的复习时间，而且期末考试要全年级排名，她才不想将自己维持了七年的年级第一拱手让给其他同学。

只是……她的成绩，父亲能看见吗？

任伊彭有些不满，说：“艾伦那，能别背书了吗？去森幻星之前，我就能把全套教材背得滚瓜烂熟了。你就不能不背了吗？”

“历史书，第六百一十八页，有一个机关。上面有一排闪电的图案。我启动不了，也许你可以试试。”说着，艾伦那把几本书搬到了自己身旁，“自己慢慢试吧。”

看到艾伦那开始复习，伊彭只好翻起了这本《吟德大历史》。一边翻，她心里一边想，听说奶奶很喜欢历史，我怎么就没遗传这一点呢？翻到六百一十八页，真的有一排闪电图案，便问：“喂，你是怎么知道的？”

“偶然翻到的。”艾伦那随口答道。其实，这是她威逼利诱了第二人格一整天才知道如何使用蝶心化眼来找资料。不过，她这样做也是为了自己的考试成绩能继续保持年级第一。

整个年级三百多个人，一分之差就有可能拉开几个人的距离，也决定能否拿到奖学金和奖杯。尤其是奖金，对艾伦那来说非常重要。如果抽不出时间打工，她就必须靠奖学金来生活。尽管父亲每个月转给她生活费，可如果学校搞活动，就要让家长额外支付费用。幸好目前为止她总能找到零工，银行卡里也存下了一些钱。

就在这时，历史书发出了亮光，飞了起来，向阅览室深处飞了过去。

艾伦那与任伊彭同时起身，对视一眼，齐声道：“走。”

书飞得时高时低，她们一路飞奔。幸好这几天阅览室的老师生病了，也没有其他同学。最后，历史书飞到一个杂物间门口，停了下来。艾伦那抓住历史书，同伊彭进了房间。

房间内，一本祖母绿色的封皮上有烫金大字的图书摆在正中。她们不禁屏住了呼吸，想必这就是历史书带她们来的目的了。

艾伦那尽量保持镇定，但声音还是有些颤抖，道：“是《电之辉》，技能书与历史书二者合一的书。”

如果没记错，三十五年前，雷电系书籍被彻底销毁，只有已经开始训练的或先天雷电属性的人才能修炼。所以现在修炼雷电的人寥寥可数，毕竟这方面的书籍全已销毁了。伊彭是一个特例。

而伊彭只注意到了一件事，她吃惊地说："这本书，是我奶奶编写的！"

雷黯——任伊彭的奶奶，是那本《雷电系技能入门》作者中的最后一个名字。

艾伦那心里隐隐有些想法，不由自主地攥紧了书。这几天发生了太多事情，有的过于离奇，有的过于顺利，难道……这一切有什么关联吗？

"这本书……"艾伦那顿了顿，说"咱们带回去。"

任伊彭点点头，把书拿了起来，正准备塞进书包。艾伦那却拦住她，说："交给我，你爸妈不会同意你带这个回家。"

后来，艾伦那没再提过那本书，但任伊彭知道，好友向来守信用，不会动那本书。倒是一天天接近考试，她也不得不去做准备……

14
意　外

期末考设文武两科，无论是谁，都要同时拥有知识、武力和操纵法力的力量。

“吟德星系一共有上万颗行星，可居住的一共有一百二十七颗，但只有十四颗被开发过。最远的行星是夜戎星，其次是阳戎星。”艾伦那还在复习着知识点。今天是文科的最后一门考试，考完后，她们将开始体育考试。

离考试还有不到十分钟，艾伦那和任伊彭聊起来天:“伊彭，物理考得怎样？”

“也就那样吧，你呢？”

“还行吧。”

“下午考哪些？”

“体育啊，我敢打包票，你肯定考得比我好。幸好文科占百分之六十，而体育只占百分之十。”伊彭压低了声音，轻声问，“《电之辉》怎样了？”

“还好，上面有很多适合你的电系招数，甚至有光暗系的双属性指南。”艾伦那也压低了声音。伊彭还想再问什么，艾伦那眼尖地看到老师走了进来，连忙停止了聊天，准备考试。

上午的考试顺利完成，下午的体育考试是野道五公里。

任伊彭的学号是四号，考试是四人一组，无法跟八号的艾伦那一起组。

“你要加油哦！”艾伦那说。

“嗯！”任伊彭望望起跑线，做了个加油的手势，说，“我要去考试了，待会儿见。”

远处，梦宁凝望着她们。

“主人，机会来了。”暗黑·梦宁已经变成了只有梦宁才能看见的黑色小人，停在她的肩上。梦宁是六号，和艾伦那正好是一组，她问，“怎么办？”

“简单。”暗黑·梦宁的声音有些阴狠，但越是这样，梦宁就越愿意听，“从这里出发，行走的路线中有一段在树林里，你略放出点我教过你的魔雾。趁乱吸收艾伦那的能量，如果她不服，再这样……”

很快就到了第二组，她们四个人来到起跑线前。一声哨声，艾伦那跑了起来，但不急于和其他人拉开距离，毕竟还要留存体力冲刺。

看到远处一片绿，艾伦那抹掉额头上的汗，调整呼吸，准备穿过森林就冲刺。这一次，她完全有把握能拿到满分。

在她身旁的梦宁越来越兴奋，马上就能吸收能量了！

进入森林后，艾伦那灵巧地避开水塘，逐渐领先。

“你小心一点。”脑海中的第二人格又开始说话了。

怎么了？

“其他三个人中有一个想对你动手。”

动手干什么……这家伙，又话没说完就消失。既然第二人格已经发出了警告，艾伦那便提高警惕，开始暗中观察其他三个人。

梦宁跑在队伍最后。见四个人拉开了距离，悄然释放魔雾，可是魔雾扩散不到跑在最前面的艾伦那那里，于是，暗黑·梦宁使用了一个技能:“深渊沼气！”

“主人，停下！”梦宁觉得过于着急了，连忙出声阻止。

“再放一遍魔雾，快！”暗黑·梦宁却不管那一套。

“为什……”

“再放一遍！”

“魔雾！”

突然，一股蓝色的能量打到梦宁的身上。

“谁？是谁！”暗黑·梦宁愤怒了，但她找不到藏在树林间捣毁计划的人。同时，她发现梦宁身上的金色瑶梦不见了。

没有了金色瑶梦的支撑，梦宁倒了下去……

魔雾没有扩散开来，其他三人因为距离太远，根本没有察觉到这里的意外……

艾伦那率先冲出了森林，冲过终点。

“艾伦那，还好吧。我看到树林起了一阵紫色的雾。”等在终点的伊彭看到好友，连忙上前询问。

艾伦那慢慢走了一会儿，调整好呼吸后才回答:“没事……”

她并没有告诉伊彭第二人格警告她的事情，听到伊彭说有紫色的雾气，想必真有人要害她，但不知道为什么没有成功……

最后，除了梦宁，其他人都跑完了全程。梦宁是被抬出来的，体育老师认为她是体能不支才导致了暂时性休克。艾伦那隐隐觉得是有人做了手脚，可能就是那个要害她的人。

在治疗梦宁的时候，又出了事。

“这……这不可能！我还没给你输液……身上这么多致命伤，你怎么可能……”照顾梦宁的护士看到她突然站了起来，仿佛什么事都没有的样子，大吃一惊。

这自然是暗黑·梦宁支撑起梦宁的身体。她恐吓道：“不要说出去，否则……”

“不，不行！我……”

暗黑·梦宁却不允许她说完，率先做出了动作。

第二天，报纸上刊登了一条新闻：体育野道案后续——金色瑶梦被盗。

看到新闻后，西格瑞特·奇布松了口气，他的上衣口袋露出了一个金边，是金色瑶梦发出的光……

15
插　曲

“现在期末考试也结束了，你接下来有什么打算？”任伊彭一边抱着大家的语文、地理和化学作业，一边抱怨，“电系和火系太坑人了，一个烧一个劈，根本拿不了作业。”

“不知道，也许会和表妹住一段时间，也许去打零工挣点钱。”艾伦那暗中使用光的力量让剩下的作业浮空着，直到走到教师办公室才把它们排好。

“报告！”

“请进。作业送来了？”班主任是个头发有些花白，还戴着眼镜的女老师，最近的森幻星一事，让她的头发更白了，眼睛又花了些……

“是的。”艾伦那自觉地帮老师分担能够做的事情，不想再让她操心。送完作业，有一段午休时间，艾伦那照例要去图书馆，还拉上任伊彭。

“啊，我想去补觉……”伊彭发出了咆哮，天晓得她为了应付期末考试，有几个晚上都没有好好休息了。

“今天没有晚自习。下午四点就放学了，到时候你再睡不就行了。”

“万一老师强制把我们留下来补课怎么办？”

艾伦那不得不承认，这种情况还真不少，害得她有时都赶不上校车，只能坐夜班公交车回家。但她还是不放过好友，说：“那也要博览群书强化我们的大脑，开阔我们的视野。”

“你真的很啰嗦……”伊彭再次崩溃。

“去的是灵书阁！”艾伦那说出目的地，这也是她笃定好友能同行的原因。

“哦……”果然，伊彭妥协了。

艾伦那还有个目的，想要去那里看能不能找到有关影陌家族的书。

又是那本《吟德大历史》，艾伦那看了看深蓝色的封皮和鎏金大字，使用法术：“万蝶群飞，百花齐放，神之恩赐，蝶心化眼！”

第二人格告诉她，这是影陌族的秘术之一，能看穿所有隐藏的法术符文，这本书上就有很多，比如海蓝色的水纹、金黄色的电纹、赤红色的火纹、翠绿色的木纹等。艾伦那最关注的是白色的光纹和黑色的暗纹。她将左手放到光纹上，右手放在暗纹上。小声念着：“带我找到我身上的秘密。”

突然，这本书从她的手中飞出去。这次她们没在去追，而是坐在原地等待着。果然，片刻之后，它带来了一本书。艾伦那还没打开，就听到了一个轻柔而又稳重的声音：“同学，你在看什么？”

“没……没什么。”艾伦那连忙低下头。她这才想起来，无论是《电之辉》还是这本《光辉与暗影》，都必须办过手续才能看，且《电之辉》还是最高级的禁书，无论是谁都不能看的，她还把它带回家……会不会被查到了？

女老师似乎没有注意到这一点，说：“是我打扰你读书了吗？很抱歉，我是新来的历史老师——阡。”

“阡老师好！我们好像超过读书时间了……”任伊彭随便找了个理由，赶紧拉起艾伦那就跑，“阡老师再见！”

艾伦那被这么一拉，也仓皇跑了出去。待跑出去好远，她才喘着气说：“幸好……没被看出破绽。”

图书室内，阡捡起了《吟德大历史》和《光辉与暗影》，也叹了口气，说：“幸好没被翻开。”

那本讲述光与暗的书，此刻正散发着一股邪恶的力量。

“古·花香影。”阡发动技能，书被放到了它原本该待的地方。

艾伦那和任伊彭一路小跑，回到了午休室，再也没向别人提过这事。

伊彭入睡很快，艾伦那却翻来覆去睡不着。

阡老师一定不是新来的。灵书阁很隐蔽，且在老教学楼的顶层，无论是老师还是学生都在新教学楼，她们也是偶然发现这里有图书室的。这里存放的基本上是练习卷和一些古老的书籍。无论是教学，还是休闲，这里都不合适。练习卷基本上都烂了，书籍基本上是学生用的，并没有适合老师的。所以，阡老师的出现绝对不是偶然……

16
林 沐

下午，班会课公布了成绩。像往常一样，不发试卷，只报排名。

第二天会开始讲解错得较多的题目，然后做类似的题目。班主任的声音变细了，但仍然抑扬顿挫。和以前差不多，艾伦那年级第一，任伊彭第十二名。

班会课后，各科老师“网开一面”，让大家做了一大堆试题后就放学了。

艾伦那准备和任伊彭一起去坐校车，却听见了一声怒吼：“林沐！我跟你说了多少遍了，他们没钱资助天资愚笨、能力低下、法力变异的穷人！”

“是那个家伙。”任伊彭瞥了一眼，冷笑道，“真是的，动不动就训人，天天说没钱。”

这时，教育部的门开了，走出来一个小女孩。她亚麻色的头发又长又乱，衣服破破烂烂地打着补丁。只有碧绿的眼睛没有沾到灰尘，焕发着光彩，就像树上的新芽，透着生机，仿佛在黑暗中也能闪闪发光一样。但现在，这双眼睛里看不到希望，只有无尽的失落和丝丝的绝望。她一不小心撞到了艾伦那，连忙道歉：“对不起对不起，我不是故意的……”

“没事，学妹，刚才是怎么回事？”

“你是谁？”

“我是十三岁一班的艾伦那，这位是我的同班同学任伊彭。你呢？”

“十二岁四班，林沐。我成绩不好，被老师批评了……”林沐有些羞耻地说。

“能告诉我发生了什么事吗？”艾伦那很善良，知道事情肯定不简单，继续询问。

“我是个孤儿，由一位在孤儿院工作的护士奶奶抚养长大。十岁大考时，我侥幸考进了这里，但我操纵不好法力，总是出现故障……奶奶说，这是一个很奇怪、很少见的病，叫属性吞并症，如果不能根治，二十五岁之前，法力就会消失。后来，奶奶找到了一种偏方，据说可以治好我的病，还没来得及治疗奶奶却……”说到这里，林沐说不下去了。

“我很抱歉。”艾伦那很同情林沐，却想不到怎么安慰她。

任伊彭突然想到了什么，说：“据爹妈无意中说起过，以前也有很多人控制不了法力，是靠魔杖作为辅助。”

“哪里有卖？”林沐连忙问，但想到自己的现状，又低下头说，“不过，我没有钱了，恐怕连学业也继续不了……”

“我这里还有一些，你先拿去用。放心吧，林沐，车到山前必有路。”对于林沐的身世，艾伦那感同身受，虽然自己有父亲，但父亲从来都不关心自己……想到这些，她又说，“不如，你暂时搬到我家里一起住吧。”

“谢谢你们，真不知道该说什么好了……”林沐感激涕零。

“没什么，互相帮助是应该的。”艾伦那拍了拍她的肩膀说，“没事的，林沐，你们这里应该也上完课了，只要在下学期开学前弄到学费，就不成问题。以后我叫你小沐，怎么样？”

“好啊，那我就叫你们艾姐和任姐。”林沐高兴极了，自然就亲近起来。

“行。”艾伦那笑了笑，“我们先回去吧。”

“好！”

很快，她们便乘坐校车回到了耀光星中艾伦那的家。

“艾姐，这是你家？”得到肯定回答后，林沐快速打量了一下整个房间，感慨道，“真大。”

这是一个小型公寓，一层一户。艾伦那住在六层，两室一厅的屋子，有一间卫生间和一个小厨房，其中一间是艾伦那的卧室，另一间空着，只放了些书，正好能够安排林沐暂住。

林沐没有看到其他人，有些奇怪地问:“艾姐，你的家人呢？”

艾伦那带林沐进了自己的房间，拿起书桌上的全家福，解释说:“这都是我的家人。现在，除了我、爸爸艾希和舅舅一家——舅舅伦冥，舅妈阿曜达和表妹伦霄以外，其他人都战死了。”

“抱歉，艾姐。提到你的伤心事了。”林沐有些愧疚，没想到如此热心的艾姐竟然也遭遇过这样沉重的打击。

“没事。我爸住在晨曦星的王宫之中，每月给我生活费。我一个人在这里也挺好的。”

“哦。”林沐点了点头，表示明白了。

“对了，小沐。你能向我展示一下你的法力吗？”

“这不太好吧，我的法力经常失控……”

“没事的。”艾伦那用眼神以示鼓励。

林沐受到鼓励，也抛开了心里的不安:“嗯。藤蔓！”

只见林沐的袖子中弯弯绕绕地钻出了一株翠绿色的藤蔓，一圈一圈缠绕在她的手臂上，前端变成了一朵奇丑无比的花，五朵花瓣正不断向外伸展。花中没有雄蕊或雌蕊，却有两根白色的细条,向外摸索。艾伦那看着这朵比她矮一头、和林沐一般大的丑花,有些毛骨悚然。同时,花好像感到了什么,拖着林沐向艾伦那扑来。

“啊——”林沐只感到右手臂一紧，随即被拽倒在地。

艾伦那反应迅速，跑到书桌旁拿起归雀剑，再绕到花的后面，用劲一砍。花连同花蒂掉落下来，消失了，林沐胳膊上的藤蔓也跟着脱落，一同消失。

艾伦那想把归雀剑收回影陌幽蝶中，但归雀剑变成了剑灵形态——归雀。它晃晃脑袋一连说了好长一段话:“啾啾啾啾啾……”

艾伦那拿出影陌幽蝶翻译:“艾伦那，那是什么东西？那么硬的花蒂，我都没怎么见过……还有，那个小姑娘是谁？”

艾伦那安抚着林沐，示意她不必害怕，又向归雀解释道:“她叫林沐，木属性。法力先天有些缺陷。”

“是属性吞并症吧。本神兽怎么可能不知道。”

“那你知道怎么治疗吗？”林沐的大眼睛中充满了希望。

“不知道。”

“哦，”希望立刻变成了失望，“连神兽都不知道怎么治……”

“伊彭说用魔杖辅助应该能够应对这种情况……归雀，你知道哪里有魔杖店吗？”

“许多年前，耀光星上到处都有魔杖。现在少了……咦？我好像还能感受到一点，在佑安城附近！”

“好，叫上伊彭，明天出发！”艾伦那看了看林沐，加上一句，“今天晚上小沐和我先挤一挤吧。”

17

沐风法杖

第二天是周五,但是已经考完试了,学校也放假。伊彭来了后,艾伦那把昨天晚上发生的事情告诉她，伊彭露出一副不可思议的神情，压低了声音问:“归雀说的，你确定？”

艾伦那把归雀剑收缩形态捧在手中,同样压低了声音,说:“相信它。”

林沐穿着艾伦那准备的一件蓝色短袖衬衫和一条浅灰色短裤，头发依然散着，但整齐多了。她站在那里左顾右盼，除了耀光星主城——光耀王城以外，她还没去过其他地方。小时候住的孤儿院在哪也没印象了。而佑安城是一个超大型城市，到处都是高楼大厦，还是个经典的环保城市。四处穿行着浮空电车和各种各样的环保汽车，让人眼花缭乱。

“小沐,看路。”艾伦那小声提醒着,把林沐拉回到了现实之中。

“哦，知道了。”林沐挠挠头，不好意思地笑了笑。

绕了半天，她们才找到唯一一家魔杖店。四周就是闹市区，可刚进入魔杖店，就突然安静下来。或许是因为店铺周围种了许多植物，还设有围墙的缘故吧。在这种环境内，艾伦那不由自主地静下心来。

魔杖店大约有七八层楼高，全部由深棕色的木材制成。艾伦那闻了闻，有股浓浓的花香和淡淡的木香。正门上有一块匾额，上面写了两个大字——杖阁。而门上刻着一行娟秀的小字——有缘者入。她不禁在心里感慨，真是一家有趣的店铺。

林沐有点害怕，她从来都没有来过这样的地方，不禁有些怯场。

艾伦那鼓励道："进去吧，一会儿你来问。"

"有人吗？"林沐依然有些害怕，小声问道。

杖阁里面阴森森、黑漆漆的，仿佛几百年都没有人光顾了。得不到回应，她们只好摸索着进去，直到来到房子中央，整个房间突然亮了起来。她们这才发现，房间的四个角落上方各有一盏油灯。中间有张木桌，同样点着几支蜡烛。尽头处有一架木梯，她们沿着木梯上楼，每上一层楼梯，四周就亮一盏，下面就灭一盏。

终于到了阁楼。里面很大很宽敞，同样有一张木桌，只是多了一个人。只见她身着一件绣着白色花纹的淡蓝色旗袍，橘黄色的头发由深到浅，盘了起来，插着一根金色的簪子。

艾伦那还没开口，女人就先说话了："我叫陌，是杖阁之主，有什么能为你们效劳的吗？"陌的声音很清冷，天蓝色的眼眸中没有丝毫感情。

"我叫……林沐。有先天性属性吞并症，魔杖可以治疗这个病吗？"林沐的声音有些颤抖。

"属性吞并向来是不治之症，"见林沐眼中的希望消失，陌又加上一句，"但可以缓解。"

"真的吗？"

"无论是加强法力的魔杖，还是产生共鸣的法杖，向来是自己挑主人的……"说着，陌轻轻抚摸了下木桌，便出现了一个无色的水晶球，原本空旷的墙壁也出现了许多打开着的木柜，镂刻着许多花纹。她示意道，“把手放在水晶球上。”

陌的态度很冷淡，伊彭觉得再这样下去，自己都有可能被陌冻死，禁不住小声嘀咕：“真是的，难怪顾客这么少，这么冷冰冰的，就算有人来也被赶走了……”但看到陌正冷冰冰地盯着自己，便立刻起了一身的鸡皮疙瘩，停止抱怨，只是小声地念了句咒语，变出火花来取暖。

此时，林沭已经将双手放到球上，水晶球开始发光。她小声祈祷着：“拜托了，请找到适合我的法杖或魔杖。”

右手边的魔杖最先飞出，围着林沭转，仿佛审视一般。林沭有些害怕，不禁松了手。水晶球瞬间变回原来的样子。

“不准松手！”冷不丁的，陌的声音响了起来。

“哦。”林沭不太喜欢陌，但还是听话地把手放回水晶球上。魔杖和法杖再次围绕着她飞舞，同时，杖阁消失了，它们的窃窃私语也冲进了她的脑海中。

“这是个孤儿。”这是一个老者的声音。

“还是个患有属性吞并症的可怜虫，难怪被父母抛弃啊！”这是一个女人的声音，大概四十多岁的样子。

“属性吞并？你没开玩笑吧，不管怎么样，我可不跟她走。”这是一个年轻男子的声音。

“切。”说话太少，听不出来。

“不行，不合格，太可惜了……”无数嘈杂的声音涌来，如看不见的洪流冲击着、拍打着她。

“不要！为什么！”林沭感觉头都要炸了，满是绝望，已经要超过她的极限了。什么也没有不要紧，最怕的是得到了再失去。

最后，她听见了一个温暖如春的声音说：“孩子，我陪你。”

“沐风，你决定了？我们还没判断出她的属性。”是那个老者的声音，想必它应该是最古老的那支法杖或魔杖。

“万灵，正木，和我一样。”

“可是……”老者还想再劝，却被打断了。

“我选定了，她就是沐风此生唯一的主人。”

“既然你决定了，那就启动仪式吧。”

“道法共存，德魔一体，流光易逝，善固永存……”林沐只记得这些，再后来，幻境解除，她又回到了杖阁，双手紧紧抓着沐风法杖。

“我……回来了？”林沐有些不敢置信，刚才那么真实的一切竟然是幻觉。

“恭喜。”艾伦那笑了笑。

“林沐，你这个是魔杖还是法杖？”伊彭充满了好奇，实在忍不住。

“它是沐风法杖。”林沐笑了，这是她第一次露出如此轻松的笑容。

“沐风是我最早制造的法杖之一，法力不弱。”陌的声音突然响起，大家都看向她，“恭喜。它能缓解你的病。”

“谢谢。”

“不必和我说‘谢谢’，是沐风自己选的。”

“但它是您制造的。”

“送客。”陌依然冷冰冰的，没有任何改变。

刹那间，她们便回到了一楼，林沐的法杖也消失了，变成了肩上一个小小的印记。

直到出了杖阁，艾伦那才开口询问:“小沐，触摸水晶球时你看到了什么？”

“四周白茫茫一片，但能听到许多人说话。对了，我记得我好像在幻境中说话了，你们听见了吗？”

“没。”任伊彭摇摇头。

“我倒是感觉到了异样，但不知道是什么。”艾伦那说。

“也没说什么重要的。”林沐有些心虚，毕竟在幻境中被人嫌弃也是件不光彩的事情，权当是自己的秘密吧。

“那就好。”艾伦那点了点头，假意被说服了。其实她通过蝶心化眼能看见一点幻境里的情况。林沐显然是有心结不愿多提，既然如此，也只好假装不知了。

18

咖啡店计划

解决了法杖的事情，三个人相对都轻松了许多，还有个问题需要解决,那就是如何帮助林沐赚到钱交学费。艾伦那想了想,问：“小沐，你有什么特长吗？”

“会一点烘焙。”

艾伦那在脑海中思索她可以做的工作，最理想的是找个面包坊打工。现在有很多复古面包坊，兼职的工作主要是负责出力运输原材料。之前，她也经常利用假期打零工，工资不低，全力以赴勉强能挣够学费，但林沐的身体条件……艾伦那有些犹豫，要是让小沐去做这么高强度的工作，一天，不对，半天下来，她就得虚脱。还有一个选择是咖啡店服务生，虽然轻松，但也有两个问题——僧多粥少和年龄。

“要不……”艾伦那有些犹豫，不知道该怎么开口。

任伊彭突然说:“要不，我们几个合伙开个咖啡馆吧？”

艾伦那惊呆了，就连林沐也愣在原地。

对于这个脑洞大开的提议，艾伦那颇有顾虑。首先是资金问题，还有员工、账务、货物、原材料等。这些在短时间内根本不可能解决，最快也只能在暑假前选好地建好店，暑假的时候再营业。可开学之后要怎么保证正常营业呢?

但艾伦那也不得不承认，这个主意是来钱最快且几乎没有门槛的方法。

“伊彭，你觉得该怎么做呢?选哪里的地皮?用什么建房?招多少员工?咖啡店做什么特色?怎么设计?还有开学后怎么工作?”艾伦那直接抛出了这些问题。

伊彭显然愣住了，她只是有了这么一个想法，完全没有考虑到竟然会有这么多问题。

艾伦那在心里叹气，原来她什么都没想好，这不就是开空头支票吗?

“有好戏看了。”第二人格非常八卦地说。

你这家伙，快帮我想点办法!

“风太大，我听不见……”

哪里有风，快想办法!

“哦……”第二人格长长地叹了口气，“本体，你可真麻烦。”

艾伦那看第二人格开始思考了，自己也开始了思考。她提出了最关键的问题所在:“咱们应该先看看有买下地皮的钱吗?”

林沐尴尬地说:“我没有什么钱……”

“额……森幻星遇袭保险公司赔偿的两千日吟币已经上交给父母了，我手里还有十个日吟币，二十月吟币和五个星吟币……”伊彭盘算着自己的积蓄，也有些不好意思地解释，“你知道，我妈给的钱很少。”

“月币、星币都是满百进一，杯水车薪。我那两千赔偿金还没动……”此话一出，伊彭和林沐都露出欣喜的神情，艾伦那突然坏笑道，“才怪。”

"艾伦那，你在耍我们吗？"伊彭气急败坏地吼道。

艾伦那不再逗她，说："真的没动，但一千在银行存了五年期，一千在卡里。还有零零碎碎的，大概有五百日吟币，十八个月吟币和三个星吟币。"

"哇，你太棒了！应该差不多够了，走，咱们去找合适的地方建造梦想中的店铺！"任伊彭立刻冲向了电车站。

"嗯！"林沐也充满干劲，跟着冲了上去。

艾伦那叹了口气，也只得跟上，还是在心里继续计算着，一千可以买足够的地皮了，只是选址注意一下就行，但后面诸如建房（"可能"比买地便宜），食材费（算不清），招员工的事情，也不敢保证了……

"伊彭，你还是跟你爸妈商量一下吧，看能不能先向他们借一些？"艾伦那还是担心启动资金不够用，便提议道。

"行。"伊彭拍了拍胸脯，表示包在自己身上。

回到光耀王城后，艾伦那先带着林沐回了家。

"小沐，再试试你的技能。"比起经营咖啡馆，艾伦那更关心林沐的属性吞并症。

"可是……"林沐还是担心法术失控，有些胆怯。

艾伦那鼓励道："你不是有沐风法杖了吗？把它拿出来再试一试。"

"好吧。"林沐双手汇聚了一些能量，右肩的印记开始发亮并现出一支法杖。洁白无瑕的它比林沐略高，上面缠绕着浅绿色藤条状的装饰。最上端有一个雪白的球，轻轻一晃，雪白变成了翠绿，又从两侧伸展出了白玉般的双翅，有着云状的花纹，花纹的末端还镶着金边。球的顶端也有着云状装饰，像一个“山”字，也是金色的。末端也有一个球，同样是金色的。

“杖名沐风，果然给人一种温暖如春的感觉。”第二人格也称赞道。

难得有你认同的时候。

“不行吗？”

你闭嘴行不行……

“藤蔓！”这次出来的不再是那朵奇丑的花，而是正常的、墨绿色的藤蔓。

“小沐，你还会其他的吗？”

“没……没了。”艾伦那的脸上浮现出一丝惊异，还没有细问，林沐就毫无保留地解释道，“在五岁时，我的属性检测就出了问题，所以老师只让我观看其他人练习，是我自己偷学的。我九岁才正式入学，是奶奶坚持的，又恳求老师让我学了这个藤蔓技能。但奶奶……”

“好了好了，不要再想了，斯人已逝，你也需要从悲伤中走出来。我倒是有属性的基础学习读本，里面有很多技能，你可以从基础练习。”艾伦那翻箱倒柜才找到那本书，“我和伊彭也可以借图书馆的书给你看。放心，虽然大图书馆的属性区我们不能进，但有另一个图书馆……”

“另一个？”

“是的，我们叫它‘灵书阁’，在老教学楼里，有空带你去看看。”

“嗯。”林沐的眼睛里充满了希望，郑重地点头。

突然，艾伦那的手机亮了亮，她拿起一看，是任伊彭发来了信息：“太皇和太后开恩！在中心喷泉那里集合！”

艾伦那的脸上浮现出了微笑，说：“走，咱们去中心喷泉那里！”

19

沐雪咖啡馆

艾伦那怎么也不敢相信，任伊彭的父母竟然如此慷慨，直接给了她一张银行卡。更令人感激不尽的是，他们还指出了最佳地段——离中心闹市琉璃区十八公里的涵安区，坐“超速”电车大概不到十分钟就能到。

“超速”电车是市区内可乘坐的最快的公交设备，时速最多可达每小时二百五十公里。同时因为耗能少，价格也很便宜，大约六十星吟币一次。“超速”是市民们给它取的昵称，因为市区内限速每小时八十公里。

她们坐着电车去了涵安区，在附近的房地产公司买下一块地皮，约三百平方米左右。艾伦那算了算，咖啡馆大概一百五十平方米就够了，还可以空余出地方另作他用。天色已晚，几个人约定第二天在这里汇合，商讨如何建设。

第二天，艾伦那到达这里的时候，发现脚下的绿地已经有一部分换成了木地板，也略微盖起了一点墙。没想到，咖啡馆已经按照昨天半夜讨论的计划开始建造了。原来，伊彭的父母出了不少力，还雇了几个工人来帮忙搭建。

由于艾伦那、任伊彭和林沐都还未成年，任伊彭的父母就亲自来到工地指挥。同时，艾伦那她们还要帮忙运输木材并搭建咖啡馆。一天下来，只差盖上屋顶了。工人们走后，艾伦那她们又扫了几遍地，协助伊彭父母把木门、木窗和灯装上。打开灯，咖啡馆里顿时亮堂堂的，虽然没有屋顶，但她们心里充满了憧憬。

晚上，艾伦那和林沐回家。

林沐舒缓了一下身体上的疲惫，但心里实在高兴，耐不住欣喜问："艾姐，咱们明天干什么？"

"盖屋顶。咱们星期一去上学，星期四上完课就开始放暑假了。"

"那盖完屋顶后要干什么？"林沐意犹未尽，继续追问。

艾伦那翻出计划表，说："挖一个地下室，用来储存原材料。再有就是搭楼梯，屋顶的平台也可以坐人，顺便栽些花，花种我都买好了。第三步是采购原材料。第四步是在暑假期间招到员工，维持正常营业。"

"然后呢？"

"然后就开始步入正轨了。"艾伦那莞尔一笑，"回去练练技能吧，要努力经营，也要认真练习。"

转眼间过了好几天，暑假已经开始一个星期了。咖啡馆已经建好了，原材料也堆积了地下室的一半。

"还差一个标牌。"任伊彭一边打量一边思索道，"叫什么名字呢？"

"小沐，你觉得叫什么好？"艾伦那觉得这件咖啡馆是为了林沐开的，应该让她有更多的参与感。

"就叫……"林沐有些犹豫，最后，她想到了一个人，"就叫沐雪咖啡馆吧！”

她没有告诉过其他人，收养自己的奶奶叫肖沐雪，就以此来纪念奶奶吧……父母究竟谁？是因为自己有这个病才抛弃她的吗？

“那就叫这个名字。”艾伦那注意到林沐的神色有些异样，但不想给她太大的压力，便说，“小沐，做好准备开始营业吧。”

“嗯！”林沐长出了口气，现在她有了两个对她很好的姐姐，也不会再无依无靠了。

第一杯咖啡，第一块蛋糕，第一次尝试，第一次付出……烤糊了的蛋糕面包，没烧开的咖啡和茶更是数不胜数。没有付出就没有收获，虽然辛苦，但她们就这么简单地快乐着。

艾伦那和林沐一起做蛋糕、磨咖啡、泡花茶、制奶茶;伊彭算账，有时也来帮忙。菜单中的花样越来越多，顾客也多了起来。剩下的地方建了一座亭子，又撒上花种。也许过几个月能开出菊花，这样就能喝上菊花茶了。

任伊彭把弄着手里的卡，疑惑地想，为什么爸爸妈妈要给我这个呢？我甚至都没有正式的钱包……

艾伦那同样也有自己的想法，十四岁成人后就是一名青年了，隐隐觉得有什么事要被开启了……难得一个半月下来，第二人格没来烦她。

20

风铃，花鼓

林沐正在笑吟吟地种花，不禁念出一句“瓦壶天水菊花茶”，这句诗还是艾伦那教她的，她很喜欢。

就在这时，两个女孩来到了沐雪咖啡馆。其中一个问：“请问你们招员工吗？”

艾伦那连忙把她们迎了进去，开始走面试流程：“你们的名字？”

“风铃。”

“我叫花鼓。”

艾伦那接着问：“请问，你们擅长做什么？”

风铃将一头银色的长发扎成麻花辫，此时正端正地坐着；花鼓的短发是洋红色的，性格更外向一些，会因为好奇而东张西望，经过风铃的提醒才回过神来，说：“抱歉，我擅长做甜点。”

艾伦那记录下来：风铃做饮品，花鼓做甜点，正好可以胜任大部分工作。她看了一眼林沐，面带微笑地说：“小沐是店长，面试结果和工作分配需要问她。”

出人意料的是，风铃和花鼓都没有太大的反应。

“那先这样，小沐，接下来你来安排吧，我下楼去帮帮伊彭。”

艾伦那这么做也有自己的考虑，风铃和花鼓看起来和自己年纪相仿，但愿能和小沐谈得来，也让她多一些朋友。强调小沐是店长，也让她能有些归属感。

“你们好，我叫林沐，你们叫我小沐就行。”

“好啊！”花鼓笑得很自然。

“我们还是叫你店长吧。”风铃也笑了笑，利用隔空传音和花鼓说着悄悄话。

“花鼓，你确定吗？”

“嗯，就是她吧。”

“还能是谁？她给的信息不会错的。”

“她看起来并不强。”

“有可能和我们一样。”

这时，林沐又开口道：“我有先天性属性吞并症……后来有了沐风法杖，才可以安全地使用法力。”她并不想隐瞒什么，觉得还是说清楚比较好。

“没有关系。我和花鼓先天就没有法力。”风铃最先回过神来。

“啊？”林沐有些吃惊，完全没有想到。

“那我和花鼓做些什么呢？”风铃有些生硬地转移了话题。

林沐也不好意思追问，便说：“风铃，你来收银，做饮品，花鼓负责做甜点。菜单栏是可以变更的。开学后，艾姐她们和我都要去上课，放学后我再过来。”

“那就这样吧。”花鼓抢着把话说完，她等得有些着急了。

“好，明天来帮忙吧。工资艾姐之前和你们谈好了吧。那你们住在哪？要不要……”

“我们有地方住，谢谢你的好意。”谈妥后，风铃带着花鼓从咖啡厅上的露台下来，绕过花园，离开了咖啡馆……

“你觉得，她给的信息准确吗？”花鼓还是有些不确定。

“除了属性吞并，其他的都没错。就是很好奇那家伙为什么要抛弃她。主子和那家伙结怨了这么多年，现在却要帮她的女儿，真奇怪。”

“她不是……”

花鼓还没说完，就被风铃制止了：“嘘——有人在偷听。”

她们回过头，偷听的人已经消失。

“这家咖啡馆暗藏玄机。”风铃的脸色很凝重，“我们最好不要牵扯进来。”

另一边，艾伦那也回到了咖啡馆，脸色一点也不比风铃好看。她们知道林沐的身世却不想牵扯进来，这是为什么呢？还有，风铃能够察觉到有人偷听，说明她肯定拥有法力。这是再正常不过的事了，为什么要隐瞒？

“我劝你现在不要调查她们。”许久不见的第二人格再次出现。

为什么？

“你大可和她们相处一段时间后再去考虑，不必现在就撕破脸。”

的确如此。艾伦那认可了第二人格的话，但心里还是抱怨着：真是的，这家伙，冷不丁地出现，一言不合就消失了。

风铃和花鼓入职后，相处得还算融洽，尤其是林沐，天天缠着她们，仿佛有说不完的话。虽然美曰其名“请教烘焙技艺”，但就连任伊彭也明白，根本不是一回事。她们都睁一只眼闭一只眼，偶尔说一句。当然，她只当耳旁风。

艾伦那懒得管，其他人还好，但她和风铃、花鼓之间就像隔了一层屏障。第二人格的提醒她明白，她只是不想做太多去粉饰太平，更何况，她还有作业要做，只能在晚上辅导林沐作业和技能练习的时候稍稍提醒一下……

21

黑暗的洗礼

耀光星的主城区里，秋的表情冷冷的。站在她旁边的是梦宁，表情也是冷冷的。

“一旦踏入这个门，就没有回头的机会了。”秋忍不住提醒道，她不知道这个女孩为什么要做这样的选择。

“我知道。”

“你要永远效忠于魔……”秋的神色变了变，他不准自己使用这个称谓，又改了口说，“黑暗。”

梦宁保持着沉默。

“教条会背吧？”

“永堕黑暗，永厌光明……”

“不用对着我背，也不用你全背下来，只要能做到就行。记住，暗语是暗印。”

又是沉默。

暗黑·梦宁悄悄钻了出来，说：“主人，秋是魔使身边的得力干将，也是首领当中唯一的女性，据说……”

“让你旁边的小人闭嘴！”秋对暗黑·梦宁嗤之以鼻，不屑地说。

“你——”暗黑·梦宁被无故讽刺，有些情绪。

梦宁赶紧命令第二人格，道："暗黑，不要说了。"

二人坐上了电梯，下降的速度异常缓慢，原本一副冰山脸的梦宁有些按捺不住了，四处张望着有没有显示屏。身边的秋却泰然不动。

"什么……"梦宁刚开口，电梯突然停住，并改变方向快速向前冲去，她没有反应过来被狠狠地撞了一下只好揉着被撞疼的脑袋继续问，"……时候到？"

秋仍然是冷漠地站着，并不打算回答。

片刻之后，电梯终于带着她们到了目的地。秋冷冷地说："魔使大人，有人求见。"

等待她们的还是沉默，梦宁都要怀疑这里的人是不是都不会说话了。但她刚这么想，身体就被突如其来的力量推出了电梯。回头一看，秋不急不慢地跟了出来。

眼前的人披着斗篷，只露出银色的头发和血红色的眼眸。

在强大的压力下，梦宁不由自主地跪了下来，说："我愿意效忠于黑暗。"

"说出你来这里的原因、代号与真名。"秋低声提醒。

梦宁愣了愣，说："为了力量。我是梦宁，我的代号是……"

"嗯？"

压迫加重了，梦宁感觉自己快要窒息了，费力地说："束灵。"

魔使点了点头，道："到右边楼梯下的水井那里。喝下水井里的水，它能给予你力量。"

梦宁似懂非懂地点点头，走进房间并关上了门。

待她关上门，魔使才将视线调转回来，空荡荡的大厅只剩下两个人。他挑了挑眉，说："你倒是怜香惜玉。"

秋依旧是一副公事公办的模样，说："如果把她强行扔进去，只会起到反作用。”

“哼，”像是一声轻笑，又像一声冷哼，“既然你这么渴求力量，为什么不自己试一试？”

秋的回答仍然不卑不亢，只有两个字：“戒律。”

音未尽，人已经消失。

“瞬移吗？”魔使已经转过身，手里捏着一根棕色的头发，“总有一天戒律会被破开的，同样，风属性的瞬移比暗属性的瞬移更容易发现破绽。”

梦宁来到魔使说的水井面前，似乎与其他水井没有什么不同，不过，井水是紫色和黑色混合的颜色。

喝？不喝？她也在纠结和犹豫，突然，井里似乎传出无数的声音，蛊惑着她。

喝下它……喝下它……你就拥有了力量、权利……你难道忘了自己的过去吗？

我记得。梦宁的思绪果然被这些声音影响了。关于亲生母亲我已经不记得了，据说她没有死，只是永远离开了我和那个我本该叫“爸爸”的男人，我的父亲是酒鬼，是赌徒，现在已经和继母入了狱，以他们的罪，恐怕永远都出不来了……

是啊，你的母亲离开了，你的父亲和继母都回不来了。来吧，享受这股强大的力量吧，然后成为“我们”中的一员，毁灭他们！

好，我喝！

黑色的井水浓郁得像墨汁，混着的紫色井水却像她最喜欢的葡萄汁。于是，她选择用手捞了些紫色井水，却怎么也捞不上来。暗黑·梦宁在一边骂道：“主人，你这个笨蛋！”

“这是怎么回事？”

暗黑·梦宁变成了一个缠着白布的木偶，漏出一对纯黑色的眼眸。她说:“井水的力量已经被我吸收了，现在掌握了新的能力——白绫束缚，以后还会有更多，只不过一次只能装上四个技能，而且，卸除了的技能无法再次学习。我也有了新的名字，不再是暗黑·梦宁，而是你的代称——束灵。”

“是吗？我来试一试。”梦宁开始幻化能量，瞄准了房间右侧的石柱，“白绫束缚！”

数十根白绫瞬间缠住了石柱，梦宁轻松地把它移到了房间的左侧，并利用白绫把它摔了个稀烂。她有些欣喜，这股能量实在太强了。

“不过是根石柱。”是秋冷冷的声音。

突然，脚下的石板开始移动，梦宁毫无防备便掉了下去，下面竟是滚烫的岩浆！

“白绫束缚，白绫束缚！疾风！”梦宁慌忙使用刚觉醒的暗黑技能和本身的风属性技能，却惊讶地发现，原本应该是淡绿色的清风已经变成了浑浊的墨绿色！此时她管不了这么多了，立刻攀上对面的崖壁。

“考核通过。”秋的表情依然很冷，眼中却有了几分赞赏。

“呼……呼……”她喘着粗气,还没有从刚才的惊慌中缓过神来。

“前面还会有更多的考核，先把你安排到洛水那里去。还有，拿着这个。”秋递过来一样东西。

“这是？”

梦宁接过一看，只见一大一小两个同心圆，外圆比内圆突出，内圆中空，和外圆之间的部分分成了八块，一红一黑地排列着。一共是四红四黑，散发着浓浓的杀意。她用手抚摸过一遍后，它又变成了纯白色，只有正中间多了两个字——束灵。“束”是黑色的，“灵”是红色的。

“这是修罗令，暗夜地下城的进出凭证之一。”说着，秋快步前行，梦宁只得使用技能跟上，两个人来到了暗夜地下城。

这里有高大的、用多种不同金属融合的大门。秋向门晃了晃手中的令牌，梦宁也依样画葫芦，举起修罗令。

大门,缓缓开启。嘈杂中,她听见了一个女人的声音:“新来的，这里就是最罪恶的，也是最黑暗的——暗夜地下城！”

梦宁蓦然看到一座黑色的城镇，预示着不可知的未来。

不知何时，秋消失了，换成了一个男子。一头深蓝偏紫的长发散在肩上，深蓝的眼睛显得格外深沉。他说:“我是洛水，正水圣洁属性。以后，你就是我这里的一分子，记住，这里只有更强大的人才能活下来。”说完，他也消失了。

最后走过来的是一个混合红色和黄色头发的女人，道:“我是舞焱，你的引导者，由我来指导你。”

“我叫束灵。”梦宁也自我介绍。

“暗夜地下城的通用货币是骨币和暗夜功勋，你有修罗令，它可以代为储存。红色是暗夜功勋，黑色是骨币。骨币可以在这里买到大部分日用品，但装备、武器和饰品只能用暗夜功勋兑换或购买。”

“嗯。”梦宁点点头。

“在这里，日常生活基本分为战斗、拍卖、居住和考核比试。参加战斗可以提高你的地位并获得钱财，可以拍卖你的东西或买下他人的物品。在暗月街有新人住处，但满三个月后就必须搬出，自己买房。考核比试一年三次，每次淘汰数十人。”梦宁刚松了口气，可她又补上了一句，“当场死亡百余人。明白了吗？”

“明白！”

22

独家秘笈

暑假已经过去了五个星期，艾伦那的作业早就做完了，正在家中辅导林沐的功课。

“小沐，这里应该……”

就在这时，一个声音冲了进来，不用说，肯定是花鼓，她大喊着：“小沐！”

刚刚还听得半睡半醒的林沐瞬间来了精神，抓起书包就打算向外冲，却被艾伦那用法力按住。不过，她并不是要阻止，而是说：“小沐，等一下，我也去。”

三个人来到沐雪咖啡馆，林沐迫不及待地问：“花鼓，能教我一些更难做的蛋糕吗？”

“没问题，艾伦那，你可以和林沐一起学我的独家秘方哦。”花鼓露出一副得意的神情。

艾伦那不禁好奇地问：“是什么？”

“不告诉你。想从我这里免费套到信息，没门。你先分享一下你的。”

“我？我能有什么好说的？”

花鼓一脸神秘兮兮的样子说：“比如……你的身世。”

"没门。"

花鼓没有一丝慌乱，显然对这个答案早就有了准备。她已经和风铃打探过艾伦那、任伊彭的身世，就连林沐也都说不清楚，但任伊彭简单些，好歹能探出蛛丝马迹。只有艾伦那非常神秘，又对自己的身世和身上的物件绝口不提。她们只能用自己的秘密来换，借此机会反客为主，换到自己需要的信息。比如说，结业考试她还缺一项多选二的科目，艾伦那已经想好选音乐和烹饪，但一直没有合适的食谱。今天，机会来了，不仅能换到烘焙方法，顺带着可以拉近彼此之间的关系。

花鼓打算先问一个简单点的问题，便指着归雀剑问："这个六边形的东西是什么？"

艾伦那松了一口气，幸好她没问影陌幽蝶，不然自己的身份就要暴露了，这可是连任伊彭都不知道的事情。

"这是归雀剑。"说着，她把归雀剑展开成剑，又迅速收了回去，"好了，轮到我了，你的独家秘笈是什么？"

花鼓有些失望，但也没有办法，好歹套到了点话，只好无奈地笑笑："好吧，不过我得先知道你会做点什么？"

"很多啊，慕斯蛋糕、布丁蛋糕、戚风蛋糕……"艾伦那也不记得花鼓会多少，只能瞎报了，反正这些基本的她都会做。

花鼓却说："那些我不会。"

"那你是怎么……"艾伦那吃了一惊，这些基础的都不会吗？

花鼓接口道："风铃会做你说的那些，我会一些比较特别的。今天教你一样——百香蛋糕。"

"嗯？这是什么？"艾伦那不由地产生兴趣，"要是你肯教我，我就教你做……算了，你来选。"

“慕斯！”林沐抢先说了出来。

“行！”艾伦那和花鼓异口同声地应道。说罢，彼此望了望，无奈地笑笑。

“那我们开始吧。”艾伦那带着花鼓和林沐走进了烘焙间。

“谁先教？反正我都学。”林沐乐坏了，又可以学到两个烘焙呢！她翻出烹饪笔记，随时准备记录。

艾伦那开始说做慕斯蛋糕的大致过程：“大体来说，首先，要做一个戚风蛋糕或海绵蛋糕，再配置好慕斯糊……”一转眼就看见林沐已经跑到了花鼓旁边，两个人小声嘀咕着什么。她轻轻地摇摇头，不动声色地催动蝶心化眼，法术产生的蝶睛附着在墙壁上，以此方式获得信息。趁着二人做准备的时候，自己则去地下室取了做慕斯蛋糕所需的食材，回到了烘焙间，拿出笔记本记录下百香蛋糕的方法。

“最后要附着一定的法力。”花鼓说出了百香蛋糕最关键的一步。

“那你没有法力,是怎么做出百香蛋糕的呢？”林沐奇怪地问。

“笨鸟先飞，我可以找啊！”

“那我也能做到吗？”

“当然！”

这时候，艾伦那开口道：“小沐，这是你做蛋糕要用到的食材。”

“谢谢艾姐！”

花鼓仔细一看，有些吃惊，艾伦那给的食材和她说的所需食材分毫不差，甚至连重量都一样。这次她真的搞不明白了，刚才艾伦那明明离开了，她是怎么做到的呢？

窗外的花园中，风铃静坐着，嘴唇略略一动。花鼓似乎知晓了些什么，若有所思地盯着墙上不知什么时候出现的紫金色的花纹。

23

新学期

暑假眨眼间就过去了。在艾伦那的监督下，林沐的作业终于在倒数第二天全部完成。

“接下来的一学期，沐雪咖啡馆就拜托你们了。”艾伦那向风铃和花鼓略鞠了一躬。

林沐看着在秋风中傲然的菊花，有些不舍。

“没事了，小沐，有我花鼓在，沐雪咖啡馆一定会日益壮大的！”花鼓一边说一边拍拍胸脯，却被风铃用一本厚厚的书打得嗷嗷叫，“痛死我了……”

“少说话多做事。”风铃还保持着对人不温不火的性格，“小沐，放学后记得过来。”

林沐笑出了声：“嗯。”

远处传来了任伊彭的呼喊声：“走啦——”

“走吧，小沐。今天是报道日，九月一日正式开学。”艾伦那望了望天，又看了看身旁的林沐，“我和任伊彭可能会有一到两个星期不在，到时候让风铃去接你。”

“艾姐，你们要去干什么？”林沐好奇地问。

“升阶考试啊！一年后，你也会经历这场重要的考试。”

“哦……”林沐点头表示明白。

白色的外墙，白色蓝条纹的教学楼，金色的屋檐，银色的校门。白底金框的匾上写着鎏金大字——菲尘学院。

这是一座有着上千年的集低级学院（四到六岁）、初阶学院六到十岁）、中阶学院（十到十四岁）和高阶学院（十四到十六岁）于一体的超大型学院，实力在整个星系都是数一数二的，不仅有优异的生源、师资，还有宽大的校园，顶级的条件。

但这所学院每一年的期末考试和升级升阶考试，都会刷下上千名不同阶级的学员，无论是谁，哪怕是皇室成员，只要考验不过关，全部强制退学，并公开宣读。因为被勒令退学的学生中，有不少权贵的后裔，所以得罪了不少当权者，最出名的是当今的统治者凯齐秉和他的母亲。皇储凯文亚还是几位言官联名上书，外加几个大臣反复提议，才让他进入菲尘学院就读，恨意可见一斑。

艾伦那带着林沐，和任伊彭一起进了学院，这个暑假挣的钱足够林沐一年的学费和生活费了。

“艾姐，你们考试会考什么？”

“昨天才发下来通知，文科和武科。文科就是在学校所学的所有的知识，占七成。武科分为指定法术使用和收集指定材料，两者总共占三成，前者占武科的三分之二，后者则是武科的三分之一。”

已经到了林沐班级所在的六层，林沐挥了挥手，说:“明白了。艾姐，任姐，拜拜啦！”

离开林沐之后，艾伦那利用光的速度“嗖”地上了楼，任伊彭则借助雷电的力量和体能上的优势，超过了艾伦那。她们之前爬楼梯，光顾着和林沐聊天，速度太慢了，差点迟到。

踏着预备铃闪身进了一四〇四教室，坐到后排的座位上，长出了一口气。直到她们坐定，才发现今天教室的气氛怪怪的：文艺委员梦宁手上多了个缠满绷带的木偶，她正拿着它，操控它跳舞；地理课代表欧阳渊没有再转地球仪，却一直望着窗外；学习委员廖小怡竟然难得不再絮絮叨叨地做课前准备，而是趴在桌子上睡觉。其他人也不聊天了，要么像廖小怡一样睡觉，要么就盯着黑板，一句话也不说。

艾伦那抬头一看，班主任赵老师不在！黑板上只写了一些考试的注意事项，并提醒大家原定于明天的考试调到了今天下午。

她感到万分疑惑，站起来，把廖小怡摇醒，问："小怡，发生什么事了，赵老师呢？第一节是她的音乐课啊！"

廖小怡抬起头，艾伦那这才发现她的眼睛里布满了血丝，眼圈也红红的："艾伦那啊，百年难得一见的音乐课不会再有了，赵老师她……"

艾伦那预感到了什么，双手不由自主地握成了拳，问："怎么回事？"

廖小怡塞给她一份报纸，说："我舅舅是这家报社的记者，就是他采访的，不会错。"说完，她又趴了下来，艾伦那看到她的外套袖子上全湿了。

看到报纸首页的粗体黑字和黑白的遇难者图片后，艾伦那就再也不想看了，甩手给了任伊彭。

第三张黑白相片就是赵老师——赵丽湘。

还是到森幻星那一次，有些人就再也没能回来了，包括赵老师和她的丈夫。

"该死！"艾伦那的声音不大，但全班都听见了，包括在玩木偶的梦宁。待大家的注意力都集中到她身上，她才说，“这节课大家自习吧，不要讲话。”说完，她神情严肃地回到了座位上。

班里一片沉默，除了翻书声和梦宁那无人能听见也无人在意去听的低语声。

“如果我说出真相，他们都会恨我的吧……对吧，暗黑？或者……束灵？”

一连几天他们都没有班主任，直到考试都过去了，她们像做梦一样。但这不仅是菲尘学院的考核，是全国……不对，全球……不对，是整个吟德星系，所有在耀光星管辖范围内所有的十四岁法师的考核。

菲尘学院一四〇一班在没有班主任的情况下，艾伦那还是第一，任伊彭第六，廖小怡第十三。还有若干人，但艾伦那没有心情去看了，再过几天还有武科的法术和实战演练，这份成绩表并不是最终的。

倘若她仔细看排行榜就会发现，第二名不再是一四〇一班的同学了，而是另一个名字，来自一四〇二班——凯文亚。只和她差五分。

武科法术，艾伦那仍然是第一，第二也还是凯文亚，这次差两分。

24

生命之绿

此时此刻，艾伦那正在家里学习蝶舞和蝶翼两个重要技能，这还是第二人格教她的。

林沐还在写作业，艾伦那早已盘腿坐在客厅的地板上进行蝶舞技能的修炼了。蝶舞不同于蝶翼，蝶翼是瞬间爆发型加速技能，最多也只能在逃命或追赶快速移动的目标时使用，而蝶舞自她学会的那天起就试验过，最大威力是半径五十米的一个圆，而且凭她自己的实力，可以连用两次之后再用一次蝶翼。蝶翼一次性大概可以先冲出去五千米，然后再以加速的形式，使她以极限的速度奔跑十分钟，但这个技能也有几个万分严重的弊端——首先，就是在奔跑之前的冲刺有大约五十米的无敌，紧随其后的是两分钟的失明，而这时的冲刺却并没有无敌的效果；其次，这个技能会吞噬掉一半的法力和全部体力，真的是只要有一线希望就坚决不用的技能。虽然这个技能不会占用她的四个主要技能槽，但还是消耗了她一整天的时间才学会。

听第二人格说，蝶舞还可以进化并可以用加大每次使用消耗的法力来空出一个攻击技能槽，就是不知道该怎么做。

现在，四个技能槽里的技能分别是——

阳旋，光系技能，光彻形态攻击。可以连续发动多次，伤害可叠加，消耗法力极低，占百分之二三左右。

魔影，暗影系技能，暗影能量柱形态攻击。能量柱消失之前不能再次发动，消耗法力低，占百分之十五。

破轮，光暗系技能，差不多是阳旋的八倍之大，圆形，攻击到较强的敌人时会破碎并发生二次攻击，有可能让对方眩晕。但发动时无法保证命中率，这也是为什么面对独眼狼王时她没有使用的原因。消耗法力较高，占百分之五十。

最后便是蝶舞，圆形。蝴蝶状的身影会出现并向四周散去。消耗法力中，占百分之二十到百分之二十五。

修炼完后，艾伦那感到一阵轻松。每日修炼两个小时，完成之后，修炼会提升法力上限和一点点体力上限，每日的修炼就是能力不断提升的过程，至于她和别人之间有多大的差距，只有老天才知道。

阳旋二十级，魔影二十级，破轮二十级，蝶舞四级……问题是除了蝶舞以外，其他的技能都训练不了，最多提升法力和体力上限。真是奇怪……只能等考完试再说吧。

“艾姐，练完了？”林沐穿着一件青色的短袖，脖子上挂着一个叶子形状的首饰，碧绿的叶子就像林沐的眼睛一样，是碧绿色的。

“小沐，这是什么？”

“生命新绿，是风铃姐找出来的。”

“哦……”艾伦那不动声色地打量着，上次用蝶心化眼好像暴露了，不妨试试这个生命新绿。

她拿起生命之绿，轻轻地抚摸着。一股暖暖的能量流入了她的身体，迅速流动起来。

第二人格开口道:“好温暖，果然是木属性的装饰品。建议最好你小心点。”

为什么?

第二人格又没有了声音，艾伦那立刻松开了手。温暖的力量在一瞬间爆炸，艾伦那加速法力在身体中的流转，才勉强抵挡住了这股力量，却发现法力蒸发了一半。

“艾姐，你怎么了？”林沐发现了异常，关心地问。

艾伦那缓了几秒，才露出一个笑脸，说:“没事，我犯了个常识性错误，木克光，休息一会儿就好了，还有，这是在哪里发现的？”

“郊外的森林里，前天风铃姐在我放学后带我去找的。”

“它对你有什么影响？”

说到这个，林沐的眼睛里闪出光芒，道:“超级棒！藤蔓技能连升三级，治疗技能芳萱也从两级升到了五级！还有，沐风也起了效果，附带的法力增强了！”

艾伦那松了口气，笑着说:“对你有用就行。”

小沐没事就好，艾伦那在心里说。

“我想这是一种攻击技能，你想好名字了吗？”第二人格再次发问，刚才抵御生命新绿的技能还没有名字呢。

生命之光！艾伦那心里蹦出这四个字来。

第二人格也终于沉默了……

艾伦那回到了房间，将比较宽敞的客厅交给林沐用，自己在房间中继续修炼，顺便缓一缓刚刚生命新绿带来的伤害。

明天就要去夜戎星了，希望一切顺利，包括风铃、花鼓和小沐……

25
夜戎星

飞船站上站着众多要去夜戎星的学生们，以及前来送行的亲朋好友。

“艾姐，任姐，你们要早点回来。”林沐揪着衣角，眼泪在眼眶里打转。

“一路顺风。”风铃勉强露出一个笑容。

“没事的，小沐，最多两个星期我们就回来了。”艾伦那也露出一个笑容，但她心里并不好受。

“走吧。”任伊彭也有些沉重。

上了飞船，艾伦那仍然能想象出林沐哭泣的样子。她在心里说，林沐，对不起，我无法保证还能不能回来。

飞船末端的某个座位上，梦宁和自己第二人格，也就是那个布偶开始对话：“束灵，这次的任务怎么样？”

“有人接应，概率为七成。”

“为什么只有七成？上次刺杀赵丽湘和她的丈夫引领的森幻星考察团的几率都到了九成，这次是怎么回事？”

“上次是一百个人与你同去，”束灵挣脱开了梦宁的双手，“这次只有十个人。”

梦宁把小桌板放下，正色道:“你知道我不喜欢失败。”

“七成已经很高了。而且你也要提高自身的实力，虽然你是第一个修罗令拥有者——编号A1，束灵，但你还记得A2吗？”

梦宁脸色一沉，说:“记得。编号A2，代号……”

“千纸鹤。”她们异口同声地说了出来。

“领头功的就是她！哼，分明是我亲手干掉了考察团队长！她只是多除掉了三个人！”梦宁愤恨地说。

“我们应该学习新技能了。这次千纸鹤不在，可以试一试私自猎杀精灵。”

“精灵？”

“嘘——我知道，这是违法的。”

“可是……”

“凡是拥有了法力的任何生命，除了人类，都可以称为精灵。多年前，精灵和人类发生过纷争……”

“闭嘴，历史课上学过很多遍，我可不想再背一遍。”

“行，我们现在要做的，就是通过吸收精灵中的法力提升自己，然后……”

“弯道超车！”梦宁接口道。

“没错。”

转眼间，她们已经到了夜戎星。

“所有第七批女学员注意！考核开始后，所有学员必须分开至少五十米，否则算违规处理，这次的任务是……”远处的讲台上，一个棕发教练正在讲述比赛规则。

艾伦那看了看手中的号码，八号，也就是第八批出发。她迅速地换上了代表第八批的蓝色外套和青色长裤，背上法力收纳盒，走过安检室，站在任伊彭旁边，问："还有多久？"

"二十分钟。"但回答的人不是任伊彭，而是梦宁。

"哦。谢谢，待会儿咱们分头行动，尽量把这次的任务目标——鹰豹赶到森林边缘且彼此之间间隔最多五十米。小怡，鹰豹的弱点在哪？"

"鹰豹通体紫红色，翅膀表面褐色，和鹰类似，但最多离地十米。翅膀下的羽毛是最容易攻击到的弱点，被火系克制，背部的弱点靠着中心，是整个鹰豹的最大的弱点。"

"嗯，被火系克制的话……任伊彭，到时候你负责把鹰豹赶出来，我和廖小怡用光系技能夹击，最后梦宁收尾，只要收集到羽毛、皮毛和豹眼，尽量集中攻击，不要滥杀无辜。"

"嗯。"几个人点点头，艾伦那作为班长，她们早就习惯于听她指挥了。

"准备走吧。"一声令下，艾伦那率先冲了出去。

远处的山峰上，一个男人悄然撕下了脸上的伪装，露出深灰色的头发。旁边的女人却有些不耐烦地说："蜂毒，货物。"

"嘁，秋'大人'，晚一些又有什么不好呢？"

"我劝你快点。"

"秋，和我合作，收获的利益远远比魔使那里高……"

"闭嘴。我永久中立。"

"好好好，"蜂毒话锋一转，"梦宁也太不自量力了，敢私自猎杀精灵……"

"翻不了天。"

"千纸鹤已经远远超过她了，而且纸鹤的洗礼技能有两个，她只有一个。你如果洗礼，至少四个。"

“不关我事。”

“不过……秋，你的暗器要落伍了。”

秋没有回答。

远在千里之外的光耀星的沐雪咖啡馆外。一个二十岁上下的女人捧着一个玉圭，头上插着一朵洁白的小花，头发梳得很整齐，在脑后扎了个丸子头，身上的长袍同样洁白，镶着金边，穿着一对金色的靴子，在冷风中傲然站立。她开口却是冰冷的：“说！”

“想知道，先打赢我！”站在对面的女人冷哼一声，只见她墨色的发丝飞扬着，肩上闪出一对千纸鹤，“鹤翼斩！”

千万只千纸鹤向白衣女人冲去，但她只是微微一笑，随手一挥道：“铃兰钟罩！”

金黄色的能量罩住了她，纸鹤只能在上面留下些白色的痕迹，尽管挡住了攻击，但白衣女人并不轻松，已经出了一身的汗。

果然，在这里使用技能真是困难，如果在“那里”，挡下这点攻击不在话下。

沐雪咖啡馆内，另一个女人抬起头，恰好看到这一幕。心道：让你不听劝，还是得我出手。她捋了捋金黄色而末端发白、卷曲的头发，摸出一根细小的银针，暗自笑了笑。

这将会是第一个承受我的柳骨菊针的人类，可惜了，如果在“那里”，我一定能让你死得痛快些。死得像菊花一样“烂漫”。

柳骨菊针穿透玻璃，却未曾发出声音，玻璃上只留下了一个微小的洞，除了她，谁也看不出来。

可惜了。她端起一杯花茶，如果在“那里”，连破洞都不会有。就是不知道风铃和花鼓叫我——剑霜寒来这里干什么，是因为“那个人”吗？

沐雪咖啡馆外。两个人还在僵持不下。

“你的防御就到这里了吧？该结束了，翼鹤绽！”

“铃兰……该死……”

就在这时，柳骨菊针射中了黑发女人——千纸鹤。

“唔，好痛！这是什么东西……”千纸鹤捂住受伤的肩膀，技能也被打断了，眼看大势已去，她只好迅速离开。

白衣女人淡然地看着她远去，又回到了沐雪咖啡馆，对其他三个人说：“幸好小沐到外面玩了……沐风，新绿，如你们所说，这人的力量果然强劲。你们小心点。”说完，她也离开了。

沐雪咖啡馆前厅，风铃一脸严肃地说：“刚才那一战看到了吧，来者不善啊！”

“切，如果在‘那里’，我几乎能把他们大卸八块。”花鼓猛地拍了一下桌子，风铃赶紧用眼神制止。

“隔墙有耳。”剑霜寒端起没有喝完的花茶，轻轻地吹了吹，“幸好暗器还能用。”

“暗夜地下城中也有善用暗器的人。”风铃瞥了她一眼，说。

“那肯定是……”剑霜寒说。

“不一定。”不等对方说出人名，风铃就否定了她的猜测，“今天咖啡馆不营业，还有谁来了？”

“女孩就王权一个，男的有两个……”

花鼓好奇地问：“谁？”

“芦云。”剑霜寒先报出一个人名。

“芦云可以教小沐控灵。”花鼓解释道，示意这个人的出现在常理之中。

剑霜寒顿了一下，接着说:“和萱草。”

花鼓正喝着咖啡，听到这个名字后不受控地把咖啡喷到了剑霜寒脸上，惊道:“那个家伙？”

剑霜寒一边擦脸一边嘀咕:“也不知道是谁在六个月前给这个家伙送去了九十九朵玫瑰花。”

花鼓则是一脸黑线，仿佛被人揭了伤疤一样恼羞成怒:“你说什么！”

就在此时，一个清脆欢快的声音响了起来:“风铃姐，花鼓姐，我回来了！”

“小沐……算了，待会儿再找你算账！”花鼓换上一副笑容，“小沐回来了？介绍一下，她叫剑霜寒，和我、风铃一样，没有法力，但她善于使用弓箭和暗器，在附近的体育馆当射击教练。”

“剑姐好。”林沐乖巧地打了个招呼。

剑霜寒淡然一笑，说:“你好。”

心里却道:看在林沐和主子的面子上，花鼓，这次饶了你。

26

彩绫幻镜与沙海迷阵

夜戎星上，艾伦那还在和众多鹰豹搏斗。这些泛滥成灾的暗夜杀手是不是也畏惧光呢？想到这里，她攥紧了拳头发出攻击：“阳旋！”

阳旋并没有打向鹰豹，而是击中了对面的夜影松，折射出强大的光芒，瞬间就定住了鹰豹。趁着这个时机，几个人赶紧展开猎杀。

“阳旋！”艾伦那再一次施展法术，巧妙地绕过鹰豹，从鹰豹的弱点——翅膀攻击，尽快击杀了五只，又撤离到远处休整。她抽出了配发的匕首，先拔掉羽毛，再挨个分离骨头和豹肉，最后利用法力移除内脏。

“还真是，我第一次看到你处理这些东西。”第二人格的口吻充满戏谑。

真是讨厌！闭嘴！

刚把内脏放进储物盒，一道火红色的身影蹿了出来，大呼小叫：“这是什么玩意儿？”

不用说，是归雀。艾伦那又好气又好笑，气的是归雀弄乱了她放的东西，只好再放一次；笑的是归雀现在的样子——原本“华丽丽”的火红色羽毛粘上了鹰豹的羽毛，头顶着一坨鹰豹的内脏，浑身上下都是血，十分狼狈。

“谁让你自己钻进去的？”艾伦那颇为无奈。

“额……我是为了你的安全！”

就在这时，林子中出现了阵阵粉红色的雾气。艾伦那大叫，想要示警：“小心点……快屏住呼吸！”雾气全部冲进了她的大脑，“该死，这到底是怎么回事……啊！！”

时光倒流回到五年前妈妈阵亡的瞬间——水晶兰爆炸的瞬间，迷失在火焰中的瞬间，决心复仇的瞬间。

更是，记忆破碎的瞬间。

不要！不要！不要离开我，不要！

“你只能静观这里发生的一切。”

你是谁？第二人格早就沉睡了肯定不是她搞出来的。

迷雾之外，几个人接连倒下，而一个少女站了起来。成功了……成功了！虽然五个人为此阵亡，但是，她终于有了能超过千纸鹤的技能——彩绫幻镜！只要有足够的法力，就能发动它，更妙的是她不会遭到反噬。

在最痛苦的幻境中沉沦吧！

虽然要升级这个技能不靠修炼，要依赖提供这个技能的族群——琉璃天马，但只要有了它和白绫束缚及黑绫切割，碾压 A2 不是问题！

其他四个人走了过来，向她鞠了个躬，为首的人说：“束灵，该回去了，那五只鹰豹我们已经猎杀好了。这次的任务不要求速度，而且属下已经在所有人身上布下了‘东西’，大可放心。”

“好，但是，我要你们再做一件事。”

“什么事？”

“你们四个不是有组合技能吗？我要你们实战演练一下，尽管彩棱幻镜消耗了不少体力和法力，可是……”束灵冷笑了一下，谁都知道，无论命令合理与否，在场的人都不能违抗。

“是！”四人齐声回答，后背早就出了一身冷汗。

“开始吧。”为首的那个人说。接着，四人同时催动了法力：“沙海迷阵！”

四个人是四个正土，大地属性，又是兄弟，沙海迷阵立刻扩散到了整个星球的每一个角落。

幻境内，艾伦那的心绪逐渐平复了下来。

这是幻象，从那个人说话开始，她就知道……艾伦那的愤怒已经到了顶点，是谁制造的这个幻境！

她不留余地地将阳旋、魔影和破轮几种技能汇合起来，打破了幻境。

这是什么技能？好神奇，技能槽立刻空出了两个位置，也就是说……技能合三为一了。既然如此，我赋予你一个新的名字……叫什么好呢？

“光暗破轮。”果然，出了幻境，第二人格再次出现。

随你便，不过这个名字挺好的。

“光暗的血脉，要觉醒了啊！”

你在说什么？

“没什么。”

第二人格又沉睡了，但此刻艾伦那顾不上这些了，已经被眼前这股沙尘暴吓住了。她大声呼喊同伴的名字：“伊彭！小怡！

梦宁！”

“艾——咳咳——伦那！”只有伊彭的声音，那廖小怡和梦宁呢？

艾伦那寻声跑到任伊彭身边，问：“伊彭，到底是怎么回事？”

“我也不知道啊，刚装完东西，你就不见了……咳咳，然后出现了粉色的雾，接着又起了风沙！”

正说着，风沙再次袭来，艾伦那眯起了眼睛，猛然间闻到了一阵香味。是地龙参的味道！可恶，果然有诈！夜戎星上的许多猛兽都喜欢吃地龙参，这么一来，它们都会被吸引到这里来。她忙说：“伊彭，快！跳进最近的水池中，避避风沙，注意身上的气味！”

“为什么？”

“快点！如果不想成为野兽的猎物，就照我说的做！”

“明白了！”

说罢，艾伦那也以最快的速度跳入了一个大水池。水里的鱼并没有攻击她，同时她也发现，这身衣服竟然防水！香味在水中蔓延开，只不过速度稍缓而已。

艾伦那只得浮出水面，望了望无尽的风沙摇了摇头，就是不知道这该死的风沙什么时候停。

远处一座风沙较小的山丘上，秋独自眺望着。她看到这里发生的一切，在心里感慨，束灵啊，你这又是何必呢？

耀光星的沐雪咖啡馆内，林沐感受到了什么惊叫：“风铃姐，花鼓姐，艾姐和任姐她们出事了！”

夜戎星的另一片森林中，风沙又吹起来了，一个男孩在心里笃定，又是老师讲的“那些人”干的。

夜戎星的森林中央，一位老者抬起头望着风沙，似乎看到了命运的开启：她的记忆即将重叠，他的人生即将改变。他们的征程即将开启……而我将引导他们保卫自己的家园，不在“那场预示中的战争”之前被毁灭……

对于这一切，艾伦那一无所知。她躲在水里，看着随着时间推移逐渐减弱的风沙。总待在水里也不是办法，还是先出去找人吧。她爬出水池，摸索着向边缘走去，却被风吹得东倒西歪。她不知道，这个方向正是向森林的核心区靠近。

想不到这股风沙竟有吸收法力的作用，布局真深。不过可惜了，这样一来，他们的阴谋一定会被发现。艾伦那在心里盘算着。突然，她想到了什么，呼唤道：“归雀，出来。”

归雀听到召唤，立刻现形：“有什么事需要本神兽？咳咳……艾伦那你在搞什么？”

“不知道，应该是某个人，或某一群人干的。”艾伦那懒得解释那么多，问，“你在幻境中看到了什么？”

“没有，我一进去就打出来了。”

“哦。”艾伦那似乎相信了它的话。

归雀不着痕迹地叹了口气，其实在幻境中，它看见了姐姐——诛魔，但这件事情它并不想告诉主人。

“走吧。”艾伦那早就察觉到了归雀有事瞒着自己，但没有追问。

风沙渐止，她这才发现，自己身处于一大片树林的中心空地中，已经迷失了方向。

远处，传来阵阵虎啸声，艾伦那双拳攥紧，准备战斗。

虎啸声越来越近，直到一只猛虎出现在她的面前。宽大的翅膀，深蓝色的、巨大的身躯，银色的利爪，是夜戎星的走兽中最强大的种群。一定是地龙参的味道，将这些大家伙都吸引过来了。

“云翼地冢虎。”第二人格也毫不含糊，“用光暗破轮。”

好……虽然常常吐槽第二人格神龙见首不见尾，但对于它的提议，艾伦那向来都是相信的。于是，她施展法术：“光暗破轮！”

光，出现在她的右手；暗，凝聚在她的左手。她开始上升，将两股能量结合在一起，形成了两个月牙状的能量，交替着发出，击中了云翼地冢虎，撕开了六道裂口。

起作用了。目前光暗破轮一次性使用一成的法力，最多可以造成六次连续攻击，在加强对它的训练后也许能连续攻击十二次，十八次……

这时，云翼地冢虎也发起了攻击。

艾伦那纵身一跃，闪身躲过，通过它背上的花纹判断出了年龄。

“三岁，幼年期。”第二人格率先说了出来。

怎么了？艾伦那觉得第二人格话里有话，问道。

“算你走运。”第二人格似乎不怎么高兴，

艾伦那才不管那些，反正她心里还是庆幸的。幸好只有三岁，不然早就被撕成碎片了。现在，她不能再被第二人格分心了，必须发动致命一击，便招呼道：“归雀！”

“啾啾啾……”归雀听到召唤，立刻喷出了一股烟雾，随即潜入烟雾中，点起了火。

艾伦那落地后也转过身，冲向了老虎。等她进了烟雾，立刻俯身跳了起来，发动攻击:“蝶舞！”

归雀看到艾伦那的背部出现了紫色的光球，紧接着，幻化出巨大的蝴蝶逐渐舒展了翅膀，绽放出了动人的光彩。归雀心里产生一阵熟悉感，但并不知道为什么，于是它迅速撤出了烟雾。

之后，蝴蝶爆炸，成百上千的蝴蝶飞了出来并再次爆炸。转眼间，地上只留下一个大坑，云翼地冢虎只剩下了满地的残骸。艾伦那飘在空中，缓缓落回坑里……

“好神奇的力量！”艾伦那感慨着，不知为何，她也感到了熟悉，但眼下的情况不容她多做考虑，迅速向目瞪口呆的归雀招了招手，说，“此地不宜久留，咱们走吧。”

尚未走远，前面的草丛又有了动静。艾伦那心里一紧，只好做出战斗准备。

27

莫名熟悉的凯文亚

草丛里的动静越来越大，艾伦那神色紧张地死死盯着，说不定会是另一只云翼地冢虎。归雀站在她的肩上，也正在戒备着。

就在这时，草丛中钻出了一个金发少年。只见他天蓝色的眼睛中折射出智慧的光芒，金色的头发微微蓬起，有些好笑的是，头发上还夹着几片绿叶。

看到来者是一个与她年龄相仿的男孩，艾伦那松了口气，原本警戒的战斗姿态也换成了自然的站立。她友好地说："你好。"

"你好。二班凯文亚。"男孩表面平静如水，内心却波澜起伏。

没错，就是她。没想到竟然在这里重逢。

"我是……"

"一班，艾伦那。"男孩淡淡地说。

艾伦那露出诧异的表情，问："你，认识我吗？"

男孩有些失望，没想到，女孩竟然忘了自己。他提醒道："七年前，我们见过。你不记得了吗？"

看到男孩露出了伤心的表情，艾伦那赶紧解释："五年前，我母亲被杀，之前的记忆全部被抹除了，所以……"

如果换作旁人，艾伦那可能不会去多做解释，但不知为何，面对眼前这个男孩，心里总弥漫着熟悉感和淡淡的忧伤。

“没事……我妈妈说，这是最好的结果。既然这样，我们重新认识一下吧。”男孩的脸上露出了亲和友善的笑容，照亮了艾伦那的心房。

“影陌、晨曦王女——艾伦那。”艾伦那也笑了起来。一直对好友伊彭保密的身份，竟然就这样轻易地告诉了男孩。不仅如此，她卸下身份肩章，按了几个按钮，想要抛给对方。

“我不需要验证。”男孩制止了她的动作，反而是卸下自己的肩章递给她，说，“光耀星皇储——凯文亚。”

艾伦那接过肩章，默默完成了验证，果然没错。之后，又把肩章扔回到了还在“自恋”状态的凯文亚，恰好打在他的脸上。

凯文亚一愣，随即摔进草丛中。艾伦那竭尽全力憋住了笑，看着他站起来。

出乎意料的是皇储并没有发怒，反而小声抱怨道：“下次出手轻一点，很痛的。”那口吻，好像两个人认识了很久。

艾伦那把自己的肩章重新戴好，提醒道：“皇储，注意一下发型。”

凯文亚反应过来，立刻把头上的树叶抖掉，说：“你不用叫我皇储，可以叫我凯文亚，或是像我妈那样叫小凯。”

艾伦那一脸认真地说：“那……我叫你文亚。”

文亚……这个熟悉的称呼，让凯文亚心里泛起了丝丝涟漪。从七年前的初遇到五年前的分离，她一直这么叫他，只有她这么叫他。可是现在，她竟然不记得他了。

情绪产生了波动，艾伦那竟然也感受到了，不禁问道：“文亚，怎么了？”

“没什么。”凯文亚晃了晃头，走到了蝶舞制造出的大坑前，问，“这是？”

“我的技能蝶舞造成的，那一堆是……”艾伦那刚要解释，就察觉到了异常，连忙提醒，“小心！”

不远处，出现了十只云翼地冢虎，根据纹路推测，它们都超过了百岁，而云翼地冢虎的平均寿命为三百岁，这十只云翼地冢虎正值壮年。

云翼地冢虎是夜戎星最为强大的物种，幼年期为一至五十岁，异常脆弱，但从五十岁开始，它们的属性有了巨大的变化。幼年期仅为战斗属性，成年后则为战斗·暗影属性。

没人知道它们是怎么做到的，但有一个传说：一百只幼年期的云翼地冢虎，只有五只能活到成年期，只有一只能正常病亡。在午夜十二点，它们会开始决战，最后那一只还站立着的才会继承强大的暗影天赋。如此强大的天赋，至少需要一个夜戎星的万草之后——地龙参的加持。

眼前这十只云翼地冢虎就是那些佼佼者，也是地龙参的掠夺者。

“想办法撤退，”艾伦那沉吟道，“我们没有胜算。”

“一会儿我来抵挡住攻击，你去打最弱的那个，然后趁机跑出去。”

“不行，太冒险了。要走就一起走，要倒就一起倒。我不会置他人的生命不顾。”艾伦那想了想，又加了一句，“特别是你的。”说完，竟然露出了一个笑容。

凯文亚明白她的意思，也笑着说：“行，一起攻击那个最弱的。”

“好。”艾伦那向一个看起来年龄最小的发动攻击，“光暗破轮！”

归雀反应了过来，螺旋状的火焰四散开来。

“虚影！”凯文亚也加快了速度，“王之息！”

“先制技能，和你的光暗破轮差不多啊……只不过光暗破轮是先制加一，而这个却是先制加二。”第二人格看到凯文亚的能力后，像个评论家似的。

无论是什么危险你都不着急，这两者有什么区别吗？

“虽然这个技能威力不大，但速度极快。这也是以防御为主的人最缺少的东西。”

你也看出来了？

“竟然比你慢……不过你们一个矛一个盾，倒是……”

艾伦那听得有些脸红，一个矛一个盾……究竟是想要暗示什么？

“难得你沉默一次。”第二人格却不打算放过她，在这种时刻居然还说废话。

不管它了，艾伦那重新将注意力放在那只云翼地冢虎上。两波攻击下来，它只是略略后退了一点点。而这时，云翼地冢虎也发起了攻击。

十只云翼地冢虎同时散发出黑色的能量时，凯文亚心中一紧。完了，它们用的是暗影怒击！全部都是这个技能！

还有别的办法吗？难道真的要死在这里了吗？

就在这时，艾伦那又开始发动攻击：“蝶舞！”

紫色的圆发射，爆裂，减缓了攻击。

只有五秒，但这足够了。

“蝶翼！”

巨大的紫色、粉色、玫红色的蝴蝶翅膀从艾伦那的后背展开、扩大。在进入失明状态前，艾伦那紧紧地抱住凯文亚，同时大喊：“归雀！冲上去！”轻轻一跳，巨大的翅膀随着她和凯文亚腾空而起，直冲云霄。

尽管已经虚弱不堪，但艾伦那还是嘱咐道：“文亚，一会儿由你来指挥飞行……”

“嗯。放心。”凯文亚很高兴，她还是信任自己的。但同时，他也感受到了她的法力与能量正在流逝。这样下去怕是撑不了多久……

突然，他看到了一阵淡蓝色的光。是老师！

“艾伦那……伦那，往下降。”他有些着急，一方面是担心艾伦那的身体，另一方面也想尽快找到老师。如果能找到老师，他们就安全了。

“嗯。现在大概高一百米，云翼地家虎的最高飞行高度是五十米，你要小心……”艾伦那刚睁开眼，突然感到一阵不适，“唔，法力燃尽了……”

说完，她松开了手，蝶翼随之消散。凯文亚使用法术“虚影”，并且调整姿势，换他抱住艾伦那，以飞一般的速度下坠。

糟糕，接近地面了。他换了一种法术：“光明庇护！”

黄白色的防护罩展开，穿过了蓝光。老人看到了凯文亚正和艾伦那正在快速坠落，迅速替他们遮盖住了气息。

轰！他们落到地面，发出了巨大的声音。被反作用力冲击得七荤八素的凯文亚勉强撑起身子，随即咳出一口鲜血，又昏了过去。

是老师……我们得救了……

28

那段回忆

不知过了多久，艾伦那缓缓睁开了双眼，发现自己身处一个木屋中，她费力地支撑身体想要站起来，立刻又感到一阵天旋地转，只好坐在那里。

环顾四周，温暖的阳光从右手边的窗户照了进来。她知道现在还在夜戎星，身下是用夜影松叶子和树枝做的“床”，虽然简陋，但异常柔软。左手边看到了一个老者和同样坐在“床”上的凯文亚。

艾伦那休息了一会儿，恢复了一点体力和法力，才站起来，走向老者，问:“请问……”

她还没说完，老者先打断她说:“你们从高空坠落，要不是凯文亚的防护罩先打开，估计我也没有把握能救回你们。赶紧坐回垫子，你的体力和法力都已经透支了。”

艾伦那听话地拿着垫子走到凯文亚旁边，和他并排坐好后，这才问出原先的疑问:“请问您是谁？这是怎么一回事？我展开蝶翼后就陷入了半昏迷的状态，后来法力和体力全部耗尽，只记得看到一个黄白色的防护罩和一片蓝光……然后就什么都不记得了……”

“我是西格瑞特·奇布，”老者的声音既空虚，又悲凉，“给你归雀的就是我。”

艾伦那肯定地说：“我猜您一定知道我的名字和身份。”

“自然。艾伦那——影陌、晨曦王女。”

“那……这到底是怎么回事？”

“蝶翼耗空了你的力量，然后你们一起坠落，十只云翼地冢虎追了上来。凯文亚先用虚影摆脱了它们，再展开光明庇护的防护罩冲向地面，进入我的星辰领域。那些云翼地冢虎进不来，况且我用法术遮盖了你们的气味。”

“文亚，凯文亚怎么样了？”

“落地的时候，他在下面，受到了较大的冲击力，有些内伤。”

艾伦那十分担心地问：“严重吗？”

“没什么大事，调理一下就能醒过来了。”

“嗯。”艾伦那坐定，调整好呼吸，开始让法力在身体中流通，练习蝶翼。

奇布一直在观察着艾伦那，看到她身上逐渐亮起紫色、粉色、金色的光彩，不禁陷入了沉思。难道是她！

“她”在“那个地方”曾是无人敢挑战的最强者，过去，连“那个地方”的最高主宰们见到“她”也要退避三舍，敬而远之。可是“她”不是被“他们”击败、永远囚禁了吗？为什么会在这里现身？

就在这时，凯文亚有了动静。他咳出一口血，清醒过来。

艾伦那立刻停止修炼，比奇布反应还要迅速，条件反射般抓住他的手，焦急地问：“文亚，你……”她的脸红了起来，立刻松开了手，但还是把话说完，“没事吧？”

“没什么大事，谢谢。”文亚还是有些虚弱，但明显好了很多。

“我先走了。归雀和我在另一个房间。”奇布看到凯文亚没什么大事，也放下心来。

看着奇布和归雀离开后，凯文亚从垫子上站了起来，和刚才的状态有明显区别。他充满活力地说:“走吧，去外面看看。”

“好啊，刚刚都是装的？看我不……”艾伦那才反应过来自己被骗了，有些气恼地站起来说。

“我错了，我错了。”文亚连忙道歉，“也不算装啊，你以为从百米高空落下来好玩啊……”

艾伦那缓和了一下，说:“这次就饶了你，走吧。”

另一个房间内，归雀睁开了眼睛，第一眼看到的竟然是西格瑞特·奇布。它十分好奇地问:“奇布，你怎么会在这里？这是怎么回事？”

“等等，归雀，你先回答我，究竟发生了什么？”西格瑞特·奇布的脸上没有任何表情。

“在你的星辰领域内，我竟然能不受诅咒的困扰？”归雀并不是真的惊讶，只是感慨着奇布的能力。

“在这里，你还可以现出未修炼完全的人身。”

“我试试。火焰霓裳！”归雀很兴奋,周身发出火焰般的光彩，褪去了鸟的样子，现出少女的模样。橙色渐变到火红色的头发散落着，赤色的羽毛化为了带着羽毛的裙子，脚上穿着一双红色的舞鞋。裙子不长，有着一对橙色的薄纱状的袖子，裙子上布满了火焰的图腾。

“怎么样？我先帮你遮住了光彩，免得艾伦那和凯文亚突然进来。”

“好，我这样可以维持多久？”

“五分钟。”

“在‘那里’呢？”归雀意有所指，“那里”是它最在意的地方，没有之一。

“最多三分钟，来到这里你的法力减少了很多。”

归雀有些惋惜地说：“原先的技能都不怎么能用了。”

“告诉我事情的经过。”

归雀又变回了小鸟，简略讲述了艾伦那进入森幻星，击败独眼狼王；林沐的不明身世；任伊彭的能力；艾伦那口中的风铃、花鼓……从彩绫幻境再到沙海迷阵，以及遇到云翼地豕虎都说了一遍。

“看来，‘那些人’果然开始行动了。”

归雀看奇布又要开始沉思，便四处看看，说：“奇布，你的家挺不错啊！”

“这不是我的家。”奇布的眼中闪过一丝疲惫，“不过是我的一座木屋罢了，她死了，我就没有了家……”

木屋外，艾伦那坐在夜影松的树枝上，凯文亚坐在旁边的树枝上，两个人都望着天。

刚才的经过让艾伦那心里一阵后怕，心生感慨道：“没想到，夜戎星也有这样宁静的时候啊！”

“历史不代表现在。”凯文亚看着艾伦那问，“你现在都掌握什么技能了？”

“我为什么要告诉你？”艾伦那调皮地反问道。

“好奇而已。不过三大种类技能——攻击槽的攻击与属性技能;防御槽的两到三个防御型技能;还有隐藏技能。你只要告诉我攻击槽的就可以了。”凯文亚冲着她眨了眨眼，补充一句，“我可不想以后被你打趴下了还不知道是怎么输的。”

“光暗破轮，蝶舞。你呢？”

“王之息，韬光，圣灵击，天赐。”

听到“天赐”二字，艾伦那感到当头一棒，记忆再一次浮现了出来。

“那应该是五……不，六年前，我曾经有一个技能，叫做天禧……”她艰难地开口,可是想再多回忆,就感到一阵难忍的头痛，差点从树枝上掉下去。

“伦那？怎么了？”凯文亚看到她这么难受，有些着急。

“没什么，只是提起这个技能就会头疼……”艾伦那摆了摆手表示自己没事,“我曾经拥有过这个技能,六年前的那场战争中，妈妈死了，我的这个技能也就没了，记忆也被抹去了。”

“天禧？天赐？”凯文亚也陷入了沉思，自己是什么时候有这个技能的？

还没等他想起来，艾伦那已经开始叙述她的过去:“妈妈死了，爷爷奶奶、外公外婆也都战死，姑姑一去不返，最后在云岚星被别人发现尸体。待在影陌星的舅舅暂理事务。爸爸待在晨曦星,却从不来看我……就连我在森幻星出事,他也没有一点讯息。”对于自己的过去，她很少和别人提及，关于父爱的缺失，更是保持沉默，但不知道为何，对凯文亚，竟然能如此自然地提到这些。

“没事的，起码你还好好的。在耀光星的菲尘学院里，你是最优秀的。”

听到他的安慰，艾伦那笑了一下，转移了话题，问:“你怎么知道我是最优秀的？”

“你不知道吗？这次考试虽然你还是年级第一，但年级第二已经归我了。”

“那恭喜你了。”艾伦那并不十分在意谁是第二名，淡淡地说。

“跟你待在一起能被冻死吧，太不会聊天了。”凯文亚耸了耸肩，从树枝跳下来。

艾伦那也跟着跳了下来，正好看到奇布和归雀出来。

“老师。”凯文亚对奇布非常尊敬，连忙走上前打招呼。

归雀兴奋地说：“艾伦那，在这里我能说人话！奇布大法师果然厉害！”

奇布平淡地说：“两个小时后，我送你们到飞船站，先整理一下东西吧。”

29

友情的可贵

在奇布的保护下，他们安全抵达飞船站，没想皇后琴亦竟然在这里等着。

“终于要回家了！”凯文亚一边等着飞船，一边听着母亲的唠叨。不过，他觉得这种出于关心的唠叨总比地狱般的夜戎星要温暖得多。突然他想起艾伦那回忆过去时的落寞，不禁瞥了一眼艾伦那。

只见艾伦那正仰望着天空，紫色的眼眸既坚毅又迷茫。仿佛是大雾中的一艘船，明知港湾就在附近，却怎么也看不见，只能顺风飘荡。

她在想什么呢？凯文亚在心里想着。刚想和她说些什么，飞船到了。

艾伦那礼貌地请皇后和凯文亚上飞船。凯文亚回过头，冲她笑着说:“还是你先吧。”

“不用了，你先。”艾伦那也笑，但明显心不在焉。待凯文亚上了飞船后，她跟在后面。

皇后琴亦怎么会在这里？如果说她是因为担心凯文亚的安全，大可派出精英战士来保护，完全不必亲自来啊？

就在艾伦那百思不得其解之际，飞船升起，穿越空间与时空，回到了耀光星。

此时，任伊彭已经回到耀光星，当时她听了艾伦那的话，躲在水池里，躲过了云翼地冢虎，却和好友失去了联系。现在看到艾伦那平安归来心里别提多激动了。她想上前去给好友一个大大的拥抱。

但还没来得及，林沐已经冲了出来，抱住艾伦那，边哭边说："艾姐，你可算回来了！"

伊彭也和她们抱作一团。

"好了好了，别哭了，我这不是什么事儿都没有嘛！"艾伦那轻轻拍着林沐和伊彭，轻声安抚着。和林沐一同来的风铃清晰地看到艾伦那眼睛里的泪光……

"沐雪咖啡馆见。"等这三个女孩平复下来后，凯文亚轻轻拍了下艾伦那的肩，塞给她一张照片，说，"偶然得知的。"

艾伦那接过照片一看，五个女孩笑得灿烂。正是她们在沐雪咖啡馆门前的合影。

沐雪咖啡馆迎来了很多人，凯文亚也如约而来。

"嗨。"木桌旁，坐着一个二十岁左右的男人，白绿色的头发和黄白色的衬衫很配，正悠然地看着门外的艾伦那、任伊彭、林沐、风铃和凯文亚。

"芦云，剑芦云。"风铃一边喊着一边走了进来。

"风铃。"芦云对她感到颇为无奈。

艾伦那怕第一次来这里的凯文亚会不自在，便拉着他走了进去，同时也用眼神示意任伊彭和林沐进去。

“你好。我叫艾伦那。”对于眼前这个陌生的男人，她主动伸出手示好。

其他人也有样学样，分别作了自我介绍。结果这此起彼伏的报人名的动静惊动了厨房中正在忙活的剑霜寒。她大声喝道：“别吵了，都给我安静点！”

风铃被这一声怒吼吓得赶紧捂住了耳朵，其他几个女孩也都连忙禁声。只有艾伦那没有什么反应。

凯文亚自己也轻轻捂了一下耳朵，但他一直关注着艾伦那，看到她如此淡定，感觉有些奇怪。

真的是记忆中那个女孩吗？

不像。要知道七年前，她绝对不是这种性格。难道，是因为六年前的变故？凯文亚否定了，不对，这个冰山脸应该是从小“练成”的，但肯定也和那件事有关。

林沐放下双手，看了一下四周，奇怪地问：“花鼓姐呢？”

剑芦云暗暗咬紧了牙关，但随即恢复了自然，他解释说：“小沐，我是剑芦云，是剑霜寒的哥哥。都怪我，我带来了一个不太好的消息，花鼓就先离开了……”

话还没说完，林沐的眼泪就差点落下来。

“好了好了，花鼓一定有自己的事。”艾伦那连忙安慰，“等她做完了自己的事情，还会回来呢。”

剑芦云、剑霜寒和风铃站在一起，低声交谈着。

“萱草？”剑霜寒问。

剑芦云点点头。

“怎么了？”风铃一瞬间明白过来，“难道是……”

“不要说出来！”剑芦云紧张地说，“是‘那些人’，危险了。”

30

辽德予

第二天下午，菲尘学院的一四〇一班里，同学们整整齐齐地坐在教室里，尽管夜戎星之旅比较惊险，但大家都平安归来。不同的是，换了一个班主任，而凯文亚也从二班调入一班。

“我叫阡，万灵正木系。”新班主任自我介绍道。大家表示了欢迎……

“伊彭，夜戎星那次，你是怎么出来的？”下课后，艾伦那有些漫不经心地问。

任伊彭显得有些尴尬，但还是详细地说了。当时艾伦那让她躲到水里，她就在水里待了很久，等风沙完全停了，考试原定期限快要到了才从水里出来。

期间她丢了盒子，又被所在水域的鱼类围攻，雪上加霜的是，她还找不到鹰豹群。为了完成考试，她只好再次下水杀了一条二十岁左右的应松鱼来凑数，却又拖不上来了。于是她灵机一动，自己做了一个水下斜坡，再钻进鱼的身体里，没头没脑地往前冲。就这样试了好几次，终于冲了上来。

又因为她不想拖着这只庞然大物行走，只好就这么套着，还挖了两只孔看路。没想到竟然因祸得福，没什么精灵攻击她。本想到飞船站之前卸下，却又不小心跌了一跤，直冲进了飞船站。

任伊彭右手抱着书，左手捏着当时“热心”的父母拍下来的照片在艾伦那眼前晃，十分懊恼地说：“你看看，我父母多不靠谱，竟然还说这是珍贵的记忆……”

就在这时，一阵风把照片吹了出去。

任伊彭大叫一声：“不好！我的照片！”说罢，忙去追赶照片。她可不能让其他人看到这么丢脸的东西。

艾伦那无奈地笑笑，其实不用看照片了，就伊彭这个大嗓门，刚才说的不都被同学们听到了吗？

喂，第二人格，敢不敢再赌一场，这次你可是输了。记得教我怎么把蝶翼实体化。艾伦那在心里呼唤。

“只能教你上半段。这样吧，我们再赌一场，我就不信我还能输。一会儿伊彭会和捡起照片的人打起来。你赌谁赢？要是你赢了，我就把下半段也交给你。”

我赌伊彭。艾伦那肯定会无条件支持好友的。

“好。到时候她要是输了，你可要为我做一件事。”

什么事？

又没声音了。艾伦那已经习惯了第二人格的突然而至和突然消失。

这时，一个男生从空中抓住了照片。意料之中，男生发出了一阵狂笑，果然，任伊彭也被激怒了，和那个棕发墨瞳的男生争吵了起来。

艾伦那随意瞥了一眼，竟然看到了不一样的东西。她连忙召唤蝶心化眼，只见那个男生有一半的身体上显露出点点棕色，但速度异常缓慢。

该死，法术的时限到了，看不清了……

“嗨。”就在这时，她的后背被轻轻一拍。

艾伦那转头看去，是凯文亚，于是顺口问道："你认识他吗？"

"认识，辽德予，三班的，就喜欢找人打架。"凯文亚耸耸肩，"被我痛揍一顿后收敛了一些。"

要不要阻止一下？艾伦那有些担心，倒不是因为自己和第二人格打赌，而是听到辽德予总是打架，担心伊彭会受伤。

就在这时，两人同时大喊起来："艾伦那/凯文亚，帮我做见证，我要打倒他/她！"

艾伦那和凯文亚相视一笑，都被他们弄得有些无语。

在菲尘学院地下一层的练武室里，任伊彭和辽德予准备在这里开始"决斗"。难得大家都没什么课，便聚集于此看这场对决。不仅艾伦那和凯文亚来了，就连林沐也闻讯赶来看热闹，除此之外，周围围满了其他同学。

艾伦那把凯文亚拉上台后，无意中看到了风铃、剑芦云和剑霜寒三个人正在窃窃私语。

"我可要站远点。"剑霜寒一笑。

"为什么？"风铃随手捋了一下雪白的头发，剑芦云不禁一呆。

剑霜寒见到哥哥这个样子，便一边跑开一边调侃道："我才不当电灯泡。"

风铃听后，便要追上去。剑芦云拉住她，说："铃，别追了，我妹就是这种性情。"

艾伦那会意一笑，又将注意力放到擂台上，思考着伊彭怎么才能取胜。突然她想起一件事，便在任伊彭耳旁低声说了几句。

负责主持的是欧阳渊和廖小怡。欧阳渊公布："双方做好准备，预备——开始！"说完，就拉着廖小怡迅速跑开。他曾和辽德予打过一架，结果输得很惨，所以对辽德予有一种恐惧。

任伊彭率先发动攻击，她没用电系技能，因为电系技能对土系无效。

艾伦那在一旁观战。现在，任伊彭用的是灵火术。只见数道火焰一齐射向辽德予，而辽德予并不躲闪，向火焰撞过去，竟硬生生地切开了火焰，直冲向任伊彭！任伊彭瞬间慌了，出于本能打出一道奔雷技能。

辽德予一惊，随即笑着说："雷电对我无效……"

看到对方放松了警惕，伊彭又发动了攻击，这次是火之球，但还是被辽德予迎刃而解。伊彭有些恼火，火焰法术面积太大，容易被化解，只能用电系技能，偏偏这个家伙还对电系技能免疫……想到这里，她突然想起艾伦那刚才说的那句话："电系技能对正土大地无效，但是火导电。"

没错，可以利用这一点！但她又想到了一个问题：他是防御系，有三个防御的盾牌技能。幸好艾伦那还提醒她，可以先用属性，然后两个技能一起用。伊彭在心里感慨着，艾伦那简直是无敌智囊啊！

"觉醒！灵火术——火之球！"

结合在一起就是新的技能——连天火雨！只见数十颗拳头大的火之球坠落，打中了辽德予。辽德予再怎么厉害，也不可能同时挡住这连天火雨，虽然不能直接击倒他，但足够点燃他了。

伊彭趁势追击，再次发动技能："奔雷！"

果然，辽德予被奔雷麻痹住了，只有嘴能动："切。要杀要剐，随……随……"说到后面，声音都在颤抖。

"哈哈哈……"这次轮到任伊彭笑他了，而凯文亚"好心"地想帮辽德予解除麻痹，但没想到自己也被电流锁住了。

"哈哈哈……"看到凯文亚的样子，艾伦那也笑起来。但毕竟也是朋友，她找来一根木棒，先把凯文亚和辽德予分开，再对任伊彭说："先收了辽德予身上的法术，凯文亚那边我能解开。正好是自由活动的时间，我去问他几个问题。"说着，就运用法力把凯文亚拖走了。

任伊彭愣了一下，把雷电收了回去。她没想到这次会这么成功，有些歉疚地说："对不住啊！"

"没……事。"辽德予哆嗦着说，但语气中仍然能听出不服来。

"哈哈哈……"任伊彭看着他的样子，实在忍不住，"你的发型，哈哈哈……"

"笑……什么？"辽德予已经很生气了，又因为口齿不清发泄不出来，一句话堵在嗓子，十分难受。直到任伊彭把他拉到镜子前，嘴唇的麻痹感逐渐消退，他才大喊出来："我的发型！"

在任伊彭的大笑中，他被伊彭拖着，随着人群进了休息室……

31

礼　物

“说说吧。”艾伦那的眼神有些奇怪，似乎带着些嘲弄，“我倒是很好奇辽德予用了什么技能。”

凯文亚盯了她一会儿，艰难地吐出几个字:“先……把麻痹……解开。”

艾伦那憋住笑，说:“你对辽德予说了什么我都知道了，不就是让他在受到有威胁的攻击后，用岩错技能吗？只不过这位仁兄却听错了，连灵火术也用这一招，加强了被麻痹性。”

“你……都知道了……啊！”最后那一声“啊”发出的同时，凯文亚感到身上一阵剧痛，麻痹感却消失了。原来是艾伦那强行把他的麻痹效果卸了下来，随手丢在一边。

缓了一会儿，文亚觉得好多了，便问:“你……是怎么做到的？”

“简单，用光暗破轮隔开麻痹之后迅速甩出去就可以了。”艾伦那耸了耸肩说。

“既然你都知道了，那还想让我说什么？”

“我想知道，”艾伦那顿了一下，继续说，“辽德予有什么秘密。别误会，我只是好奇而已。”

哼，根本就不是我自己好奇，明明是第二人格太八卦！艾伦那在心里吐槽。

凯文亚想都没想就说："不行。"

"为什么？"艾伦坐到一块巨大的岩石上，用眼神示意凯文亚坐到对面，又想起了什么，问，"你没有回家时间的限制吧？会不会耽误你？"

"我都随意。辽德予是告诉过我一些关于他的事，但这不是他的'最高'机密。那个机密，他并没有提过。我只知道他有个秘密，仅此而已。如果你想问关于他的事……"凯文亚的脸上难得浮现出一丝严肃，"用你朋友的换吧，我不想泄'密'。"

"不了。我也不想泄'密'。不过我的秘密倒是可以和你聊聊。"

"这么信任我吗？"凯文亚有些吃惊。

"拿你的换。"艾伦那纵身一跃，借助蝶翼实体化跃到凯文亚所在的岩石上。

"谁先说？"二人异口同声地说，随即又异口同声地回答，"我。"

他们愣了几秒，都笑了起来。笑着笑着，艾伦那说："我先。"

"不行，我先。"凯文亚带着笑意，说，"别人都以为吟德星系的皇和后，也就是我的父母只有我一个孩子，未来整个吟德星系的皇就会是我。但我知道一个秘密。"

见艾伦那沉默地望着自己，凯文亚继续说了下去："我还有一个哥哥，同父异母的哥哥。是老师告诉我的。"

"奇布大法师？"艾伦那之前又翻了一遍《吟德大历史》，里面关于西格瑞特·奇布的记载不多，但统一都用"奇布大法师"这个称呼。

“没错，但这个哥哥是谁，为什么这么久不来见我们，他是不是圣灵系，我都不知道。我只是很高兴，我有一个哥哥。”

今天的文亚和平时很不同，艾伦那也被他的情绪所感染，接口道:“我倒是没有亲兄弟姐妹，只有个表妹，叫伦霄。轮到我说秘密了。有一个自称是我第二人格的家伙，我有很多技能都是跟她学来的，但她是谁，我不知道。”

“冰山脸难得说这么多话，可喜可贺。”正说着，第二人格竟然出现了。

第二人格，信不信我把你揍扁？一边去……果然走了。

凯文亚正在发呆，不知是在思考哥哥，还是在想她的第二人格。艾伦那用胳膊捅了他一下，说:“好了，先不说这些了，话说回来，你的生日是哪一天？”

“就是我们遇到的那天。”

“知道了，那我先走啦！”说着，艾伦那跳下岩石，向前跑去。

凯文亚也赶紧跳下来，边追边问:“等等，你的生日呢，是几月几号？”

“远在天边，近在眼前！”艾伦那很快就跑远了，只留下这样一句。

“远在天边近在眼前吗？”凯文亚露出微笑，“那就是今天啊！”

九月十九日，是艾伦那的生日。

第二天，艾伦那如往常一样到了学校。只有她知道，书包里装了些不一样的东西。

“生日快乐！”伊彭递给艾伦那一个小盒子，补了一句，“昨天没有准备好。”

“没事的。”艾伦那拆开盒子，里面是个逼真的兔子玩偶，有小巧的红色眼珠，轻柔的白色绒毛，“谢谢！小沐打算今天做生日蛋糕，记得放学后去尝一尝，她的烹饪又进步了。”

就在这时，上课铃响了。艾伦那拉着伊彭走进教室，在课桌前坐好。

新的班主任是阡，她曾介绍过，自己是法术分部的万灵的执教老师之一。之前的赵老师和其他老师都是文化课部的，学校规定也是要文化课部的老师当班主任。情况越来越扑朔迷离了。而且她还教万灵辅助系，也就是说，她有可能教小沐。并且她还管部分学校图书馆，不知道灵书阁是不是由她负责……艾伦那看着讲台上的阡，心里琢磨着，总觉得事情不是那么简单。

又看了看课程表，艾伦那发现，基本上除了周三是六节课以外，其余几天都是九节课，每节课四十分钟，法术课占所有课的三分之一。现在，她的目标就是在十六岁的“成年”考试中得到第一。其中一半的分是文化课，三成是法术，剩下的二成是附加课程。附加课程要自行选择，但最后加分是不一样的。

这节是阡老师的课。刚上课，她就整理出了一个“金字塔”理论。

一等（满分一百分）:医药

二等（满分八十分）:美术、音乐、烹饪

其他（满分六十分）

其实这种分配一点都不公平，但这么多年下来，大家早就适应了，反正只占二成，少点分就少点分吧。

下课后，凯文亚出去踢球了。艾伦那偷偷到凯文亚的课桌前，塞了一个东西后也离开了教师。过了一会儿，凯文亚回到了教室后，并没有回到自己的课桌，而是悄悄打量了艾伦那的课桌，那个藏在课桌里的紫色盒子没有打开的痕迹。凯文亚耸耸肩，又出去了。

教室外的走廊上，艾伦那正在那里休息。突然听到一个熟悉的声音:“姐！”她心中有些吃惊，回头看去，只见表妹伦霄快步冲了过来。

“霄儿？”看到许久未见的表妹，艾伦那也开心不已，抱住了伦霄问，“你怎么来了？”

“哈哈,想不到吧,我进一四〇二班了。”伦霄露出调皮的表情，说，“妈妈说要奖励我，下个月帮我调到一四〇一班，就能和大姐一个班了！”

“你之前不是……”艾伦那意识到不太适合直接说出来，悄悄在伦霄的耳边说，“在一三一八班吗？”

当初十三岁分班时是按实力高低分了十八个班，一班最好，十八班最差。

“真是奇迹啊！”第二人格又跳出来捣乱了。

闭嘴！艾伦那以为第二人格只是调侃，根本没有意识到它话里有话。

“当然是考进来的啊！我妈的‘训练’有用吧？”伦霄不由地得意起来。

“好吧，那就恭喜你了。”艾伦那拿这个妹妹也没辙，笑着说。

“姐，猜猜我给你做了什么礼物？”伦霄自然没有忘记表姐的生日，但又不想直接拿出来，便先让姐姐猜。

“那我可猜不到。”艾伦那笑眯眯地说，“是什么啊？”

“是一包新的紫罗兰花种！我知道你最喜欢紫罗兰了！”

“谢谢！”艾伦那很高兴，是发自内心地高兴，“你的生日是十月六日，很快就要到十三岁了，想要什么生日礼物？”

“寒极凌霄花！”伦霄脱口而出，“前几天妈妈才送我一朵，还差一朵就能结籽了！妈妈说，这种凌霄花花籽可以提高我的医药成绩，到时候我可以分给姐一半。”

“行啊，等姐查查资料。十月四日那天，咱俩一起去，好不好？”

“好！”

看着伦霄蹦蹦跳跳地走远，艾伦那叹了口气。回到教室后，她猛然发现课桌里有个紫色的盒子，拆开一看，是一个水晶制成的钢琴造型的八音盒。这是谁送的礼物？

在另一边，凯文亚倚靠着门框，注视着手中蓝紫相间的圆环状的玉石和旁边的纸条。

他不禁产生疑问：“这只是她‘偶然’翻出来的吗？永恒守护……”

32

寒极凌霄花

十月四日，艾伦那和伦霄约好去寻找寒极凌霄花，到了光耀星飞船站，背着粉红色大书包的伦霄早就等在那里。看到艾伦那，兴奋地打招呼："姐！我在这呢！"

"早就来了？"艾伦那拉着妹妹的手，说，"走吧，去森幻星。"

有了上一次的经验，艾伦那和伦霄很快就到了森幻星四十七区。她曾经查了资料，发现最好的寒极凌霄花就生长在这里。

"幸好今天不上课。"伦霄没有来过这里，对这种长途跋涉有些吃不消。

"嗯，还有一公里……再坚持一下。"

"姐，这里有什么好玩的吗？"

"你啊，就想着玩。"

两人有一搭没一搭地聊着天，很快就到了目的地。这里是一处悬崖的谷底，仰头望去，悬崖上有片片积雪，一抹火红色的寒极凌霄花开得烂漫，极为醒目。

"那就是凌霄花！"伦霄兴奋地大叫，"传说中可遇不可求的寒极凌霄花啊，太棒了！"

"走吧，咱们还得上去呢！"

上山的路满是积雪，每走一步都万分不易。伦霄的速度飞快，落在后面的艾伦那暗自感叹着，火属性加上舅妈给的装备，伦霄轻松了许多。

“可以。”第二人格也赞赏道。

越往上冰雪越多，温度也越来越低。艾伦那勉强还能抵抗，可伦霄就不一样了。尽管她接受过阿耀达的训练，可毕竟年纪还小，装备在低温中已经失去了作用，只好丢弃。

此时的伦霄早就没有了力气，只能跟在艾伦那的后面，用绳索连接着，有时甚至要艾伦那背她前行。再往上，山势越来越陡，温度越来越低，艾伦那就无法背伦霄了。此处的海拔大概已经有两千五百米了，这种海拔高度原本就很冷了，再加上森幻星远离恒星，这条山路又被冰雪覆盖，温度就更低了。就连艾伦那也有点摇摇欲坠，更别提伦霄了。

“姐……咱们还是……下山吧……”伦霄气喘吁吁地说，仿佛每说出一句话就要耗费全部力气。

艾伦那意识到了伦霄虚弱极了，立刻从包里翻出一些药片，塞到她手里，嘱咐道：“霄儿，吃了药你就下山吧，我还能坚持。”为了保证伦霄能够正常下山，艾伦那也不管药片是否珍贵，把大部分药都塞给了她，只给自己留了三片。她服下一片，对伦霄挥挥手，向前冲去。跑远之后回头一看，背后洒满了金色的光。

原来积满冰雪的路上赫然开满了鲜花，环绕在伦霄的身旁。这是采摘寒极凌霄花的人遇到的第一种幻觉——寒暖交织，也是最容易遇到的问题。

继续吧……再向上，就在要接近开着寒极凌霄花的陡崖时，陡崖和花都不见了。艾伦那环顾四周，觉得这里莫名熟悉，再仔细一看，发现这里是伦霄分开的地方……这应该是第二重幻境——千回百转。艾伦那看了看海拔估算仪，已经到了三千米左右，还有一千五百米。

继续！无论它怎么转，相信自己。还剩五百米，艾伦那明显感到体力不支。寒冷充斥在四周，眼前渐渐浮现出幻象。一会儿冷如冰，一会儿热似火，幻象交替着出现在艾伦那的心中。

逝去的母亲、冷漠的父亲、奇怪的第二人格、真诚的朋友、那一双金色的眼睛……

艾伦那猛然想起，这是寒极凌霄花的最终幻境——记忆与时空交错。这说明她现在已经在走最后的路了……

终点近在眼前，可艾伦那的体力严重透支，药片已经消耗殆尽，心海也冰封冻结……我，还能继续吗?

不行！我不能放弃，至少现在还没有倒下。我还在前进……

终于，一片红色，出现在她的眼前。

采到凌霄花的瞬间，艾伦那失去了意识，竟然从悬崖上掉了下来……就在要着陆的瞬间，橙红色的光芒包裹住了她，使她稳稳地落在地面上。

“姐！”伦霄跑了过来，“你没事吧？”

她的小脑袋左摇右晃，又围着艾伦那转了好几圈。艾伦那缓了缓神，觉得身体在这片光芒中也得到了恢复，怕伦霄担心便说：“霄儿，我没事。看，寒极凌霄花！生日快乐！”

“谢谢姐！”伦霄看到艾伦那没什么事情，就放下心来。得到梦寐以求的寒极凌霄花，喜爱之情溢于言表，立刻从书包里拿出花盆。艾伦那把花装了进去。眨眼之间，寒极凌霄花的藤蔓就爬满了整个花盆，冰雪覆盖住藤蔓。

伦霄有些害怕，赶紧松了手。艾伦那见状接住了花盆，藤蔓在她的手上割开了一道道伤口，血流进了藤蔓。没想到的是，奇迹发生了：所有的藤蔓和冰雪都收了回去，只留下了一株外面橙红色、里面火红色、花蕊金灿灿的凌霄花。

艾伦那用纸擦了擦手，说："这下应该没问题了。霄儿，我来拿着花，等回到了耀光星后再给你。"

"嗯。"伦霄点点头，补上一句，"姐，你最厉害了！"

此刻，她们笑得万分灿烂，仿佛没有什么烦恼，无忧无虑，又回到了童年。

33

风波再起

第二天，一四〇一班教室里正在上班会课，除了伦霄之外，班主任阡和其他同学的表情都异常严肃。阡郑重地说:“同学们，这次的事情关乎整个学校的安危。”

大家不约而同地点了点头。伦霄仍然有些嬉皮笑脸，但在艾伦那的示意下有所收敛。全班只有她知道，伦霄天生与他人有所区别，可究竟是在哪个方面不同，只有她的父母最清楚。

“班长阿凯，你上来和大家说一下。”

阡口中的阿凯就是凯文亚。他走上讲台，协助着老师把事情说得更清楚:“这次是我……皇亲自下令，由于二三十年前发生了一些事情，再加上皇储被菲尘学院招收，诸如此类的原因吧。现在的情况还有待查证，总之，大家要按照阡老师发的纸条做。”

“纸条上包括了所有不该说的话和不该做的事，请大家务必记住，今天还是按正常的时间放学。”

“万岁！”从隔壁班传来了一阵欢呼声。一四〇一班内仍是一片寂静，伦霄的注意力被窗外的蝴蝶吸引，根本没有听放学时间这件事。

“很好，不愧是一班的学生。我刚刚的话没有说完，作为这一届的优秀代表，我们很有可能被问话。当然，你们不需要太紧张，每个年级一班的学生都会被问话。”阡的神情一直很严肃，直到现在才稍微放松，她继续说，“我相信你们一定能做到最好，对不对？”

众人都点头，这是一种无声的支持。

“很好。现在我开始分配职位，被点到的同学会迟一点放学。”阡的神情再次严肃起来，“班长——凯文亚！副班长兼历史课代表——艾伦那！劳动委员——任伊彭！地理课代表——欧阳渊……”

最后，阡老师点道：“最后一个，伦霄！”

伦霄刚刚转入这个班级没有多长时间，再加上她年纪比较小，同学都没有料到她竟然会被选中。阡对学生的反应毫不意外，说：“希望大家能够平安地度过这学期。其他人放学吧。”

“老师再见。”同学们起立、鞠躬。

半小时后，被点到名字的一班同学聚集在教师办公室门外。阡说出他们进入的顺序：“第一个是凯文亚，然后是欧阳渊……最后是艾伦那，你和伦霄一起进来。记住我说的所有话，一定要保密。这次计划成功与否，就靠你们了。”

“是！”几名学生都点头表示明白了。

“阿凯，你先跟我进来。”

凯文亚点点头，跟着阡进了办公室内。艾伦那默默地发动了蝶心化影的隐藏技能。一片轻薄的小蝴蝶趁着众人不备，从门缝钻了进去。但办公室里没有人，艾伦那在意识里发现原来办公室内还有个隐藏的密室，便操控着蝴蝶从密室门下方的缝隙进入。

意识中的画面光线非常暗，原来这间密室里没有光源。蝴蝶继续前进，但速度实在太慢，根本就追不上阡和凯文亚的步伐。蝴蝶飞了一阵，突然一个拐弯。艾伦那连忙操控蝴蝶贴着墙壁，并且变成墙壁的颜色，缓缓前行。过了一会儿，画面终于亮了起来。艾伦那看到凯文亚和阡老师正面对面地坐在木椅上。

“阿凯，我知道你是皇储。”阡开门见山道。

“阡老师，您难道不信任我吗？”凯文亚的语气很冲，艾伦那不禁替他捏了把汗。

“阿凯，我只是希望你在学院和家族之间选择一个。”

“老师，请你告诉我，是谁告诉您，我是皇储的？虽然我是神灵系的，但我还有可能只是普通人家的孩子，即使有可能与皇室的血脉搭边，可有什么可以证明我就是皇储呢？”凯文亚沉吟了片刻后问。他非常自信，皇储只有在即位后才能宣布名字，并且在即位前不准接待大臣，除非皇帝亲征、皇储留守耀光星的特殊时刻，才能和大臣们见面。照此来说，除了他比较信任的几个朋友以外，应该没有人知道他是谁。

“你的老师告诉我的。”阡笑了笑说。

凯文亚吃惊不已。虽然他有很多教课老师，但唯一一个始终被他叫老师的，只有西格瑞特·奇布，这怎么可能呢？

“奇布是我多年以前就认识的老朋友了。”阡继续说。

这无疑是更令人吃惊的消息，不仅密室内的凯文亚吃了一惊，始终关注的艾伦那也觉得不可思议。奇布大法师和阡老师是朋友，还是“多年以前就认识的”？可阡老师看起来才二三十岁啊！

见凯文亚愣住了，阡笑了笑，岔开了话题：“阿凯，你有一点像我以前认识的一个朋友。他也像你这样，想保护自己在意的人，让他们高兴。有时候有点轴，自认为很聪明，实际上经常被‘骗’。”

听到这儿，凯文亚有些不好意思地挠挠头。

“但你比他会变通，此路不通就绕路走，而他太认死理了……”说到最后，阡叹了口气。

“阡老师？”看到对方不再继续说下,凯文亚轻轻地叫了一声。

“对了，你应该有个指南针，但能不能看懂就要靠你自己了。”说完，阡没有再理会凯文亚，站起来碰了碰墙壁，蝴蝶受惊飞了起来，艾伦那暗暗叫苦。

阡转过身，面向这只蝴蝶，屏蔽了周围的声音，确保只有她和艾伦那能听见，说:“艾伦那，我知道是你。收回法术吧，阿凯很安全。”

门外的艾伦那闻言，收回了蝶心化眼，在心里说:第二人格，我不看了。

“嗯？怎么不再看看？”

我相信阡老师!

几分钟之后，凯文亚出来了。

“班长，老师问了你什么？”

“班长，怎么没有你的声音？怎么回事？”

守在办公室门外的同学都围了上来，关心地询问。凯文亚并没有看他们，而是看向了没有上前的艾伦那，挑了挑眉，似乎看破了玄机一般。

艾伦那也回望着他，眼神很坦然。

凯文亚收回目光，敷衍地说:“阡老师特意嘱咐我，所有东西都要保密。下一个到欧阳渊了。欧阳，赶紧进去。”

“哦。”欧阳渊慵懒地应了一声，进了办公室。

人群慢慢散开，凯文亚走到艾伦那旁边，在她耳边轻声说："谢谢关心。"

他不知道阡老师单独和艾伦那的对话，但依然猜到了这是艾伦那的法术。

"不用客气，我觉得阡老师的评论很适合你。"艾伦那一笑，凯文亚也跟着尴尬地笑了笑。

一个小时之后，天色逐渐暗了下来，走廊上只剩下了艾伦那、伦霄和凯文亚。

"你还不走吗？"艾伦那透过墙上的玻璃，看着外面的天空。

"等等你。"凯文亚也凑过来看夜色。

艾伦那沉默了，现在在办公室内谈话的是任伊彭，走廊外，伦霄正在看着一株爬山虎，所以这里格外寂静。窗外，星光点点，万籁俱寂。菲尘学院内植物极多，尽管临街，但学院内部却听不到任何喧嚣。

"伦那。"凯文亚轻声叫她，语气中带着一丝不易察觉的迷茫。

"嗯？"

"刚才阡老师说我有点一根筋，还说我手里有一个指南针，这是什么意思呢？"

艾伦那想了想，说："我也不清楚。也许是你身上的一个物件，或者是你身边的人。"

"嗯……"凯文亚若有所思。透过玻璃的映射，艾伦那看到他的眼神时而坚毅，时而疑惑，也就不再插嘴打断他的思考。

过了片刻，才慢慢开口道："我本来以为三班的某人比你还一根筋，现在看起来，似乎在某些方面，你的一根筋已经远远超过了他。”

“三班的？谁啊……你说的是辽德予吧。那是你没见过他犯二的时候……”

凯文亚的话说到一半，办公室的门开了，任伊彭从里面探出头，问：“艾伦那，伦霄呢？”

“在走廊外，我叫她过来。”艾伦那转过身，喊道，“霄儿，过来！”

“哎，姐，我来了！”窗外的一个草丛动了动，伦霄的脑袋探了出来，头发中还夹着好几片树叶。艾伦那看到妹妹这副样子，不禁嘴角上扬，凯文亚耸了耸肩，二人相视一笑。

任伊彭先行离开，艾伦那和伦霄进了办公室。阡老师不在办公室里，桌上留了一张纸条，让她们直接进密室。

艾伦那来到了密室对应的暗门前，使劲拉开了门，让伦霄先进，但伦霄有些怕黑，紧紧贴住姐姐，打死也不进去。艾伦那叹了口气，使用了发光的法力，让通道亮了起来，再根据通道的变化，时而前进，时而爬坡，时而借着蝶翼在她身上的实体化抱起伦霄向下降落。终于来到了阡所在的地方。

她仍然是坐在木椅上，头上插了一只玉簪花，只不过这次面前摆放了两把木椅。

阡很温和地说：“坐吧。我只是想和你们聊聊，不用太紧张。”

伦霄没有多想，直接坐下，而艾伦那则稍微观察了一下四周后才坐下。阡开了一盏电灯，能看到了周围生长着各种各样的奇花异草。喜欢花草的伦霄非常兴奋，很直接地问：“阡老师，这里的花能送给我一些吗？”

艾伦那觉得这有些不得体，但出乎意料的是，阡笑眯眯地说：“可以啊，伦霄，在旁边的房间里有花盆，你可以去找几个，来装这些花。”

“太棒了！谢谢老师！”伦霄开心地起身离开。

“阡老师，这些花都很珍稀，您确定吗？”艾伦那看着伦霄离开后才问。

“无妨，那些花盆自带去除药效和法力的法术。这些花一碰到，就只剩下了美丽的外表。”

“这种法术是神秘系或暗影系的吧，也许超能系也能做到，但阡老师，您不是正木——万灵系的吗？”

阡淡然一笑，并没有直接回答，反问道：“艾伦那，你知道这个世界上最主要的属性吗？”

“怎么不知道？核心五大系——金木水火土，此五系延伸出十个属性——正金机械，偏金飞行；正木万灵，偏木风雨；正水圣洁，偏水冰雪；正火烈焰，偏火雷电；正土大地，偏土战斗。”

“是的，但在这十系以外，还有五系。”

“光，暗影，神灵，神秘，超能。”

“嗯，这一共十五系相生相克，但个别人能够拥有两种属性，比如说——你。”

“阡老师……”

“我知道，你报的是暗影系，但是在你身上发生了一些奇迹。”阡顿了顿，继续说，“光，暗。你是第一个光·暗影系的人。”

艾伦那沉默不语。

“小艾，不要暴露这一点。”

艾伦那猛然想起，除了任伊彭、林沐和文亚之外，在夜戎星上，她无意中暴露了自身的光属性……

“小艾，其实……今天我找你们过来，是为了另外一件事。”

“是什么事？”

“其他人还好，主要是伦霄我不太放心，她最容易泄密。”

艾伦那很聪明，一点就透，便问：“您是说，明天让我拖住她？”

“不一定，最好不要影响伦霄的学习。她的学习一直不太好，就算到我的班上，也一定不能让她的成绩提高。”

艾伦那站起来，想了一下，说：“阡老师，还是让她去学习吧，到时候随机应变就是。”

“嗯。反正皇会先问你们几个学习好的。”

就在这时，传来一阵歌声，清脆悦耳。

“是霄儿回来了。”艾伦那向着门口望去，担心地问，“阡老师，您说……霄儿会不会像这些花一样，碰到那些花盆就没有药效和法力了，只剩下美丽的外表，处境会很艰难？我一直认为，她无缘无故地从全年级倒数升到正数前二三十名，肯定有什么原因。”艾伦那的紫眸中出现了一丝担忧……

34

泄 密

第二天上午十点，皇——凯齐秉进入菲尘学院，随他而来的是皇后——琴亦。按照昨天的安排，这时候，同学们仍然在教室上文化课，还有二十分钟下课。

整座菲尘学院被树木和墙分成了两块区域，外圈的白色院墙向外的一面干干净净，只是种了一些小花小草，里墙却爬满了爬山虎的枯枝败叶，勉强能遮掩住里面有些破败的墙壁。沿着外墙种着四季常青的松树，连接着大片的草坪，只有在右手边操场上的草是假的，其他都是耐践踏的狗牙根草。中央的石路被草簇拥着，四通八达。左手边是另外一片树林，种着果树。此时节大部分的果实都已成熟，被摘走了，还留着几个微微发青的。

草地与石路的交接处连着六岁到十岁的学生们所在的教学楼，白色墙壁同样爬着一些爬山虎。

“环境真好啊！”皇伸了一个懒腰，今天他和皇后穿的都是便服，难得能放松些。

皇后听闻点了点头。两个人在石路上慢慢走着，似乎没人能认出来他们是谁。但他们不知道，有只蝴蝶一直在暗处观察。

第二道围墙之内的一四〇一班里，艾伦那通过蝶心化眼“看”

到了这一幕，赶紧用手肘碰碰正在发呆的凯文亚。

“嗯？”看到艾伦那打了几个手势，凯文亚点点头说，“知道了。”

艾伦那看他一副“任风雨来袭，我自岿然不动”的架势，有些着急，顾不得还在上课，悄声问:“怎么了，病了？还是大脑罢工了？”

最后她是故意这么说的。果然，她刚说完，凯文亚的嘴角抽动了一下，说:“你才大脑罢工了呢！我是在想，当我父母问我的时候，我该怎么回答。”

“能不能……说一个善意的谎言？”艾伦那犹豫了几秒，还是继续说，“权当是为了学校？或是为了我……们班所有同学的学业？”

凯文亚盯着艾伦那，愣了几秒才吐出一个字:“好。”

正当皇与皇后迈进学院的第二道围墙的拱门时,下课铃响了。

“走吧，去看看小凯。”琴亦露出优雅的笑容。

凯齐秉点了点头，嘱咐道:“别让人发现了。”

二人快速向前走去，略过了所有的教室，走向连接着一四〇一班的楼梯口……

刚到楼梯口，两个人就听到了一阵嘈杂的声音，赶紧闪身让开。学生们一个个走下楼梯，随后而来的老师立刻让学生们排好队，师生集体单膝下跪，行接见礼。

“这是一四〇三班。”皇后在皇的耳边悄声说。

“知道了。都起来吧，朕就……不打搅了。”在皇宫，他在妻儿面前都是称“我”,到了这里他差点就把“朕”这个称呼给忘了。

“祭之风。”顺着这股神秘系的技能，他们很快就到了一四〇一班的教室。

阡看到皇与皇后驾到，赶紧带着全班同学单膝下跪，行接见礼:“陛下，殿下。”

皇后着皇后示意一下，皇后便说:“起来吧，同学们。待会儿最后一节课，你们不用上了，我要问你们一些问题。”

“是。”同学们齐声答道。

第一个是艾伦那。

“小艾，好久不见。”坐在教师办公室内的只有琴皇后一人。

“您知道我和文亚的过去？”艾伦那行了一礼后，问道。

“算是吧。他那孩子在我面前几乎不会隐藏任何秘密。”

十五分钟后，艾伦那从办公室里走了出来，任伊彭在门口探头探脑的，看到好友出来，连忙问道:“怎样？”

“没有聊涉密的事。”艾伦那看起来很轻松。伊彭排在第二位，听她这么说也就放心地走了进去。

“因为你的嘴巴紧，撬都撬不出半句话。”凯文亚在一旁接口道。他是第四个。

“欠揍。”艾伦那只说了这两个字，就站在了凯文亚旁边。

…… ……

任伊彭进去没有花多长时间就出来了,然后便去找辽德予“对练”。第三个是欧阳渊，已经进了十分钟了。

“马上就到你了。”艾伦那并没有走，看着凯文亚说。

他没有说话。

“拜托了……”艾伦那刚想再说什么,就看到门开了,便说,“我先去找霄儿了。加油。”

虽然艾伦那不知道他们谈了些什么，但二十多分钟后，她看到凯文亚精神抖擞地走出来，便放了心……

最后一个伦霄。

听到琴亦点名伦霄后，艾伦那的脑子“轰”的一声炸开了。事已至此，她也没有什么办法，总不能在琴亦面前使用蝶心化眼吧！她只能眼睁睁地看着伦霄进去，携带着学校的秘密进去，却没有任何办法。

十分钟后，伦霄高高兴兴地出来了。凯文亚悄悄进去，片刻后又出来。

“一个好消息，一个坏消息，先听哪个？”

“坏消息。”

“伦霄泄密了，而且泄得不少，知道的说了，一知半解的也说了七七八八，足够把学校拆上三遍了。”

她没有说话。

“好消息是妈妈答应为我们保密。别担心了。”

艾伦那依旧沉默着。

35

真正的原因

菲尘学院的顶楼就是校长室。此时，校长正在和皇单独面谈。

校长行礼后，凯齐秉亲切地说:“好久不见，最近好吗？”

“陛下，您觉得呢？”

凯齐秉沉默了，校长并不是旁人，而是他儿时的玩伴——景。

“陛下，”景坐在转椅上，椅背上绘制了众多云图腾，他有些不敢相信地问，“您真的要拆了这里吗？”

“你还是问出来了。真的，我恨这里。我的师父死在这里，这里的老师驱逐了我和师父的儿子。然后我想让师父的儿子教小凯，这里的老师联名反抗，害得师父的儿子连夜逃走……你们到底要干什么？”

“陛下，请您冷静一点。”

“景，唉……”凯齐秉叹了口气，坐了下来，颓然地问，“预言真的有这么糟糕吗？”

“是。前几天我到菲尘空间去看的时候……”

“怎样？”凯齐秉着急地追问。

“连抽五签，一个下下，四个凶。”

“那些都指什么？”

“第一签学院，第二签战事，第三签国事。”说到这里，景停住了。

“然后呢？”

“第四签……陛下，第五签是整个吟德星系。”

“哪个签是下下？”

景停顿了一下，说：“最后一个。”

“我不信。”凯齐秉蓝色的眼睛里流露出绝望。

“陛下，跟我来吧。”景穿着黑色的礼服，和他灰色的头发、海蓝色的眼眸相呼应，“菲尘空间。”

紧接着，他们两个人就进入了一片灰白交织的空间。

“陛下，您知道空间与领域的最大区别是什么？”

“空间内可以放‘东西’，领域却不能。”

“还有一个，领域可以传承，空间不能传承。”

“所以你只是……”凯齐秉有些吃惊。

景直接说：“这个空间的客人，而主人是……菲尘学院的所有学生。”

“为什么？”

“菲尘空间内安放着第一任校长的灵魂，他的名字就是菲尘。”

凯齐秉点了点头，说：“明白了。空间原本应该随着主人的逝去而消亡，但这个……”

“支撑它到现在的是——”景停了下来，看着他。

“学生们的欢声笑语？”

景叹了口气，解释道：“这是菲尘的心愿，但这终究抵抗不过命运。最多再有半年，他将完全消亡。”

“好。我离开，尽管我被开除这个冤仇大半都是他造成的。

我仍然想占一卦，真的有这么糟吗？”

“唉，你还是不死心。”凯齐秉没有说话，但景知道他不是一个能随便改变心意的人。于是便开始施展技能，“开始了。与光同尘，与夜同影……”

景还没说完，凯齐秉突然打断：“景，预言会不会消耗菲尘的灵魂？”

景停止了正在施展的法术，道：“会，但很少，无论是否占卜，他的消亡都是注定的。还有，这个不是预言。”

“什么意思？”凯文秉不太能理解这两者之间的差别。

景解释道：“预言不允许透露，也不允许改变，因为预言是找出未来的事实，而占卜只是看到未来的走向。”

凯齐秉点了点头，说：“明白了，开始吧。”

“与光同尘，与夜同影……菲尘，求卜五签。”

“何事？”一个低沉的声音响起，是菲尘，却看不到人影。

景回过头，说：“还是你问吧。”

凯齐秉眨了眨眼，恍惚中看到了景年轻时的模样：戴着黑色的方框眼镜，灰黑色的头发总是梳得很整齐，海蓝色的眼睛亮亮的，给人一种温文尔雅的感觉。同时，他也想起了景的身世。景是一个孤儿，被菲尘学院的老师收养……

“凯齐秉？”景看到他始终没有开口，便提醒道。

凯文秉醒过神来，连忙说：“哦……第一签学院，第二签战事，第三签国事，第四签朕，第五签是整个吟德星系。”

“请稍等。”低沉的声音消失了。

“景，刚刚我看到了你年轻时候的样子，这是为何？”凯齐秉趁机问道。

“这是菲尘空间特有的能力——时光回溯。所有我们在这里经历过的，也许我们都忘了，但他记得。”

“真的吗？我这个差等生他也会记得？”

“当然。”

凯齐秉又是一阵恍惚，看到了第一次上学，第一次遇到他最好的朋友——景，第一次遇到琴亦……那些美好时光，一一展现。片刻之后，时光回溯突然停止，随即听到一阵咳嗽声，是菲尘。

“菲尘先辈，先辈，您怎么了？”景十分焦急地问。

“我的灵魂……咳咳，即将凋亡……和我‘离世’前的症状一样……咳咳咳……不必担心，我已经‘活’了太久……”

“先辈，占卜得怎样了？”凯齐秉也凑上前，看见景的手上多了五只签。一到四全是“凶”，只有第五个是“下下”。

“看来，只有最后一项是有转机的了……”凯齐秉叹了口气，“罢了，不打扰菲尘先辈了。”

36

选课报班

皇和皇后才走了三天，“金字塔”又摆了起来。阡指着“金字塔”说：“各位同学，一个月前，我们已经熟悉过了加分课程是如何加分的，它占毕业考试成绩的两成，文化课占五成，法术占三成。你们别看加分项只占两成就掉以轻心，它是唯一一个要排名比赛的项目，而且是公开和其他学校排名。学校希望你们在考试之前尽可能地提高分数。报班这个事情由几名班委负责，中午向我汇报。班长负责医药班，副班长负责音乐班，学习委员负责烹饪班，文艺委员负责美术班……劳动委员负责劳技班。下课。”

一下课，大家先去了凯文亚那里报医药班，几个班委也趁机把自己要报的班先报了。

“文亚，医药。”是艾伦那的声音。

“文亚，我报我报！”是欧阳渊。

接下来还有若干人，报完名后又去了其他地方，最后，只留下伦霄在教室中无所事事。

“伦霄，你不报医药吗？除了你大家都报了。”凯文亚问，伦霄向着他的方向挪去。

“霄儿，没事的。文亚虽然有点莽撞，但他又不是什么怪兽，不会吃了你，而且你姐还在呢。”艾伦那鼓励道。

凯文亚不满地说：“拜托，伦那，我可不莽撞！”

艾伦那根本就无视他，问：“霄儿，你报了什么班？”

“烹饪……啊，我的纸！”伦霄的书本里飘出一张纸，惹得她大叫一声。

艾伦那捡起来，瞄见上面歪歪扭扭地写着六个字：“医药，烹饪，音乐”；而反面写了一行字：“别的时候我随你，但必须报这三项，园艺没法为你的将来铺路，花我没收了。”

“姐，纸条还给我吧……我要报医药，音乐，帮我登记一下。”

“好。”艾伦那装作不知情，把纸条递给了伦霄，在登记表上写了点东西，说，“霄儿，登记好了，这是你的班卡，在进入班级时出示一下就行了。”

“哦。”

“伦霄，这是你的医药的班卡。”凯文亚也把班卡递给了她。

“叮铃铃……”上课的铃声响起，这节仍是阡老师的班会课。

“大家报好班了吗？各个附加课程都有八个班，班卡上写着你所在的班级。”

接着，阡老师又讲了一些注意事项，艾伦那听了一会儿，看了看她和凯文亚的班卡，脸色变了变，说：“医药和烹饪我怎么都跟你一个班？”

除了艾伦那报了音乐班，凯文亚去报了美术班之外，其余两个不仅类型一样，就连班级也一样！

“我怎么知道？”凯文亚笑了，在艾伦那的耳边说了一句悄悄话，“烹饪真的是凑巧，不过医药嘛……”

“是你故意的。”艾伦那有些无奈，也有些生气，“我和任伊彭的烹饪课都不在一个班，怎么遇上你这个家伙。”

“我怎么知道？但愿医药和烹饪我们不是共用一个工作台吧。”

“但愿。”艾伦那哼了一声，道。

当然了，凑巧的事是很多的。

按照新的课表，周一和周四的下午有三节课是附加课程。其余时间下午照旧上法术课。

周一，凯文亚就厚着脸皮凑过来，对艾伦那说：“走吧，上烹饪课。”

艾伦那看了看课程表，说：“下午三节课的安排是烹饪、医药，最后是音乐。”

“行，走吧。奉我妈的令，前两节课我的安排也是烹饪和医药。”

艾伦那有些无语地看着凯文亚的脸，觉得上面浮现出两个字：“欠揍”。

“走。”凯文亚拽着艾伦那走进烹饪班级的教室。

烹饪课很简单，前菜、主食、甜点和饮品交替教学，用一到两节课的时间教一个菜，教室就在学校食堂旁边。

第一节的主要内容是学做盐水鸭。

老师刚教了步骤，让大家自行练习的时候，教室里就乱成一团。有鸭子飞上灯的，有鸭血搞了一地的，有鸭子直接飞出去，同学在后面穷追不舍的……只有艾伦那和凯文亚的那一桌很安静。

“没想到真和你一组。”艾伦那慢慢地解开鸭子的束缚，鸭子刚想飞，就被艾伦那扣中了要害。

“是啊，真巧。”凯文亚也感慨着，但口气可没有艾伦那么不情愿。

“你来处理内脏吧，我处女座。你记得的。”艾伦那能够一击打死鸭子，但是对这种活儿还是有些抵触。

凯文亚瞪着眼睛，道:“你当我不是！我的洁癖也很严重！”

两个人围着死去的鸭子互相推脱，他们都带着塑胶手套，可都下不了手，烫鸭子的开水都快凉了。这时，一只飞过来的鸭子直接把死鸭子撞进了开水罐里。

“还可以这样……”凯文亚呆呆地望着开水罐发愣。而艾伦那早就去帮忙追鸭子了,这是伦霄的鸭子！直到她把这只鸭子“干掉”后，才回来帮忙。

“额……还是我来吧。”看到凯文亚还是愣在那里，艾伦那闭上眼说。随后，她掐住鸭子，缓缓地退下了鸭子的羽毛……足足用了二十分钟，她才把鸭子处理好。

刚给鸭子抹好了盐，就下课了。

第二节课是医药，艾伦那还是和凯文亚一组。医药课没有烹饪课那么忙乱，但知识点很多，上半节课是理论，下半节课要让大家按照理论部分制药。

烹饪和医药两门课程的成品都可以带回家，且材料免费。艾伦那和凯文亚早早地做完了，艾伦那就拉着他去辅导伦霄，因为无论是在烹饪还是医药，都是伦霄单独一个人，并没有人和她一组。凯文亚先把做好的药品交给老师检查，老师看了一下，允许他们去辅导伦霄。

伦霄和艾伦那他们并不在一个班级里，需要到另外的教室。艾伦那解释说:“霄儿很用功，但……”

“怎么？”凯文亚也觉得艾伦那对妹妹关心有点过了头,问道。

“怎么说呢，她拼尽全力去学习，却始终没有别人一半好。”

凯文亚点了点头，并没有多说什么。

艾伦那打开伦霄教室的门，只见伦霄独自一人坐在实验桌的最后一排的角落里，对着试验台上瓶瓶罐罐的半成品发愣。各组同学都被绿色的毛玻璃隔开，教室里一片沉寂，每个人都穿着白大褂，戴着护目镜和口罩，在工作台忙碌着。

除了伦霄。

“霄儿？”艾伦那轻唤一声。

伦霄这才注意到他们，有点吃惊地说：“姐，班长，你们怎么过来了？”

“我们来看看，顺便帮一下你。”

“姐，这是我的笔记。”伦霄有点献宝似的把笔记拿到艾伦那眼前。

艾伦那看了一眼，上面写得很详细，问：“怎么了？哪里不会？”

“这儿……这儿，还有这儿。”伦霄一边用手点着一边说。

艾伦那习以为常，凯文亚看到后有些无奈。伦霄这分明是只有两个不会，这也不会，那也不会。但这句话只能停留在心里，要是真说出来，极有可能会被艾伦那打成残废。

艾伦那很认真地从头讲起……伦霄看起来似懂非懂，只是在一旁打着哈欠。过了一会儿，她打断艾伦那，道：“姐，我懂了。”

“那……那就行。”艾伦那心知她其实还是不怎么懂，但当着凯文亚还是停下来，问：“霄儿，今天你们班要做什么？”

“我们班挨个发的要求。”她指了指旁边的一摞纸说，“最底下那张。”

艾伦那抽出最下面的纸，原来是要做一种汤药。旁边的凯文亚不禁皱了皱眉，道："不是吧，咱们班都是在做绷带……"

"嘘——"艾伦那把手指放在嘴上，示意凯文亚不要出太大的声音，然后向四周看了看，说，"除了伦霄，这个班有的做难度较高的汤药，有的做基础的绷带。"

"别人做汤药是求之不得，伦霄……"凯文亚没有忍住。

"不一定。先做汤药也是基础，只是为什么我们班是当众说要做什么，但霄儿的班上却是这样神神秘秘的……"

"你是指发卡片这件事？"

艾伦那点点头，说："嗯。而且，每个人的卡片上都写着名字。"

"个性化训练……"凯文亚刚说出口，就反应过来，"不对啊，一般不都是在订正和复习阶段才这样吗？"

"唉……不提这事了，还是先帮霄儿做任务吧。"艾伦那摇了摇又要趴下睡觉的伦霄，"霄儿，我来帮你做汤药。"

"哦。"

下课铃声响起，老师宣布任务没有做完的同学可以下节课再做，艾伦那和凯文亚只好先回教室收拾东西。艾伦那向音乐教室走去，而凯文亚则要去美术教室。

"回见！"凯文亚挥挥手。

"文亚。"艾伦那叫住了他，道，"其实……跟你一起上课也不坏。"

"是吗？"凯文亚扬了扬眉毛，"我也这么觉得。"

37

好消息，坏消息

音乐课很快就过去了，尽管这里没有熟人，艾伦那依然很开心。本来，音乐就是她最喜欢的课程之一，何况是专业的声乐或乐器训练。她报的是声乐，很快就看到任伊彭一脸不情愿地从钢琴教室“蹭”出来，不对，是四十分钟前看着她“蹭”进去。

“解放啦——”这才是从钢琴教室里出来的任伊彭。

虽然音乐教室是随机分配，但有时一个班会分成几组，有的去学声乐，有的去学竖笛，有的去学钢琴……这时就不按分班了，而是按学的类别。只有在学基础知识时，还是按照原来的分。

“伊彭，怎么了？”艾伦那看到她的反应，觉得好笑。

“太皇和太后有旨……”伊彭又开始耍起了贫嘴。

艾伦那早就猜到了，接口道:“明白了，要你努力！”

“天，你都不知道我是怎么过的……”伊彭还是忍不住抱怨。

“不用说了……努力努力努力……”

“唉……”伊彭叹了口气，说，“走吧，去元素传送门。”

在菲尘学院后方的院墙有各种各样的传送门，它们通往不同的地下教学楼，门上画着不同的图腾。

任伊彭拉开一扇画着火图腾、用火焰做的门，问:“艾伦那，光系技能自学的怎么样了？”

艾伦那拉开一扇水晶做的、画着暗影图腾的门，道:“在学一个新的技能，以后再学另一个，到时候合成试试看。你的雷电系自学的怎么样了？”

“现在学的技能叫‘雷之祭’，也是再学一个，合成。我打算当雷电系的敏捷·控制。你呢？”

“攻击。”

“不分物攻和法攻？”

“蝶舞是法攻，光暗破轮是物攻。”艾伦那一边说一边走进了这扇水晶门。

“可以。”任伊彭也走进了火焰之门。

刚出了传送门，艾伦那就看到了一个熟悉的身影，吃惊地问：“凯文亚！你怎么在这儿？”

“嘿嘿……惊不惊喜，意不意外？”

“不。”

“好吧。”凯文亚讨了一个没趣，接着说，“圣灵，光和暗影合并了。以后它会有一个新的名字。”

“是什么？三点一线？”

“额……很接近了，叫三院一线。怎么样，这是不是个好消息？”

“当然！”看着凯文亚的笑容，艾伦那把后面的话说完，“能找到更多的人练习了。”

“额……好吧。”

“走吧。”

刚上完课，艾伦那收到了一个信函，上面印着晨曦族和影陌族公用的标志——月星辰。标志很简单，一个月牙，嵌套着一个星星，却是千百年来影陌晨曦共同的符号。

她走到了僻静处，身旁只有伦霄和凯文亚。

“姐……”伦霄看上去有点慌乱，似乎不太喜欢月星晨标志，又似乎不喜欢这封信。

艾伦那缓缓拆开了信封，卷首上的签名让她不禁打了一个冷颤。

“怎么了，伦那？”凯文亚发现了这一点，关心地问。

艾伦那的心跳开始加速。激动，紧张，一下子涌了上来。

那个名字是艾希。是爸爸——艾希！

抽出信，她看到了全文……眼泪，顺着她的面庞，流了下来……

“伦那，伦那？”看到她的反应，凯文亚更加担心。

“呜——”伦霄也忍不住哭了出来。

“到底怎么了？伦那？伦霄？”凯文亚真的急了。

“爸爸，爸爸……”艾伦那只说出这四个字，就泣不成声。

伦霄抽了几下，缓了缓，道:“艾叔叔……去世了！”

凯文亚如五雷轰顶，心里冒出的第一个想法就是:爸爸不知道吗？

艾伦那看着那封信，心里无声地呐喊着:爸爸，爸爸……

亲爱的女儿:

原来想要给你发一个视频，但爸爸觉得，一封信，更能表达我的歉意。

六年不见，你成长了许多，爸爸为你骄傲！很抱歉，爸爸错过了你的成长。本想和你共同度过你的成长历程，但是，自从你妈妈和爷爷奶奶、外公外婆去世后，爸爸必须留在晨曦星，守卫吟德星系的边缘。我知道，从离开你的那一刻起，我就不能回来了。黑暗，即将降临在吟德星系，在那之前，爸爸和许多其他战士一起拖延黑暗的降临。因为，真正要对抗黑暗的，是你们，不是我们。

我知道，你一定非常恨我，六年没有过问你的生活。你一定觉得我很自私，为了别人，却没有关心你。就在你妈妈下葬的那一天，我收到了旨意，来自我的老朋友凯齐秉，当今的皇。这是旨意，是命令，也是他对我的期待。在乘坐飞船之前，他亲自切断了我们和耀光星的回程信号仪，所以我只能知道你在这里发生了什么，却没有办法回复。也许你觉得这样做很无情，但这是命令。

去了，就回不来了。

再次抱歉，几个月前皇后通过音频告诉我你在森幻星的情况，皇在一周前也特批了我的假期，但爸爸伤得太重，回不去了。

晨曦星和影陌星目前为止是安全的，我已经派人封锁了我病重的讯息，这几天记得过来，爸爸还有几样东西要给你，到时候你就明白了。还有，爸爸特意为你准备的生日礼物和爸爸独创的光暗系及其他几个属性的修炼表。你可以与别人分享这个表。照着这个，你一定会成为未来影魔族和晨曦族最强大的战士！爸爸信任你。成年后，你一定要回到晨曦星和影陌星，继承我和你妈妈的王位，并且一定要把这封信带给皇和菲尘学院的校长——景，他也是我的老朋友。

伦霄还好吗？你一定要照顾好她，她是你的表妹，又比你小一岁，而且冥你的舅舅舅妈都很忙，没时间。

爸爸希望你能继承我们的力量，变得更强大。因为你还有一个更重要的任务——守护吟德星系。

黑暗并没有想象的那么简单，爸爸希望你能解开谜底。我偶然得知，在吟德星系内部也有黑暗的势力，注意防备，你在森幻星遇到的意外和夜戎星的事故都有原因。

再次致歉，爸爸没有办法继续看着你成长了，愿你的心与光同尘。

永远地祝福你，我的女儿。

爸爸:艾希

夜晚，艾伦那看了看信，又看了看照片，心中再一次激起了各种各样的情绪:无力，悲凉，还有一丝愤恨。

与光同尘，与夜同影……难道要去报仇吗?

突然，手机发出一阵响动，有人发来了讯息。艾伦那拿起手机一看，是凯文亚。

“伦那，怎么样了？”

“还行吧。”艾伦那编辑了讯息，回了过去。

很快，他又回了过来:“怎么可能。明天要不请个假，去晨曦星看看？”

“周末去。”

“也行。你确定你没事？”

“没事才怪！”不知道为什么，面对凯文亚，艾伦那可以毫无顾忌地表达真实的情绪，而不是故作成熟和坚强。

“你自己注意一下。”

“哦。”

“没事的，据说有人曾预言过，吟德星系是无法攻克的。连传说中的神域和魔域都无可奈何。”凯文亚知道艾伦那心思重，便发讯息安慰道。

“再坚固的城墙，也有倒塌的一天。吟德星系外围的陨石地带和神鬼莫测的折叠空间是天然屏障，任何的人、精灵，或是神灵都无法进入，但陨石地带正在逐渐削弱，再过几年就有可能防守不住了，而且原本上万年才出现一次的折叠空间的裂缝，近年来几乎是每十年就出现一次……”艾伦那还是很理智地回复道。

“所以你爸爸……”凯文亚刚发出去，就连忙将消息撤回了。

艾伦那写道：“晨曦星和影陌星所在的位置是目前为止裂缝最大的地方。”

“明白了。早点休息，别伤心了。周六在佑安城南的飞船站见！”

“嗯，回见。”

38

晨曦星

周六一早，艾伦那就到了佑安城南，登上了飞船。飞船很小，只有五个座位。伦霄第二个进飞船，坐在了艾伦那的后面，好奇地问:“姐，为什么除了我们就没有其他人了？”

“这个是无人驾驶的飞船。”就在这时，凯文亚上来了，他刚告别了皇后，向艾伦那边蹭过去，轻声问，“没事了吧？”

艾伦那立刻用法术把他扔进了和她同一排、左边的座位，道：“一边去。”

“哦。”凯文亚一愣，随即开启防护罩，总算没受伤。

飞船飞行了一段时间后，终于进入了晨曦星的曦王城。它被蓝色的防护罩笼罩着。三个人下了飞船，向王城中央走去，那里就是光之王宫。

王宫周围有一条护城河围着，几个带有月星晨标志的卫兵戴着全银色、绘着金色花纹的头盔，穿着银色的盔甲，手上统一持有一盾一矛，盾上有着月星晨的标志，围绕着护城河外围站定。平均每三米一名护卫。护城河上有一个金色的桥，桥的两边也各有一名卫兵把守。王宫主体约有十层楼高，上面也有一个悬空的金色的月星晨，闪闪发亮。主体旁还有四个金色的瞭望塔。

“站住，请出示身份肩章！”桥边的卫兵拦住了三个人。

凯文亚率先摘下了肩章，自报家门：“皇储。”

“参见殿下。”两名卫兵跪下来，行了接见礼。

伦霄也摘下了肩章，显示出身份，道：“嘻嘻，我是我爸爸的小公主。”

卫兵们都被她的可爱感染，笑了笑，鞠了一躬。其中一名还说：“要是我的女儿也能这么可爱就好了。”

“谢谢！”被人夸赞心情自然很好，伦霄有礼貌地回到。

艾伦那最后摘下了肩章，淡淡地说：“影陌、晨曦王女——艾伦那。”

两名卫兵露出了惊慌的神色，随即镇定下来，行了大礼，道：“参见……主公。”

艾伦那注意到他们称呼上的变化，道“你们……也都知道了？”

“实不相瞒。我们是原主公的贴身侍卫，奉原主公之命，在此迎接新主公。”其中一名卫兵回道。

艾伦那深吸了口气，道：“走吧。”

两名卫兵并没有动，艾伦那也不勉强，和凯文亚、伦霄进了王城。王城内部只是简单装潢了一番，没有奇珍异宝，也没有雕梁画栋。艾伦那穿过大厅，绕过晨曦星之王的王座，冲进晨曦王的房间。

房间正中摆放着一口水晶棺材，里面躺着的艾希仍然微笑着，只不过双眼早已闭上，心脏早已停止跳动。

他的床早已被拆去，整个房间只留下了一张书桌，一个衣柜，几张相片。仅此而已。

艾伦那默默收起相片，凯文亚和伦霄也把艾希生前穿过的衣服收起。一张合影从艾伦那的手中滑落，凯文亚放下衣服，赶紧把照片捡起。

照片中站着两个小女孩，是艾伦那和伦霄。艾伦那旁边站着金发紫眸的艾希和紫发紫眸的伦利亚;伦霄旁边是紫发紫眸的伦冥和红发金眸的阿耀达。他们前面坐在藤椅上的是老一代的影陌星与晨曦星之主——晨曦星之主艾延和他的夫人英宁，影陌星之主伦安和他的夫人宋芬。还有两位老人坐在藤椅上，统一是红色的头发，应是阿耀达的父母。

“伦那，你的照片掉了。”凯文亚知道这是一张全家福，递回给她。

艾伦那瞥了一眼，道:“哦，这是我四岁时照的。”

“你不是说……”凯文亚记得艾伦那失忆的事情，她怎么会记得呢?

艾伦那指了指照片，说:“右下角有日期。”

“是这样啊，咱们还是先找找你父亲留给你的东西吧……”文亚有些尴尬，转移了话题。

艾伦那点了点头。先去翻了翻书桌，没有。敲了敲书桌，书桌发出的声音有些奇怪。她说:“是这里。”她又仔细看了看书桌上的纹路，打开一个暗格，从里面掉出一根发绳，一张纸条和一只金色的蝴蝶。

“是圣光琉璃蝶！”伦霄惊呼一声。

凯文亚也张大了嘴，被这个东西震惊了。

艾伦那有些无语，不仅是眼前这两个人露出了吃惊的神情，就连只存在于大脑里的第二人格也快疯了，似乎只有她本人异常平静。

“万岁！圣光琉璃蝶！终于到手了！”这是第二人格发出的惊呼。

第二人格，需不需要我录个音？艾伦那冷冷地在心里说。

“……你继续。”第二人格自然能够感受到艾伦那的情绪，连忙闭嘴。

艾伦那表示自己不想理这个家伙，转而看向纸条。

伦那：

这是圣光琉璃蝶，晨曦一族的信物。发绳是你的礼物，是个有魔力的头饰。

纸条没有落款，但谁都知道，这是艾希写的。

“发绳？”艾伦那拿起发绳，仔细地看了看。

发绳由一股紫色的绳子和一股金色的绳子缠绕而成，上面有一个蝴蝶。由两颗红宝石组成了长的大翅膀，另有两颗黄宝石组成了细的小翅膀。她把现在系的紫色发绳解开，用新的发绳重新扎了马尾辫。之后，又看向圣光琉璃蝶，掏出书包中的影陌幽蝶，如无意外两者之间有一定关联。把圣光琉璃蝶插入夹层，影陌幽蝶的背部伸出了“圣光琉璃蝶”，果然严丝合缝。

艾伦那将它贴到身体上，瞬间就有一股温暖的能量和自身力量相互吸引，影陌幽蝶和圣光琉璃蝶就这样贴在了她的腰间。

“伦那，衣柜也有夹层。”凯文亚翻出了一本册子，递给她说，“你爸爸留给你的。”

艾伦那接过后粗略地翻了翻。

“姐？”伦霄有些好奇，想知道册子里是什么。

“这上面说，只要我再练两个技能，合成后，与另一个技能再次合成就是……”艾伦那没有说出口，而是把册子展现给他们看。

“圣光琉璃碎！”这下轮到凯文亚惊讶了。要知道，这是光系技能最强大的技能啊！

“正好，我目前练习的技能就是那两个技能之一——圣影轮回。”艾伦那确信，这些都是父亲安排好的。

“艾姐姐，另外几个技能都是什么呢？”

“第二个技能是光之意，合成后是光明万赦。再加上辅助技能——琉璃，合成后就是圣光琉璃碎。”

“那……伦那，这几个技能你要修炼到什么时候啊？”

艾伦那摇了摇头，道:“上面没说。”

伦霄对这些并不是很感兴趣，就去整理衣服。突然，从某件衣服里掉出一个徽章。

艾伦那看到后赶紧捡起来，看了一眼说:“是爸爸的。”

站在一旁的凯文亚也看到了徽章上有几个字，但权当没有看见。

他们又收拾了一会儿，才把房间的东西摆放整齐。艾伦那深吸了口气，说:“走吧。”

凯文亚啊了一声，问:“不多待一会儿了吗？”

艾伦那摇了摇头，说:“不了。”说完，就招呼着伦霄离开。

艾伦那是最后一个离开的，她轻轻关上门，仿佛父亲只是睡着了而已。她在心里悄然说:“爸爸再见。”

第二天，艾希就在城外下葬了。之后，一群人来到了这里，却没有找到想要的东西。

“可恶！”一个人用拳头狠狠地捶桌子，整个房间都晃了晃。

“没关系。好戏很快就要开始了。”另一个人冷笑着说。

艾希的信由凯文亚交给了皇，又通过皇转交给了景。

39
菲　尘

转眼已经进入了秋季的最后一个月——十一月，树叶基本都掉光了。

清晨，艾伦那踏着清扫干净的石路向着教学楼走去。昨天她刚刚收到通知，中午要和凯文亚一起去校长室。教学楼呈“口”字形，一半是老教学楼，另一半是他们平时上课所用的新教学楼。校长室和灵书阁都在老教学楼，校长室是在顶层。

“伦那，你来过这里？”

“嗯。我和伊彭来过灵书阁借过书。”

“灵书阁？”凯文亚没有听说过，顿时好奇起来。

艾伦那指着拐角处的一扇小小的木门，示意着。

“里面有什么书？”

“大多数是废弃的试卷、教辅书……这里很隐蔽，我是用蝶心化眼观察后才发现，里面有很多很有意思的书，是用具有法力的符文撰写的。灵书阁，是我发现里面有一个木牌子，上面写有‘灵书阁’三个字。”

“新老教学楼相差七十年左右，可能是前辈们用过的。”凯文亚想了想说。

他们没等电梯，直接由楼梯跑到了顶层——二十楼。艾伦那敲了敲门，两个人一起喊出:“报告！”

里面传来一个有力的声音,道:“请进！”说罢,门就自动开了。

“校长好。”两个人齐齐地鞠了一躬。

“你们好。”校长景坐在一把绘制了各种云图腾的转椅上。他总是戴着黑色的方框眼镜，灰黑色的头发也总是梳得整齐，眼眸有些昏暗，但仍然放出了一丝光明，好似回光返照。他已经脱下礼服,随意地挂在椅背上,身上穿着一件白底蓝色条纹的衬衫,“我已经通过皇知道了艾希逝世的消息，我很抱歉。”

艾伦那轻叹一声，说:“我已经把东西取回来了。”

“嗯。信在我这里。看样子，艾希发现了一条很重要的讯息，但不便告诉你。”

“黑暗的势力？到底是什么？”艾伦那问道。

“我也不知道，但一定和六年前一样。只不过它消停了一段时间后，又复苏了。”

“我不认为它一定消停了。”门外传来一个粗犷豪放的声音。

“是辽德予。”凯文亚小声地说。

“嗯，伊彭和小沐也在外面。”艾伦那也听到了另外两个说话的声音。

景倒是不慌不忙地说:“进来吧！”

“校长好！”果然是辽德予、任伊彭和林沐。

“为什么你们不这么认为呢？”景仍然坐着，但双手握拳放在了桌子上，眼睛里的光芒又亮了一些。

“我先说！”任伊彭绕过了辽德予，简要地说了她们在森幻星遇到屏障的事情。她刚说完，林沐又补充了一些她在沐雪咖啡馆里从风铃那里得到的消息。凯文亚猛然想起夜戎星上的遭遇，也讲了出来。

景耐心地听他们说完，才说："相较于六年前，他们转入了地下工作。"

"那请问，您叫我们来这里是干什么？"凯文亚问。其他人立刻安静下来。

过了一会儿，景才说："正好你们都来了，我就在这里说吧。"他穿上礼服，带着他们进入菲尘空间。校长室消失了，取而代之的是灰白交织的一片，阴霾密布，不时飘过几朵云。

"你们好——"浑厚，苍老的声音从四面八方传来。

五人早已震惊得说不出话。辽德予、任伊彭四处张望，林沐缩在一角，凯文亚望着云有些出神，艾伦那却闭上了眼，不自觉地运用了法术："万蝶群飞，百花齐放，神之恩赐，蝶心化眼！"

只见成千上万的蝴蝶自艾伦那的背后散发而出，扫除了阴霾，照亮了这个空间。她腰上的影陌幽蝶与圣光琉璃蝶忽明忽暗，散发出了耀眼的光彩。

忽然，阴霾退散，有个浑厚的声音说："这里好久没有年轻人来了啊！"

景忽然出现，解释道："孩子们，这里是菲尘空间，说话的是第一任校长菲尘，他依靠灵魂的力量在这里存活下来。"

五名同学已经震惊得说不出话，菲尘说："是我让你们过来的。艾伦那——"

"菲尘先辈，您找我什么事？"艾伦那非常吃惊，不知道老校长怎么会知道自己。

"你身上的光暗能量很特别，我想……在最后的时光里多指导你。奇布那家伙抢在我之前收了凯文亚为徒，老夫不要别人，我就看中了你眼中的光芒，想收你为我的最后一个弟子。”

景笑着说：“菲尘先辈可是很久没收徒了啊！”

艾伦那连忙向着虚空单膝跪下，叫了一声：“师父。”

“好，每天中午你就来找我吧。不过你们几个也不能白来。景——”

“好的。”景早就会意菲尘的用意，转身取出东西。五人凑近一看，是九枚徽章。景解释道，“这九枚徽章，是菲尘先辈收藏了很久的东西，现在给你们吧。还有影陌幽蝶和圣光琉璃蝶的使用手册，你们也一并收着吧。九枚徽章上各有一字，要按照你们的属性分配。”说完，景又拿出一本册子，交给他们。

艾伦那接过九枚徽章和手册，在虚空中摊开。上面分别写的是：光、暗、火、岩、木、金、风、水、冰。

“火是我的。”任伊彭抢白道。

“岩肯定是我的。”辽德予自信地说。

“木应该是我的。”林沐想了想，说。

现在还剩下光、暗、金、风、水和冰。

“金、风、水和冰肯定不适合我们。”艾伦那翻了翻手册，把四枚徽章收进了影陌幽蝶中，“我拿暗。”

“好吧。”凯文亚把“光”收走了。

菲尘说：“经过我多年的研究，除了日常修炼外，实战也可以快速提升你们的能力。皇城没有竞技场，佑安城和皇城之间的南嘉城倒是有个大型的竞技场。”

景接着说：“你们五个可以组成一支队伍，去竞技场报名，但务必用假名。这事我们可没对皇讲。”

艾伦那思索了一会儿，说出一个名字:“天启。”

“可以。”凯文亚点点头。

“当然可以。”林沐笑了笑。

“我同意！”任伊彭激动地跳了一下，差点跌倒。

“我……”辽德予看了一眼任伊彭，连忙表态，“当然同意！”

大家都笑了起来。

手上的徽章开始发光，艾伦那看到它的背面亮起了两个字——天启。随即“天启”二字隐去，又亮起了三个字——“副队长”。

“啊，我是队长？”凯文亚惊呼起来，“伦那你是……”

艾伦那笑了笑，说:“副队，咱们周末去南嘉竞技场报名吧。”

“报名的时候不必只报上五人，徽章还有四个。”景提醒道。

“明白了。”

待五个人离开之后，菲尘留下了景，说:“我选艾伦那，还有一个原因。”

“什么原因？”

“她知道，暗的背面写着‘副队长’三个字。”

景也觉得奇怪，说:“那为什么……她明明有拿到‘光’的能力啊！”

“嗯。景，你好好想一想吧。”

40

南嘉竞技场

周末，几个同学来到南嘉城的竞技场，校长景一直陪着他们走到门口。

“定一个计划吧。”景突然提议道。

“我在学光之意。”艾伦那补充道，“和圣影轮回一起练。”

“王之息，韬光，圣灵击已经合成了光耀千丈，这个技能升级就会变成光耀万丈。”凯文亚看向艾伦那小声说，“天赐已经变成我的隐藏技能了。”

艾伦那有些惊讶地看着凯文亚，说：“我也是在隐藏技能中找回了天禧。伊彭，你们呢？”

“我？我想合成雷之祭和新学的电之速，但等级不够……”任伊彭耸了耸肩。

辽德予也汇报起自己的进度，道：“我在练两个不怎么知名的技能，都是提高物防，等合成后再试一试吧……”

“小沐呢？”

“我？我还没有要合成的技能，我练练带攻击的‘木之兵’，升级进化后就是‘草木皆兵’了。再结合我的另外几个技能，应该能合成辅助技——百花齐放。”

“有目标就好，我先走一步，戴上面具。祝你们好运！”说罢，校长便离开了。

五个人走入竞技场，前台的服务员露出了标准的笑容，问：“你们好，是来报名参加竞技吗？”

艾伦那抢先一步，说：“是，队名天启。以后可能会有新队员。”

“二十日吟币。”艾伦那交了钱后，服务员把东西地给她，说，“这是你们的队徽，队员名填在单子上。”

艾伦那接过队徽。五个人走到了一边，小声地讨论着。

凯文亚突然想起什么，问，“我们是不是要用假名？”

艾伦那早就想好了，在“副队长”一栏中写下了“光暗神蝶”四个字。

“我叫什么？”任伊彭凑过来道，“要不叫无敌的伊彭？”

“你这个名字也太……”辽德予忍不住吐槽，差点被任伊彭揍。

艾伦那赶紧过来制止，道：“别闹了，要不就写‘追影雷火’吧。”

“行。”

“那我叫‘沐瑶叶女’，行吗？”林沐也想好了自己的名字。

艾伦那也替她写好了名字。

“那我……”

辽德予还没说完，任伊彭就插了一句：“超级烂的辽德予！”

“不行！我写岩石巨人……不行不行，岩碎地裂……不好不好……”

最后，还是任伊彭插了一句，点醒了他：“我看，就写‘熔岩武士’吧。”

艾伦那写完后转过身，问：“文亚，你呢？”

“额……我还没想好。”

艾伦那在他耳边低声说：“这个……怎样？”

“好！”凯文亚两眼放光，一把抢过笔，在“队长”一栏写下了“神启圣灵”四个字。

凯文亚正想把单子交给服务员，就看到几个人在前台围着，只好排在后面。艾伦那也看到了，便跟上来，用蝶心化眼观察着。

其余三人也走过来，任伊彭问：“怎么了？”

艾伦那低声说：“五个人都戴着面具，其中四个分别是欧阳渊、廖小怡、李梦宁和……霄儿！”

“要不要打个招呼？”林沐犹犹豫豫地问。

“罢了。我们不也戴着面具吗？退后一点，不要让他们发现了。”凯文亚说。

“他们的队名叫做暗夜。”艾伦那说，“队长是那个不认识的女孩，霄儿叫她纸鹤。副队长是欧阳渊。梦宁拿着她的木偶，看纸鹤的时候一脸怨气，可能和她有些过节。”

辽德予忍不住吐槽道：“欧阳渊也不找个男生做伴，和四个女孩搞在一块，真是……”

林沐突然想起了什么，说：“那天风铃姐他们在咖啡馆遇袭，攻击者好像就叫纸鹤！”

“你确定？”艾伦那转过身，问道。

“我听风铃姐说，那个女人是黑头发，栗色眼睛，拿着一只沾血的千纸鹤！”

“完全相符！”任伊彭仔细对比了一下穿着打扮，“那个拿纸鹤的也是黑头发，栗色眼睛，不仅手里拿着一只沾血的千纸鹤，周围还飘着八只一模一样的！”

“我再观察一下。”艾伦那说，“他们要分开行动。各自去打单人赛！”

“伦那，要不我们也分开行动？”凯文亚提议道。

“行。但是，我有个不情之请，如果你们遇到霄儿，请不要下重手！”

林沐插口道：“艾姐，我先不去了。我主要是修炼辅助，单人赛会有些吃力。”

“没关系，反正获得的荣誉都是大家的。”任伊彭说。

“嗯，”艾伦那点点头，“今天我们每人一场单人赛，再来一场团体赛吧。团体赛分别是二对二，三对三，五对五，七对七和九对九，今天我们先试试分开，选前两种各比一场。”

“我和任伊彭一组，行不行？”辽德予连忙问道。

“自然可以。”凯文亚当然知道辽德予的想法，便说，“那我、伦那和小沐一组。”

“嗯。”艾伦那也点点头说，“这样，我们挨个花五月吟币报名参赛，小沐先待在休息室。”

“好嘞，我先上！”辽德予自告奋勇道。

凯文亚把单子交过去，拿回来五个小一点的徽章，发给其他人：“我第二个，拿着这个个人徽章上场。”

“我第三！”任伊彭说。

“好吧。”艾伦那摆摆手，“我最后。”

“大家好，我是南嘉竞技场的主持人廖言，光属性。我还有一个名字——聊侃侃！”聊侃侃身上散发出五颜六色的光芒，想必这就是他的技能之一。现场顿时沸腾起来，看样子他颇受欢迎。候场的辽德予有些不以为然地哼了一声。

“廖言是廖小怡的哥哥？”凯文亚问。

艾伦那点点头，道：“廖言和廖小怡的母亲是光属性，父亲的属性一直是个谜。有人说他个没有属性的商人，但也只是传闻而已。”

“还有一个说法比这个更可信。”任伊彭神秘兮兮地说。

“伊彭，你八卦杂志翻多了吧……”辽德予一脸嫌弃。

“不是，是在灵书阁找到的。”任伊彭说，“据说世界上除了主要的十系，稀有而绝世的光、暗、圣灵、神秘、超能五系以外，还有很多也很强大却更稀少的属性，还有几乎没有出现过的。”

“那……廖言和小怡的父亲是什么？”艾伦那凑了过来，问。

“传言说，他是情绪系的！”

“控制情绪？”艾伦那将信将疑。

任伊彭点了点头，说：“看到这个传言后我突然想明白了，为什么廖小怡参加学习委员的竞选能赢，为什么我和她交流时能感到强大的法力波动。肯定是这样的！”

“廖爸爸的家族还有什么人吗？”凯文亚问。

艾伦那说：“听说廖爸爸有个妹妹，妹妹的孩子好像和我们一样大。”

“伦那，你怎么知道的？”

“我不受廖小怡情绪系的法术影响，是她亲口告诉我的。”

他们正说着，就听见聊侃侃在台上已经开始调动着观众们的情绪了：“今天我们中心竞技场上又会有什么精彩的比赛呢？让我们一起来看大屏幕！”

大屏幕上显示了几个大字，聊侃侃更加兴奋地大喊：“熔岩武士对战地狱鬼岩！是两个新人之间的对抗！让我们拭目以待吧，请双方上场！”

廖言已经发出了指令，欧阳渊已经站在擂台旁，辽德予充满了自信。

“加油！”任伊彭鼓励道，“战胜欧阳渊！”

“看我的吧！”辽德予挑了挑眉。

任伊彭又叫住他，道:“艾伦那和凯文亚商刚才量了一下，让我告诉你……”

辽德予边听边忍不住点头。最后，他说:“放心，除了你和凯文亚那家伙，别人嘛……对了，艾伦那的实力怎么样？”

“额……估计你要是和她打起来，只有被打趴下的份。”

辽德予摸了摸鼻子，道:“好吧，除了你们仨，其他的我都不怕！”

说罢，他顺着甬道向着竞技场中央走去，迎着灯光，露出一个自信的微笑。

41

震天动地

中央竞技场中，辽德予和欧阳渊已经站立好。观众们也都爆发出阵阵欢呼声。

“你好，熔岩武士，正土大地系！”辽德予率先介绍道，当然，说的是自己的假名字。

“地狱鬼岩，正土大地系。”

“双方行礼。”欧阳渊向廖言使了个眼色，廖言立刻就说，“三，二，一，开始！”别人都没注意，艾伦那却发现这句话比平时的语速快了两到三倍。

狡猾的欧阳渊打了个时间差，率先做出攻击：“炼狱岩冲！”

辽德予有些措手不及，赶紧使出防御技：“碎岩之盾！”

“碎岩之盾的防御力虽然低，但这个盾每承受一定程度的攻击，就会转化为辽德予的物防等级。”凯文亚从椅子上站起来，“这次可以转换……两个。”

“要是欧阳渊用法攻的话……”任伊彭还没说完，台上的欧阳渊又展开进攻，果然用的是法攻技能。

“炼狱之路！”

“炼狱？”另一旁的李梦宁转向廖小怡，问，“怎么回事？”

“不告诉你。”廖小怡向她一笑，李梦宁顿时倒在地上，晕过去了。然后廖小怡向千纸鹤一笑，问，“小伦霄不在吧？”

“不在。”千纸鹤冷笑着说，“别对我用这招。你的情绪系技能，没用！”

“我知道。但我哥来了之后就不一定了啊！”

千纸鹤手上一紧，背后的八只千纸鹤一变十，十变百，俨然摆出了千纸鹤的阵营。

“你……哼，我认输就是。谁稀罕你这个贫穷、丑陋还卑鄙的家伙！”

千纸鹤收回了所有的纸鹤，道：“这些词更适合你吧，大小姐？商人的女儿，哥哥擅长群体控制，你呢？嫌弃学习情绪系技能过于困难艰苦，学习光系技能还要依靠情绪系技能疑惑老师，勉强及格。唯一值得称道的，是比你的那位姓陈的表姐厉害，比她会魅惑老师！我在贫民窟长大，没有上过学，但我知道，什么人最卑鄙！如果不是你们家族和那个姓欧阳的家族合力压榨我们，我为什么要投奔这股黑暗的势力！”说着，千纸鹤的瞳孔由栗色转到红色，整个人散发出一股邪恶的气息。

“你！原来是你！”廖小怡这才认出来，说，“但是，你敢杀我吗！”

“纸鹤姐姐，廖姐姐，怎么了？”伦霄突然出现在她们两个人旁边问。

千纸鹤收起凶狠的模样，说：“看在伦霄的面子上，不跟你吵！伦霄，今天你不上场？”

“是啊，我们三个好好的，行不行？”伦霄还是比较孩子气，有些天真地说。

“嗯嗯……”刚醒来的李梦宁完全不知道发生了什么，也点点头。

“好吧，我再去修炼一会儿。”千纸鹤已经恢复了情绪，淡淡地说。

擂台上正在比拼的两个人仍在继续。

“炼狱鬼岩冲！”欧阳渊带着浓浓的黑气，冲向辽德予。

“大地之力！岩错！”辽德予用了一个隐藏的属性技，提升了法防和物防，然后集中精神，尝试吸收并化解了炼狱鬼岩冲的攻击。果然，辽德予没怎么费力就化解了这波攻击。

太好了，这条计谋果然有用，只是他这三个技能……都是隐藏技能！艾伦那和凯文亚对视一眼，同时都想到了这一点。隐藏技能可以是任何种类，但比技能槽技能耗费更多法力。很明显，欧阳渊的三个技能已经让他筋疲力尽了。显然这不是技能槽技能，或是防御技能。

“沙之尘！”欧阳渊掀起一阵狂风。

辽德予见欧阳渊没有行动，也就地调动起法力，修复全身。

“沙之尘又是一个隐藏技能，却很普通。最多能拖延时间，恢复点体力和法力，自己还不能行动。”凯文亚觉得欧阳渊使用这条技能简直是愚蠢无比。

“倘若他借这三分钟做别的事呢？”艾伦那并不这么想，反问道。

“那不是作弊吗？”一旁的林沐冲到了休息室的大玻璃前，喊道。任伊彭也连忙跟了过来，仔细观战。

“欧阳渊正在喝药。”艾伦那从影陌幽蝶取出一个小盒，把用蝶心化眼看到的，输入进去，然后对着其他人说，“离我稍微远点，我把它放大……你们看，这是一种口服液，十分昂贵。特别的是喝完后药瓶立即消失，不留下任何残留物，但是这种药有一个弊端。”

凯文亚见过这种特殊的药，接着说：“药效最多维持二十分钟，把实力发挥到最大，并一次性把所有的体力和法力充满。这个时间内体力无限，时限一过就……”

“那辽德予他……”任伊彭仍然很担心，二十分钟并不算短，够要命了！

“无妨。”凯文亚看了看艾伦那，胸有成竹地说，“我们的计策天衣无缝，对吧？”

“嗯，看看辽德予的表现吧。”

“本体，我觉得……”就在这时，艾伦那的第二人格突然开口道。

第二人格不必多说，艾伦那也并不想听。第二人格只好作罢。

“凯文亚，我猜带‘炼狱’的技能最多只有四个。”

凯文亚点头说：“没错。超过四个，他就无法承受了。而且，其他技能没有出现黑气。”

“是，他的技能有古怪。”

“观众都因为廖言没有发现这些，可我们怎么没有受到干扰？”林沐突然想到这一点，奇怪地问。

凯文亚摸了摸墙，显现出墙上紫色的一片，心下了然道：“是伦那的蝶心化眼。”

“放心，这点情绪系技能我抵挡得住。”艾伦那仍然注视着中央竞技场。

“轰”的一声，这是炼狱震天和震天动地撞击所发出的声音，台上的二人各退了五米。他们用的都是物攻，可现在的表现截然不同。欧阳渊很明显受伤更重，但很快就恢复正常。辽德予却像没事人一样，很快就再次发动了攻击:“震天动地！”

欧阳渊赶紧躲开。震天动地是一次性攻击，他松了一口气。这正是辽德予设下的计谋。震天动地打到台上，欧阳渊立刻被震了起来，又向后退了五米。整个竞技场的半径是十五米，任何一方超出了限制的线，就视为放弃比赛。

艾伦那和凯文亚商量的计策就是要把欧阳渊震出竞技场！这样一来，既不让辽德予过分消耗，又能保证欧阳渊的生命安全。

“炼狱鬼岩冲！”

“岩错！”

如果遇到对方用很大的法力铸造出的技能，就用岩错消解，不要让他靠近中心。岩错能够消解在辽德予承受范围之内的技能，化解在他承受范围之外的部分技能，简直是炼狱鬼岩冲的克星。

欧阳渊停了下来，发动新的攻击:“震天动地！”

“岩之手！”

艾伦那心里一惊，这是后发技能，情况对辽德予有些不利啊！如果欧阳渊不是控制类的，早就被震天动地撞出竞技台了。可他偏偏就是控制类的，他选定的方向就是正土大地系少有的选择——大地·控制。岩之手让他贴近了地面,以辽德予目前的实力，无法撼动他半分。只剩下最后一个计策了——拖。拖到欧阳渊的药效到期为止。

奇怪的是，欧阳渊又不动了，在台上足足凝固了一分钟，辽德予觉得有些奇怪。又过一分钟后，欧阳渊再次发出攻击:“沙之尘！”

此时，辽德予才明白，欧阳渊不止带了一瓶药，刚才他又在喝药。他有些着急，却也无可奈何。任伊彭没告诉他这种情况下，该怎么办啊！

最后，辽德予还是想到了一招，继续使用震天动地，将沙之尘打散。而欧阳渊的药也掉在地上，他已经没有这种药了。此时，距离药效结束还有五分钟，撑过去就可以了。

“岩之手！”欧阳渊的体力无限，但法力已经快没有了。只能依靠肉搏来拖延时间，实际上，他已经没有了获胜的可能。

“岩石壁垒！”辽德予防守住这一波攻击，让防守围了一圈，自己则坐下来恢复。

还有三分钟。

“凯文亚，你看着点，我去办一下手续。”艾伦那觉得比赛结果差不多已经出来了，便说。

还有两分钟。欧阳渊的攻击愈发疯狂：“沙之囚！岩之手！碎岩之盾！”

观战的李梦宁说：“真是可惜，勉强发出攻击又被对方吸收了。”

“梦——宁——”廖小怡向李梦宁一笑，想要故技重施。

千纸鹤挡住她，说：“都别吵了！”

还有一分钟。

“太好了，沙之囚和岩之手合并了。”欧阳渊得意地笑了起来，“再等一会儿……”

辽德予不为所动，继续恢复。

“砂岩……”欧阳渊一顿，吐出最后两个字后缓缓倒下，“囚笼……”

“本场比赛，熔岩武士胜！”廖言有些无奈，再多的情绪技能也没用了。

现场欢呼连连，辽德予悠然地走下竞技台。

“可以啊，辽德予！”凯文亚拍拍辽德予，“我去比赛了！”

艾伦那担心地问:“要不要用我的辅助技？”

“不用不用……咳咳……”辽德予虽然非常累，但还是要逞强撑着。

“你怎么了？”任伊彭赶紧过来，关心地问。

“没事。幸好那个家伙最后合成的技能没能使用成功，不然……”

“最后的砂岩囚笼不仅能困住对方，还能削弱对方的法防和恢复速度。小沐，赶紧给辽德予治疗吧。”艾伦那再次看向中央竞技场，工作人员正在使用机器人和人工清理场地，感慨道，“咱们还是大意了……”

42

纸鹤飞舞

凯文亚和任伊彭的比赛并没有在中心竞技场，进行得倒是顺利，没有遇到暗夜战部队的任何一个队员。紧接着，就轮到艾伦那上场。

“伦那。”文亚叫住她，伸出了握紧拳头的手，作出了加油的手势。

艾伦那看到之后，笑了笑，然后也冲着他竖起大拇指，肯定道：“刚才你表现得不错。”

廖言已经在竞技场中央宣布：“双方上场！”

这次又是在中央竞技场，对手又是暗夜战部队的人。

“纸鹤飞舞，超能系。”对方先做了自我介绍。

艾伦那早就知道对方就是千纸鹤，说：“光暗神蝶，暗影系。”

“双方行礼，三，二，一，开始！”

“鹤翼斩！”千纸鹤率先攻击，周身的千纸鹤猛然增多，排好阵势，向前冲去。

“黑夜。”艾伦那释放了一个隐藏技能，遮蔽住了众人的目光，然后立即发动招式，“圣影轮回！”

在黑夜的遮蔽下，圣影轮回就像一个黑色的摩天轮，又像一个转盘，每一只飞过来的纸鹤都被这个庞然大物绞碎了。然后艾伦那把这个巨大的转盘掷出。

“幻叶之盾！”千纸鹤连忙用出一个技能。但没想到的是，黑色的圣影轮回撞在幻叶之盾上，发出一阵金属的碰撞声，幻叶之盾瞬间被割去大半……这下她有点慌了，这个黑色的东西究竟是什么？她的能量被竟然削弱了！

“好厉害！”廖小怡瞪大了眼睛，赶紧掏出手机。

李梦宁幸灾乐祸地说:“我真想给那个人加油，看千纸鹤那样！不过……廖小怡，你要帮千纸鹤？”

“谁稀罕帮她！我要让我哥添点乱。”电话接通后，她说，“哥，场上那个纸鹤飞舞，经常欺负我，你帮我教训教训她！”

“行，你真行！”李梦宁看向竞技台，“在这个家伙面前，我们要统一战线，同仇敌忾了！”

另一个休息室的凯文亚笑了起来。“黑夜”并不是什么特殊的技能，只不过能让部分人陷入恐惧的状态，并把伦那本身光属性的技能变成看似暗属性的技能罢了。这个纸鹤飞舞本来就不学习防御，应该是一个专习法攻或是速度的，用盾来挡住十五级的圣影轮回怎么可能成功呢？

廖言听到廖小怡的话后，也开始对千纸鹤进行干扰。艾伦那的部分法力放在休息室来对抗廖言的群体控制了，也没有发现廖言正在对千纸鹤使用技能。

眼下最慌乱的当属千纸鹤了。艾伦那的攻击来势汹汹，廖言的情绪控制也被抵消部分，受到廖言控制的观众议论纷纷:“这个纸鹤飞舞怎么不还手啊？”“就是。”

千纸鹤陷入了迷茫，跌坐在地上。艾伦那也停止了进攻，不仅是要休息，也是要给千纸鹤一个思考的时间。

“你……为什么停止了攻击？”过了片刻，千纸鹤才发现艾伦那的举动，黑夜的效果仍然存在，但她能看到艾伦那自信的紫眸。

“这是竞技场，不是战场。我没必要乘人之危。”

这句话，如同一把锤子，敲醒了千纸鹤。她有些感动，却不知为何而感动。

艾伦那说：“起来吧，你需要一场公平的比赛。”观众们沸腾起来，这种竞技才像样！

“好！”千纸鹤站了起来，继续发出攻击，“鹤翼斩！翼鹤绽！”

艾伦那闪身躲开，继续比赛：“圣影轮回！”

“幻叶之盾！”

“蝴蝶的翅膀，蝶之翼！”蝶之翼是蝶翼的实体化形态，算是艾伦那的一个小翅膀，要让它成为一对真正的翅膀，需要时间和艾伦那的修炼，“收，蝶舞！”蝶之翼瞬间被收起。无数的蝴蝶自艾伦那背后冲出、张开、绚烂、爆炸！不需要任何人煽动，观众们已经被震撼了，这真是百年难得一见的、如此美丽的招式！

千纸鹤也不甘示弱，何况她的鹤翼斩和翼鹤绽刚刚才融合。两个十级的招式成功合并，成为了她十五级新技能：“纸鹤群飞！”

纸鹤以一变十、十变百、百变千，纷纷向上飞去，紧接着向下，向艾伦那冲去，铺天盖地而来。

艾伦那眼前一亮。竟然是融合技能！既然如此，她准备用三十五级的光暗破轮来应对。在黑夜的笼罩下，光暗破轮像镰刀一般，割碎了冲过来的纸鹤。艾伦那躲开剩下的千纸鹤，而千纸鹤将精力过于专注于指挥上，竟然没有留意到，一道光暗破轮已经绕到她的背后！艾伦那赶紧收住光暗破轮的攻击。

“暗之盾！”最后几只纸鹤打在盾上，千纸鹤这才反应过来，光暗破轮已经绕到了背后！如果艾伦那没有收住，那她……后果不堪设想。

“我认输。”千纸鹤叹息一声，回去又得被那几个猪队友嘲笑了。

“本场比赛光暗神蝶胜！”廖言宣布道。

艾伦那向着台下走去，千纸鹤却叫住了她：“光暗神蝶，你是一个值得尊敬的对手。败在你手上，我心服口服。”

“谢谢。”艾伦那并没有表现得特别高兴。

“以后我们会再遇到的，到时候谁胜谁负就不一定了。”

“知道了。”

由于前面这次个人战已经很有成效，后面的团体战也就没有再参加。这一次的竞技场锻炼，虽然林沐没有登场，但是其他四个人得到了极大的成长，让这个团队的整体能力得到了提升，也让他们对黑暗势力有了最初步的了解。

43

离　别

时间过得飞快。六个月来，艾伦那一直过着周一到周五上午学习文化课、下午上法术课，中午去校长室向菲尘学习。周一，周四下午选修医药、烹饪和音乐，每天回家都很晚。周末也不闲着，周六几个人一起去竞技场，周日还要去沐雪咖啡馆帮忙，就连作业都是抽时间做的。寒假里也不放松，每天刻苦学习，认真修炼。

但是，六个月过去，就在第二年的五月，菲尘消亡了。菲尘学院的师生们参加了葬礼。艾伦那抱着一束花，在雨中向着菲尘的墓碑单膝下跪。没有流泪，也没有说话。心中的悲痛无可复加。

只有校长——景把自己关在了校长室，没来参加葬礼。两周后，景也去世了。

大家把校长埋在了学校的后花园，立了一个高大的墓碑，正面简单记录了他的生平，背面记下了他的言行。皇凯文秉亲自出席了葬礼，哀悼他朋友，他喃喃地说："艾希走了，你也走了……"

死亡来得是那么快，以至于它总是要在一个地方停留，多带几个人走才离开。

景去世后没几天，又有一些老师不明不白地去世。和他们的家人商量后，大部分老师都葬在了景的墓地旁边。

又过了几个月，已经到了暑假。艾伦那他们快十五岁了，但就在这时，皇凯齐秉宣布了一个消息——废弃菲尘学院，师生们会分配到不同的地方。

名单下来了，艾伦那看了看。她、任伊彭和少部分同学进入新开的高级学院做第一届十五班，没有老师跟着他们一起去。凯文亚、辽德予和小部分老师进入另一个学院。林沐、阡一起，和部分师生又去了另一个学院。其他人，不得而知。

"伦那。"凯文亚有些不舍地叫着她的名字。

艾伦那沉默着，她只能沉默着面对离别。

"伦那，我会永远地记住你的。"

"文亚，我也会记住你这个朋友。"

"我会想你的。"

"嗯，我也是。"

两个人并肩坐在一把长椅上，共同望向落日，多希望时间慢一点，再慢一点……明天就要离别了，之后各奔东西，难以相见。

"我敢打包票，伊彭一定哭得稀里哗啦的。"艾伦那突然说。

凯文亚了然，道:"辽德予肯定在安慰她。"

"就我们两个最安静。"艾伦那露出了一个浅浅的微笑，却流露出无尽的苦涩。

凯文亚没有说话，而是看向艾伦那。艾伦那看着落日，却感受到了这股目光。过了一会儿，他开口道:“你今天……用的是你父亲给你的发绳。”

“嗯。”艾伦那回过头，感觉他有些奇怪。

“我……有个东西要给你。闭上眼睛，伸出右手。”

艾伦那照着做了，然后便感觉到右手手腕一凉，但还是耐心地等着。

文亚哑着嗓子说:“好了。”

艾伦那这才睁开眼,看着右手,上面有个透明的、薄薄的东西，她问:“这是什么？”

“看我的左手手腕。”说着，文亚举起左手。

“一样的？”

“这是一种特殊的表，可以利用意念自由出现或隐藏。”

“这个很贵吧？”

“不贵。本来想在你十五岁生日那天当作礼物送给你，但是……唉。”

“没关系。皇的命令与你无关。”

“你不怪我就行。”

艾伦那沉默着,凯文亚也不再说话。过了一会儿,艾伦那才说:“文亚，你有什么愿望吗，是我可以做到的？”

“你有吗？”

“没有。我打算给霄儿做一个生日礼物。”艾伦那说，“几个月没有见到她了,期末考试她也没来,不知道现在怎么样了。”

“那……我有一个愿望。”凯文亚突然有些脸红道。

“什么愿望？”

“我想鸟瞰整个菲尘学院。”

艾伦那觉得奇怪，问："圣灵系不是有翅膀吗？"

"唉……你知道，我妈妈是神秘系的，神秘系克制圣灵系。"

"光克暗，暗克神秘，神秘克圣灵，圣灵克超能，超能克光。很正常。"艾伦那了然道。

"我爸爸是圣灵系，我妈妈是神秘系。我又不像你，光克暗，你还是光暗系。"

"明白了。"两个人站了起来。艾伦那发动技能，只见一双蝴蝶翅膀显现在背后，她双手环住凯文亚，向上飞去。

凯文亚双臂张开，突然想起一事，问："这个不是蝶翼，还要我来指挥，不会又突然掉下去吧？"

"信不信我把你扔下去？"

"额……我错了。"

艾伦那解释道："蝶之翼不等于蝶翼。蝶翼是极限冲刺，这个只是普通的飞行。"

"哦。"

两人在天空中看着整座菲尘学院，天空也变成了背景。

"伦那，两年后的十六岁考试，我们肯定还会见面。"文亚突然变得严肃起来。

"我期待着那一天。"

"嗯。到时候我们还要比比，谁是第一，谁是第二。"

"我第一。"艾伦那肯定地说。

"怎么可能，我的进步会很大的。"

"当年的排名的'女子十项'里，我妈妈都是第一，你母亲全是第二。"

"可是……"文亚还想辩驳什么。

艾伦那挑了挑眉，道:“我还没算父亲呢！”

“额……我会去努力的。”

“加油。”艾伦那松开一只手，利用法力和另一只手抱住了凯文亚，并向他比了一个加油的手势……

44

赦杰学院

9月1日，是新学期开学日。林沐收拾了自己的行李，不舍地抱着艾伦那。由于两个人不在一所学院，林沐打算搬到阡老师那里会更方便些。对此，艾伦那也没有理由再反对。

“艾姐，你要保重啊！”林沐还是没有忍住眼泪。

“嗯，你也是。两年后，十六岁考试时再见。”

“天启永不倒！以后再一起去参加竞技场比赛！”林沐泪中带笑。

“小沐，要加油！”任伊彭也为好友加油打气，“你才到‘铜之坚’的段位！要好好练习啊！”

林沐正在上一辆公交车，听到这句话，回头道：“等我再练练草木皆兵！艾姐，你和凯哥一起打二对二吧，我再找一个人组队。”

说着说着，公交车开远了，带走了林沐。

“对了，伊彭，”艾伦那刚才没好意思拆穿任伊彭，现在才说，“你不也才到‘铜之坚’的段位吗，就我一个是‘银之亮’。文亚还差一场胜利升级，你还差好几场呢！”

竞技场统一用一套排名体系，从低到高分别是：铁之暗、铜之坚、银之亮、金之华、钻之芒和王之冠。

被好友拆穿了之后，任伊彭也有点不好意思，赶紧岔开话题道:“额……校车来了，咱们赶紧走吧。”

“这校车……”艾伦那看着一辆黄色的大鼻子造型的校车缓缓地开了过来。

“又丑又拉风。”任伊彭精准概括，“上车吧。”

校车上，每个高级学院的学生都要和一个初级学院的六到八岁半的小孩同坐，路程非常长，足足一小时才到。新教室在三楼，爬起来不需要用法力。两个人边爬楼边聊天。

“艾伦那，这所新的学院叫什么？”

“赦杰。”

“校歌呢？”

“跟菲尘学院一样，《起航》。”

很快，她们便进入教室。刚开学，大家做了一个自我介绍，令人惊喜的是，虽然只有十六个学生，但其中八人来自菲尘学院，只不过是不同的班级而已。艾伦那默默地记下了所有的女生。

“一号，臣可辰，超能系。”

“四号，任伊彭，雷电·火焰系！”

“五号，李墒殷，风语。”

“六号，刘玄，火系。”这是艾伦那唯一一个记住的男生。

“七号，吕依依，超能·水系。”

“切，吕二二，好二……”刘玄吐槽道。

“刘玄！”吕依依气极，大吼。看得出来，六号和七号的关系甚好，在吕依依的怒吼下，艾伦那想不记住刘玄都难。

“八号，艾伦那，暗影系。”艾伦那继续隐瞒着自己的真实属性和身份。

九号和十一号来自不同的学校。

“十二号，吴余，大地系。”

“十四号，姚媛，战斗系。”这几个字就像是平地惊雷，艾伦那感到整个教室都在晃。

“十六号，杨金茗，机械·战斗系”

最终，介绍完了，紧接着是分配班级职位。靠手速，艾伦那抢到了历史与道法课代表。十五号男生是班长，刘玄是副班长，最悲惨的当属任伊彭了。

刚看到名单的时候，艾伦那就吃惊地问:“劳动委员？伊彭，你确定？”

“哎，我也是没办法。各位同学们，还有十秒钟就要检查小柜了……”任伊彭露出一副为难的样子,可怜兮兮地“警告”着大家。

“啊！任伊彭手下留情啊！”

“我这个小柜够好了，能不能加点分啊……”

艾伦那向任伊彭看去，突然感慨道:“据说辽德予的小柜特别乱。”

“唉，见不到他们了。”提到辽德予，任伊彭也变得沉重起来。

没过几天，四号任伊彭、五号李墒股、八号艾伦那、十二号吴余和十六号杨金茗就熟悉了。每天都挤在校车的末尾几个座位上聊着天，日子也过得快乐起来。不过自在归自在，艾伦那还是经常想起凯文亚，看看右手手腕上他送的表，想起在鸟瞰非尘学院时他说的那句话。

“到时候，我们还要比比，谁是第一，谁是第二。”

谁第一谁第二吗？第一肯定是我啊，文亚。艾伦那在心里这样说着，加油啊，我的目标可是压倒凯文亚！

45

新伙伴

虽然赦杰学院的设备没有菲尘学院的多，但都是新的。课程比菲尘学院还要满，却还有午休的时间。艾伦那在这里倒也自在，成绩也很好。倒是同学之间的事情还真不少。艾伦那都记了下来，整理出来后倒也是一段美好的回忆。

第一件，关于吕依依和刘玄。

没错，这对开学之前不认识，开学之后每天一“吵”，大家也习以为常。不过这个“吵”不是两个人互吵，而是吕依依的独角戏。

“刘玄！你找死！”几乎每天都能听到吕依依的这声怒吼，艾伦那断定，刘玄又开始作死了。不是嘲笑吕依依，就是惹到臣可辰。

“刘玄今日有血光之灾。”艾伦那淡然地说。

“天天都有血光之灾！”任伊彭刚刚反驳完艾伦那，就听见一声惨叫。不出所料，刘玄又被吕依依揪头发了。

刘玄的属性为火，吕依依的属性为超能·水，艾伦那都不知道刘玄为何会如此持续地作死，并且忘了吕依依的属性。然后，几位好事者煞有介事地传起了吕依依和刘玄的传闻。

除了刘玄和吕依依。

对此，艾伦那只不过是耸耸肩，只要吕依依不传她和凯文亚的传言就行。当然了，这是不可能的。

第二件，关于吕依依和臣可辰。

虽然两个人同样也是新认识的伙伴，但吕依依和臣可辰的关系非常好。

有一次秋游，老师要求四个人一组，每组至少包含一名男生。别的人都分好了，就剩下吕依依、臣可辰以及两个各缺一个队员的组。吕依依说什么都要和臣可辰一个组，这可惹恼了姚媛。

“我以前和吕依依一个班，每次出游我跟她一个队时，她总是不要我。直到有一次，老师让我分配，才解决了问题。”

吕依依也不甘示弱地说：“以前每次我们都要让着姚媛，这次我一定要和橙子一个队！”

“橙子”是吕依依对臣可辰的昵称，两个人说什么也要一个组。吕依依还在吃饭时偷偷告诉艾伦那，如果她不跟臣可辰一个组，她们就在秋游前一天喝冷水、吃冰激凌、吃冰奶茶、晚上不盖被子……总之一句话，就是不去秋游了。

艾伦那把这句话告诉了同组的任伊彭。

“反正我们都随便。”任伊彭虽然觉得有些过了，但还是无所谓地说。

艾伦那点点头，也就不再管这件事了。她没说的是，她发现与臣可辰交谈时竟然感受了廖小怡曾经散发出的能量波动。不过臣可尘的能量更弱一些，更无法影响她。也许，臣可辰的真正的属性是——超能·情绪系。

最后，还是老师出马，重新调配了分组。所有一开始在一组的人，这次都没在一组，除了臣可辰和吕依依。这更加印证了艾伦那的想法。

臣可辰的情绪系技能的影响最终还是放大到了整个年级。据说除了所有的女老师，大多数的男老师都被她“魅惑”过，十分亲近她和吕依依，除了年老的语文老师和被艾伦那提醒过的或自行发现的十六位同学。大家默默地为这位年老的、男的语文老师点赞。可臣可辰的影响力也就到这了，估计她的法力支撑不了她同时控制两个人，只能见一个，影响一个，留下法术的痕迹。她的成绩却非常差，不仅全班垫底，还一次性拉低了平均分一到两分，一定程度上削弱了赦杰学院高级学院的影响力。

仅此而已。在这个小时候以属性，学习成绩为荣，成年后才开始注重家世且提倡竞争的年代，要再多的花招也没有用。到了真正考试时，是不会有人受到臣可辰的影响的。

第三件，关于李墒殷、杨金茗和吴余之间的“恩爱情仇”。

说实在的，“恩爱情”谈不上，“仇”倒有不少，却并不影响几个人之间的友谊。

第一“仇”就是起绰号。

吴余，因为成绩好，荣获了“吴大神”的外号，但因为杨金茗的搅和，“吴大神”变成了“吴大婶”。为此，两人为争论吴余到底是大神还是大婶开展了持久且乏味的辩论。

后来，由于李墒殷的介入，吴大神还是成了吴大婶。不过其他女生，比如任伊彭、艾伦那，还是叫她吴余、大神，或是吴大神。此事终于告一段落。

起绰号的风波尚未停止。杨金茗因为喜欢在午休时与李墒殷在寝室打架，偶尔有吴余、姚媛地介入，而且用上了特殊武器——

口水和牙齿，拥有了一个非常搞笑的外号——“杨二哈”。为此杨金茗没少用她的特殊武器来找李墒殷打架。别看杨金茗比李墒殷小三天，且身高差距很大（李墒殷全班最高），但因为她学习物攻，而李墒殷学习控制，两个人经常打得难舍难分。

起绰号告一段落，但这牵扯到了几个人午休时在寝室打架的“光荣传统”。这也是第二“仇”。

赦杰学院没有练武场和练武室，再加上课间只有十分钟，就只好将女生寝室当成了三个人的“练武室”,她们经常在寝室打架，还牵扯进了不少人。比如在床位旁边的任伊彭，姚媛虽然离她们最远，却经常插上一脚，有时也亲自上阵。姚媛因为自己专学物攻，加上脾气不是太好，所以经常和这几个人一起打架。两个外校女孩也经常参与进来，但因为一个学速度，一个学控制，只能在打架中扮演藏东西的角色。只有在午睡时聊天的臣可辰、吕依依，以及和大家保持着不温不火的艾伦那不参与其中。

第三件，也是最后一“仇”——争议。

这个比较简单，出现的频率却很高，重复性也很高。

比如，杨金茗和吴余会为了一本书中哪个角色帅而争论，这一争论就是一个学期。尽管纯属无聊，但还是一次次开展热烈的“讨论”，最终不了了之。

…… ……

每天写日记，总能发现一些比较有趣的事情。艾伦那更关心凯文亚的动向，现在所有的交流群都没了凯文亚的讯息，他送的手表，艾伦那也不知道应该怎么用。

凯文亚仿佛消失在了艾伦那的生活中，但她坚信，他就在耀光星的皇宫、在某个学院，只不过两个人没有时间见面。

两年来，艾伦那刻苦学习，即使假期和周末也在自行练习。艾希和伦利亚留给她的财产足够多，她也不需要再去打零工赚取生活费了。现在，她就是等待着，等待远方的曙光，等待着与凯文亚的重逢……

46

唤灵之术

阡和林沐的新家在佑安城。刚刚入住的时候，林沐总是感觉拘谨而尴尬，尤其是第一天。

林沐穿着新的蓝色校服裙子，嗫嚅道：“阡……阿姨？”这个称呼让她觉得很奇怪。

阡正在收拾行李，看出了对方的尴尬，善解人意地说：“小沐，如果你不习惯这么叫我，就还是称呼阡老师吧。有什么事情吗？”

“哦，阡老师，我的东西放哪里比较合适呢？”和艾伦那不同，阡老师毕竟年长，曾经又是老师的身份，林沐对她有一种由衷的敬畏。

“哦。从这个门出去，右手边第一间房间就是你的。”

林沐点点头，带着行李出去了。

等林沐出去，阡立刻拿起手机，拨通了电话：“芦云吗？周六我和小沐去沐雪咖啡馆。到时候你要装作第一次见面，记得告诉风铃、花鼓、霜寒……什么，花鼓她……”

与此同时，林沐也正和某个人通话：“最近怎么样？上次谢谢你……哦，我有一个请求，你能和我一起……太好了！那周日咱们在南嘉竞技场汇合……”

打完电话，林沐赶紧整理东西。十分钟后，林沐打开房门，发现阡正要进来。

“阡老师？”她有些吃惊。

“小沐，我找你有事。”

“什么事？”

“听艾伦那说，你在光耀皇城开了一家沐雪咖啡馆？”

“是啊，在琉璃区旁边的涵安区内。”

“那周六那天我能去看看吗？”

“可以啊！”林沐赶紧点头答应。

“哦，小沐，你找我有什么事？”阡也看出小沐有事要说，又担心她拘谨，便主动询问。

“阡老师，您为什么……收养我？”她终于问出了口。

“因为……新学院在佑安城，你如果还跟艾伦那住在一起，距离这里太远，我家正好在这附近……”阡说到最后，竟然有些慌张，显然这些理由并不充分。

“嗯？”林沐一歪头，还是很疑惑。

阡下定了决心，说：“小沐，我收养你，是因为……我没有孩子，也不可能有孩子，所以，我想……我想帮你找回你的亲生父母，我希望你能在母爱中健康阳光地长大，不被属性吞并症的阴霾所扰。我希望你过上安稳的生活，不希望再看到你伤心的神色。你若不嫌弃……就叫我一声妈妈吧。”

“妈妈！”林沐早已被感动得热泪盈眶，扑进阡的怀抱。阡的眼眶也红红的，不时用手背揉眼睛。过了良久，林沐才说：“阡……妈妈，我找你还有一件事。”

“什么事？”

林沐退后了一步，缓缓诉说了整个事情。

“孩子，你确定？”

林沐坚定地点了点头，道：“我很确定。妈，拜托了，相信他。”

“好吧。”

周六，林沐带着阡来到位于涵安区的沐雪咖啡馆。

“喂喂喂！小沐来了！”早就在门外等候的剑霜寒看到林沐的身影，就兴奋地冲进来向朋友们汇报。

见到此景，林沐笑了起来，对阡说：“妈，这是剑霜寒，她的年龄最小，但是攻击力最高，会使用弓和暗器。”林沐迟疑了一下，接着说，“沐雪咖啡馆里的各位哥哥姐姐们都没有法力。”

阡点了点头，两个人一起走进了沐雪咖啡馆。其他几个人都七嘴八舌地和林沐打着招呼。

“哥哥姐姐们早上好，这位是……”林沐指着阡，想要介绍。

阡接口道：“我是小沐的养母——阡。”

“阿姨好。”风铃走了过来，笑着说。

“妈，这位白色头发，扎着麻花辫的是风铃，绿白色短发的男生是剑芦云。”

被点名的剑芦云走了过来，向阡鞠了一躬，礼貌地说：“阿姨好，欢迎来到沐雪咖啡馆。”

“刚才那个剑霜寒，我已经介绍过了，就是那个黄色头发，发梢末端是白色的，短发的女生。”

“阿姨好。”剑霜寒也打着招呼，但眼神里充满了戏谑。

阡点了一些甜点，林沐兴奋地带着阡游览了整个咖啡馆、小花园和亭子。她们一直待到了咖啡馆打烊。

阡看顾客们都已经离开，才带着林沐回到了咖啡馆，说:“小沐，你是学辅助的，在竞技场上因为找不到组员而不能参加，这样一来提升的速度很慢。我倒是有一个办法。”

林沐正有些烦恼，听到阡这样说，忙问:“什么方法？”

“你听过唤灵之术吗？”

“是那个能召唤精灵的法术吗？”

阡点了点头，说:“对。有些人可以通过购买唤灵珠来收服一些精灵，培养它们，在作战时就可以派上用场。”

“真神奇！但是……我没有足够的钱。”一直以来，钱都是林沐的短板。尽管在艾伦那和任伊彭的帮助下开了这家咖啡馆，但盈利也就够她的学费、生活费等。

“没事，妈妈可以……”

阡还没有说完，剑芦云走了过来，说:“小沐，我这里有唤灵珠。”说着，就掏出来了一个碧绿色的、巴掌大小的珠子。

“芦云哥哥，这……”林沐很不好意思。

“没事，我还有一个。”

听他这么说，林沐也就不再假意推脱，接过唤灵珠，运用起法力，但毫无反应。

“小沐，随身的隐藏武器只能有一个印记，试试拿出你的沐风法杖，如果能跟这个唤灵珠共鸣产生，就能共享一个印记了。”

“好。沐风法杖！”林沐伸展双臂，施展法力，肩上的绿色的印记立刻亮起。随即，她的身后出现了一个同样在伸展着双臂的女人，同时出现了一根白色的法杖，女人则进入法杖，林沐立刻拿住了它。

这时，阡站起来，走到林沐的背后，说:“孩子，我来引导唤灵珠，你闭上眼睛。”

林沐听话地闭上双眼。阡确认后，朝着剑芦云低语：“芦云，看你的了，我来遮掩，如果不行叫一下风铃，霜寒太毛躁。”

剑芦云点点头，开始引导着唤灵珠贴近沐风法杖。

一切都很顺利，剑芦云也信心满满。几个小时过去了，就在唤灵珠即将被沐风法杖所包容的时候，唤灵珠猛然抖动起来。

林沐感到一阵胸腔发闷，疼痛感瞬间遍布到了全身，她虚弱地问：“妈，怎么了？”

“没事，妈妈在这里。调整呼吸，这是正常现象。”

这当然不正常！阡只是在安慰着林沐而已。她低声念起咒语：“众花听吾所旨，古·花香影。”她的身体开始上升，直至房顶……

“汝乃何人？”确定林沐不会发现后，阡利用法力探测。黑夜中，两个人仓皇逃走。阡也不追，赶紧从房顶上下来，回到沐雪咖啡馆。

此时，林沐早已睡去，旁边的剑芦云气喘吁吁，倒是风铃神态自若，替剑芦云解释了一番：“主……阿姨，唤灵珠已经和小沐融合了。不过经过刚刚那件事，她还有些虚弱。”

“在这里不要暴露身份。刚刚是‘那些人’在捣乱。不过这次的人很弱，只有两个。”

“不应该让小沐跟她们……”

风铃还没说完，阡就打断了她：“不，小沐跟艾伦那接触反而会安全一些。”

“可是……”风铃还是有些担心。

“有我在，‘那些人’不会对小沐动手。还有，找到‘她’了吗？”

“没有。”

“很正常。她的法力和我不相上下，基本上比我强。我也只能确定，她就在佑安城。”

“要去找她吗？”

“不，打草惊蛇反而会更难找，现在最重要的是让你们恢复。”阡望向夜空，自言自语道，“这些年来，我欠她太多了……”

47

半被动式讲故事

赦杰学院到艾伦那家有一个小时的车程。一路上窃窃私语不断，有些人甚至吵了起来。其他人也不消停，有的聊天，有的玩魔方，有的在玻璃上画画……

“是谁在讲话！”班主任的“狮吼功”及时发作，校车上安静了……但也只是安静了两分钟。

“要不我们来编故事吧。”艾伦那戳戳看着窗外发呆的任伊彭。

“行啊！”

“你一句，我一句。”艾伦那率先开始，道，“艾伦那和任伊彭在丛林里行走。”

“她们遇到了罗老师（数学老师，班主任）。”

伊彭的下句差点让艾伦那无法招架，只好接道：“她们被罗老师拦住了。”

“这时姚媛来了。”任伊彭不假思索，脱口而出。姚媛是班上的数学课代表，对数学尤为痴迷。

“姚媛要和罗老师讨论数学题。”

“然后姚媛邀请艾伦那和任伊彭一起讨论数学题，最后三人成了数学家，故事完。”

“额……”艾伦那一时无语。后来她们又试着编了好几个，均没有超过五分钟。

艾伦那又想了想，提议说:“我们来讲‘半被动式故事’吧。”

“什么是半被动式故事？”伊彭听得一头雾水、

“一个人讲故事，其他人听，有时可以做选择。选择由主讲人来出，选择有时会影响故事的走向，更会影响结局。”

任伊彭眼前一亮，瞬间来了精神，道:“这个好玩！叫一下其他人。”

周围的李墒殷、吴余和杨金茗立刻加入了进来。大家通过“黑白配”的方式抽取讲故事的顺序，五人轮番上阵，轮流讲故事。半被动式故事果然大受欢迎，一时间五人均以此为乐。

其中,最搞笑的故事来自于吴余。鉴于其与杨金茗斗争的“光荣事迹”，讲故事也毫不留情，立刻加入到了与杨金茗的“轰轰烈烈”的斗争事业中。

“在遥远的天国，有一个超级富豪叫杨小茗。一天，她去她的黄金厕所方便。突然，黄金厕所塌了……”

“杨小茗是不是挂了？”李墒殷笑着嘲讽。

“没有，杨小茗‘身手矫健’，逃出来了。”

“然后呢……杨小茗大怒，因为她记得，根据她的霸王条款，这种黄金厕所的保质期是一百年，结果她用了一年就塌了。于是杨小茗叫来了大管家任伊彭,要她翻找档案,找出当时的设计师。”

被点名的伊彭夸张地大叫:“什么？我成了她的管家？”

几个人聊得正欢，丝毫没有注意到旁边一脸黑线的杨金茗。

“嗯。任伊彭翻找档案，发现这个黄金厕所是一个叫王明的人设计的。然后任伊彭就找到了房地产公司，拿出了杨小茗签署的霸王条款，要找出设计师王明。”吴余环顾四周，见大家兴致勃勃、杨金茗怒不可遏的神色，就露出了“标准奸笑”，继续说，“但是，这家房地产的公司经理告诉任伊彭，王明原来是这个人的化名，她的真名是吕依依！”

艾伦那惊呆了。讲故事还可以这样胡编！吕依依都被扯了进来，那么，根据班上的传言……

“吕依依在一家脑科医院当了主任，任伊彭找到了吕主任，惊奇地发现，吕主任的设计图用了榫卯结构，但是塌掉的黄金厕所并没有用榫卯结构！”

“然后呢？”任伊彭非常关心故事中“任伊彭”的情况。

“任伊彭回去报告了杨小茗，然后……杨小茗大怒……哈哈哈……”吴余已经憋不住笑了，一边笑一边讲，“杨小茗把任伊彭，把任伊彭……哈哈哈……扔进了黄金马桶，不，厕所，哈哈哈……”刚说完，吴余狂笑起来。

“什么？”任伊彭的眼睛瞪得像鸡蛋，想了很久，终究没有动武。

“然后，杨小茗派她的大管家B——艾伦那去查资料。”

“这么说，伊彭就是大管家A了？”艾伦那神色如常。

“没错，艾伦那翻了很久的资料，找到了真正的设计者。按照条约，设计师给杨小茗赔了款。”

“嗯。”李墒殷点了点头。

“但是，那个设计师是任伊彭的远房亲戚，亲戚听说任伊彭被扔进了马桶里，非常生气，要起诉杨小茗。”吴余沉默了一会儿，接着说，“然后，法官是……刘玄！刘玄带着一头白色的假发，身穿白大褂，拿着他的小锤锤……”

大家莫名觉得好笑。

“一方是被杨小茗欺压许久的任伊彭、艾伦那等，另一方是杨小茗。双方争吵了很久。两小时过去了，刘玄拿着他的小锤锤敲了几下，宣布休庭。”

看到吴余一脸奸笑加憋笑，艾伦那立刻想到，这个家伙一定又在图谋不轨。果然，他接着说:“休庭的时候，吕主任找到了刘玄。”

“吕主任支持任伊彭那一方，她找到了刘玄，吕主任身材凹凸有致，让刘玄十分喜爱……”说到此处，无论是一脸气愤的杨金茗，还是兴致勃勃的其他三人，还有讲故事的吴余自己，都笑了起来。

“后来，经过刘玄的判决，杨小茗的所有钱财被没收，分给了艾伦那、任伊彭等人，而杨小茗……”

“吴！余！”杨金茗已经怒不可遏，她一字一顿发出了“不淑女的警告”。然后，艾伦那、任伊彭和李墒殷就免费观看了一场叫“杨金茗对战吴余”的武打片。这样的半被动式故事持续了很久，自此之后，都是她们在校车上的必备节目，直到期末考试。

“还要讲故事吗？”

“算了！”一人问完，其余四人齐声答道。

48

飞船课

那天，艾伦那像往常一样浏览爸爸留给她的册子，突然从中间滑落下一张纸。艾伦那赶紧捡起来，这才发现艾希早就为她报了“人力飞船”的课程，从下个月的第三个周日开始，早上八点到十点，一直持续到她毕业，费用已经替她付好了。

纸条上说，如果想学好这门课程，最好买一个模拟器在家中训练，这种人力飞船的运用范围很广，既可以在星球内飞行，也可以装载少量燃料，穿过大气层到达另一个星球。飞船有着抵消重力的装置，可以飘在空中，装载一到十人，也能依靠人力前进。

在纸条的最后，艾希写道：“无论如何，一旦开始，就要坚持下来。每次去的时候带上水杯，一定要小心，如果选择了就要坚持到最后。”

艾伦那看完之后，在心里告诉自己，一定要坚持下去，

到了那天，艾伦那去了人力飞船俱乐部。没想到的是，她竟然在那里遇到了李墒殷。她吃惊地问：“你也来了？”

李墒殷并没有表现得很外露，还是淡淡地点头示意。艾伦那觉得她的反应有些奇怪。接收到这份疑惑之后，李墒殷有些为难地说：“额……人力飞船也许并不适合光属性或暗属性……”

“我有蝶之翼，没问题的。”

看到艾伦那自信的样子，她耸耸肩道：“也许吧……”

就在这时，教练喊集合了。

今天是对人力飞船的第一次接触，教练打开一个模拟器，亲自示范了一遍动作。大家都在努力，想做得更好。艾伦那也不甘落后，但最多也就是中等水平。

几节课下来，艾伦那买了一台模拟器，开始在家里自主练习。几周下来，她的水平有了明显提升。到测试时，她的成绩已经是新生中最好的了，她也就把李墒殷的话抛到了脑后。

好景不长，等到实际操作人力飞船时，艾伦那才发现，这对于她来说非常困难。

真正的人力飞船呈长条状，像一条小船。因为它用于比赛，所以没有安装其他人力飞船用的防护罩。不过所有的人力飞船都一样，需要依靠人拉桨来前进，并且除了单人飞船都有一个脚舵。桨很重，据说上面有反引力装置，到了高空中才会有用。到目前为止，比赛的形式分为单人、双人和四人比赛。艾伦那默默解析下来，主要动作分为在模拟器上训练的动作，以及利用脚舵，或是桨控制航向，以免撞上别的船，或是偏离航向。

对于艾伦那来说，模拟器上的动作她已经非常熟悉了，难就难在后面。每一次轮到她操作的时候，都能听到教练的咆哮。

“艾伦那！船都跑哪里去了！”

“真迟钝！这时候应该脚尖朝哪里！”

“讲了几遍了！”

“回桨！回桨！”

所谓回桨，就是在用脚舵调整好航向之后，要把脚舵朝着另一个方向调整，防止再次偏离航向。艾伦那和另外三人乘船正飘在空中，艾伦那正因为太高而有些眩晕，这时候更难调整航向，但她一言不发，默默地尝试调整，却越调越歪。

“艾伦那！”教练又发飙了。

唉……她在心里默默叹气。

“本体，看来今天要跟着你一起挨骂了。”第二人格又开始了“毒舌”模式。

艾伦那抱怨，你能不能少风凉几句？

教练啰嗦了很久，艾伦那甚至觉得，这个世界仿佛只剩下了她和正在训斥的男教练，船上其他三个人死一般的沉默着。她尝试着认真听，但在空中，教练讲得仿佛是另一个世界的语言，根本听不懂。尽管还在犯晕，但艾伦那仍然沉默着。

“本体，你怎么不说几句，这个教练什么教学态度，三句话里两句骂人。”

说了的话,估计他会骂得更狠。第二人格,你要懂得沉默是金。

“哼，在下佩服。”

教练终于骂完了，艾伦那也和其他人划着船又划了几圈，还是没少挨骂。终于回到了出发点。

好不容易熬到了下课，艾伦那独自乘坐地铁回到了家。尽管她外表装得很冷静，但内心深处波澜起伏。

当天晚上，她陷入了不断的自我否定中。

所有该做的我都做了，所有没必要做的我也做了，可我永远比他们落后。难道真的是天分的缘故吗？所有来上课的人，要么是飞行系，要么是风属性，要么是万灵、机械、超能、圣洁……唯独没有光属性，或暗属性。李熵殷早就告诉过我，在这方面，我的属性有问题。高空状态下，光和暗没有任何作用，倒是其他六个属性，在船中对高空免疫……如果有一对翅膀，也不用担心这个问题，但是蝶之翼显然无法胜任，它太脆弱了。

所有的努力都白费了吗？艾伦那看看手上大大小小的水泡，想起当时她还开玩笑，如果要抱怨手上的水泡多，可以看看李墒殷的手，立刻就不抱怨了。啊，说得倒是轻巧。

艾伦那穿着睡衣，双手抱膝坐在床上，头深深地埋着，一滴泪未掉，反而微微一笑，身上隐隐冒出一些黑色元素。

窗外，一个暗红色头发的女人拿捏着一个小瓶。这是多好的黑暗能量啊……她刚要拧开瓶子，却发现艾伦那身上的黑色元素消失了。

女人握紧了瓶子，有些懊恼自己错过了提升的良机。没办法了，只能到下一家了。于是，她闪身离开，仿佛从来都没有出现过。

她没发现，在她身旁隐藏着另一个人，是西格瑞特·奇布。这里发生的一切，他看得清清楚楚。她的黑色元素其实并不是消失了，而是她自己吸收了。

艾伦那的紫眸中闪过一丝红色的光，随即消失。

西格瑞特·奇布松了口气。幸好，她身上的光明能量足够强。至少目前为止，可以不必担心。

趁着夜色，西格瑞特·奇布跳下树，离开了这里。

艾伦那是一个特例。她的轨迹，由她自己掌控，单纯地观测星象很难窥探得到。也许……“那个人”可以看得到。

先不管了。艾伦那微微抬起头，鼓励自己，多练习吧，我一定可以。既然选择了，就要走下去！

49
夜影佳人

尽管现在艾伦那每天都安排得很满，就连周末也都有课外班，但她还是在周日下午约了任伊彭去南嘉竞技场。她心里一直有个希望，能够在那里碰到凯文亚。

两个人各自报了单人赛。艾伦那排在前面。

“下面是中心擂台对决——光暗神蝶对战夜影佳人！两人都是处在银之亮的段位！双方上场！”廖言又开始煽动现场观众的热情。

不是文亚……不过对方似乎是暗属性的，正好被我克制。上场后，艾伦那暗自观察。对方的皮肤黝黑，戴着紫色的面具，穿着一件超短的紫色短袖上衣和淡蓝色短裤，裸露着大部分的身体。艾伦那不禁吐槽:额……这家伙不冷吗?

还是和上次的流程一样，双方先做了一番自我介绍。

廖言宣布:“三,二,一，开始！”

看到艾伦那冷漠的眼神，对方知道艾伦那并没有中计，极速冲上来。

“夜之速！”

艾伦那赶紧避开。看来对方至少在学速度，不知是速攻，速控还是什么。

“速之魂！”

艾伦那再次闪开。看来是速攻无疑了。

“黑夜！”两个人同时喊了出来。

“怎么回事！两人竟然同时用了同样的招式？”主持人廖言一语道破双方此刻的想法。

“你是谁！竟然盗用我们家族的秘籍！”对方有些激动道。

艾伦那也不回答，反手就将一个光暗破轮甩了出去。

漆黑一片中，艾伦那隐约听到了光暗破轮击中竞技台的声音，想必夜影佳人躲过了光暗破轮的攻击。

好厉害的速度！艾伦那皱紧了眉头。对方的黑夜技能让她无法看清夜影佳人在哪里。

“万蝶群飞，百花齐放，神之所赐，蝶心化眼！”

还没等蝴蝶把讯息传递给她，她就听见一阵狂笑：“哈哈哈……你的冒牌货对我没有作用……倒是你自己，迷失了吧……”

艾伦那心中暗笑，得意忘形，大忌。就在这时，蝶心化眼告诉了她夜影佳人所在的位置。

“圣影轮回！”艾伦那再次发动攻击。

“什么？幽夜！”

艾伦那这次听到的不再是技能撞上竞技台的声音，也不是技能与技能相撞的声音，微微一笑。

“暗之盾！”

“咚”的一声，是技能与技能相撞的声音。艾伦那转过身，反手抓住夜影佳人黝黑的胳膊，带上法力，顺着力道，将夜影佳人甩向了远处。

又是“咚”的一声，是夜影佳人撞到竞技台的声音。艾伦那退后一步，侧身躲开夜影佳人的冲锋。夜影佳人勉强刹住，却耗尽了体力。

“光之意。”

胜负已定。夜影佳人勉强支起一个盾，抵挡住了五级光之意的攻击，但自身已经出了边缘线。

廖言宣布道:“光暗神蝶胜！”

艾伦那面不改色，转身离开。

“等等。”夜影佳人叫住了她。

“怎么了？”

“我的故乡在夜戎星，有空过来。”

“哦。”

夜影佳人突然显出恳求的神色，焦急地说:“拜托了，一定要过来！”

艾伦那点点头说:“竞技场门口见。”说罢，便走下竞技台。

“艾伦那，怎样？”任伊彭迎上前来，问道。

“赢了。”

任伊彭连忙说:“我是说那个夜影佳人的底细。”

“学习速攻，速法攻。属性不清楚，在黑夜的笼罩下，我也不确定。”

“她一直说你是冒牌货是怎么回事？”

艾伦那摇摇头，说:“黑夜这个技能……应该并不是我天生就会的。也许……我还真的是个冒牌货，我的黑夜对她无效。这样，我先去竞技场门口会一会她，待会儿见。”

任伊彭点点头，艾伦那径直穿过人群，走到了竞技场门口，发现夜影佳人正在等着。面罩已经摘了下来，露出一对黑色的眼睛。她有些不确定地问："你就是……"

"到旁边的茶肆去谈。"艾伦那留下一只蝴蝶附在墙上，领着夜影佳人进了旁边的茶肆，付完钱后进了一个包间，包间中铺着竹席，中间有一个小木桌。

艾伦那坐下后沏了一壶茶，问："有什么事吗？"

对方行了个大礼，恳求道："拜托了，请救救我们家族！"

"什么？"这句话大大超出了艾伦那的预想。

"我姓叶，叫叶流儿，来自夜戎星，是当地凯西族的一员。今年十五岁。十年前，我爷爷为了寻找'救赎之光'来到这里。七年前，爷爷说找到了'救赎之光'，按照预言，'救赎之光'会带着所有凯西族族人离开夜戎星，寻找到新的庇护。而他把凯西族的秘术——黑夜传授给了那个人。只不过……那个人是个男生，怎么？"说到这里，叶流儿也露出了疑惑的神情。

"我猜……是那个人把这个技能教给了我。"艾伦那站了起来，"我去拿一些吃的。"

艾伦那走出包间，走楼梯到了一楼，穿过大堂，到了服务台随便点了一些甜点，顺带着要了一壶茉莉花茶。拿到茶和甜点后，她又走回了包间。

一边走，她一边回想着刚才那些信息的关键点：男生、救赎之光、十年前、黑夜……究竟这个男生是谁呢？

走进包间后，艾伦那说："来吃点东西吧。"

"谢谢！这个是什么？"显然，叶流儿并没有吃过这些，好奇地问。

"这个甜点，这是茉莉花茶。"艾伦那介绍道。

“好香啊！”

艾伦那正在思考如何和叶流儿解释，门外却突然响起一个冒冒失失的声音:“艾伦那，你在哪里啊？”

艾伦那连忙打开门，让任伊彭进来。随后，便为两个人做介绍:“伊彭，这是来自夜戎星凯西族的叶流儿。叶流儿，这是我的好朋友任伊彭。”

“你好。”任伊彭挥挥手，算是打招呼。

“你好。说到伙伴，我也有一个‘好伙伴’。”

“那赶紧请她进来！”任伊彭本来就比较外向，一听到有新朋友，立刻就兴奋起来。艾伦那喝了一口茶，微笑着，没有说话。

“好的！”叶流儿走到窗边，吹了一声口哨。眨眼之间，一道黑影自窗外跃入。仔细一看，竟然是一头硕大的鹰豹。她指着它说，“这就是我的‘好伙伴’，它是一头变异的鹰豹，通体黑色，有着青色的斑点，不过有着和普通鹰豹一样的翅膀。”

任伊彭被吓得够呛，但艾伦那还算淡定。她趁机观察了一下，这只鹰豹大概有不到两米高，长三米多。除了叶流儿描述的特点外，它似乎除了体型是普通鹰豹的三四倍，也没有区别了。

“叶流儿，救赎之光有什么特殊的含义吗？”

“爷爷总是说，他犯下了‘原罪’，需要救赎，后来爷爷就莫名其妙地消失了……对了，他留给我一个首饰，说是要给救赎之光，它的名字也是救赎之光。”说罢，叶流儿掏出一个银色的首饰，递给艾伦那。

“叶流儿，我可能并不是什么你口中的‘救赎之光’，你要找的应该是教我黑夜这个技能的人。”艾伦那仔仔细细地观察了这个首饰。它由两个重叠的圆环组成，重叠的地方镶嵌了一颗黄色宝石，像一只金色的眼睛。

“叶流儿，这个救赎之光有附加技能吗？”任伊彭问。

所谓附加技能，就是一个人身上佩戴的带有法力的饰品所附加的技能，大部分属于隐藏技能。比如，林沐身上正木万灵系的生命新绿，它的附加技能就是法攻技——生命之光。带有魔力的饰品的隐藏技能需要有人先唤醒这个饰品，才可以让佩戴者拥有这个隐藏技能。艾伦那已经拥有了一个首饰，就是艾希送给她的发绳，名字是幻之彩蝶，光属性。艾伦那还没有足够的法力来唤醒它，但她已经决定不换首饰了。

“不知道。我们凯西族全部都是神秘系的，而这个首饰是圣灵系的，所以我们无法唤醒它。”

任伊彭点点头。艾伦那却像猛然被人点醒了一般。文亚！凯文亚是圣灵系的！尽管内心深处万分激动，但表面上十分镇定，她问:“叶流儿，你的父母呢？”

叶流儿摇摇头，说:“不知道。”

“那……你的爷爷的名字？”艾伦那接着问。

“叶剑行。”

额……不认识。艾伦那有些失落。任伊彭接着问:“对了，叶流儿，你为什么要来找艾伦那？”

“十年前，爷爷告诉我一则预言，夜戎星将在二十年内与森幻星相撞，救赎之光将带着我们离开夜戎星，寻找到新的庇护。于是就带我来到这里，寻找预言中的‘救赎之光’。”叶流儿有些不好意思，问，“那个……你们叫什么来着？”

两个人都没有介意，又重新报了一遍自己的姓名。

叶流儿郑重地说:“艾伦那，任伊彭，拜托了，十年内，你们一定要来夜戎星。”

“没问题。”任伊彭说。

艾伦那点点头，道:“放心吧，我保证。”说罢，她掏出了一个随身携带的密码本，记下了这件事:五、十年内，嘉铭十九年内，二十五岁之前，帮助叶流儿的家族——在夜戎星上的凯西族离开夜戎星。附:十年内，夜戎星将会与森幻星相撞。

“还有其他的事吗？”任伊彭问。

“没了。这些甜品我能带回去吗？我想给小猎尝一尝。”

“小猎是谁？”任伊彭瞪着眼睛问。不怪她会有这种反应，听这个奇怪的名字，看着眼前被称作伙伴的鹰豹，伊彭猜那个小猎应该也是只动物。

“是我养的云翼地家虎，这只鹰豹叫小影。”

任伊彭没有说话，但露出了一副我猜到了的神情。艾伦那拿来一个木制食盒，说:“我又拿了一些甜点，放在了食盒的最底层。桌上的甜品有点多，拿塑料盒有些浪费，干脆就用这个食盒吧。”

“谢谢你。”叶流儿赶紧把桌上的甜点装进食盒，“没什么事就……再见了。”

“再见。”两个人也跟着叶流儿出了茶肆。

半小时后，艾伦那回到了家里。她再次掏出了这个密码本，抚摸着紫色的封皮。

如果记忆断层让我忘记了这一切，这本密码本上铭刻着的谜题的答案就是密码。

这个密码本可以让我想起我必须做的事，特别是前三件。

紫眸中红光一闪，随即消失。

50
交　易

暗夜地下城内，一个穿着黑色袍子，看不到样貌的女人冷笑着问:“你们的战队叫‘暗夜’？”

“是……”回答的声音有气无力。

“听说你还不服气，因为你不是队长，或副队长？”

“我的实力明明比‘那个家伙’强！”

“我没问这个，说，是不是你提议把队名改为‘暗夜’的？”

“是……”

“这件事我会向大人禀报。”说罢，女人消失不见。一股威压感充斥着四周。

“大……人？”她万分忐忑地向着前面看去，却看不见任何东西，四周漆黑一片。

“哼。不要乱看了，你已经犯下了‘原罪’，想要赎罪吗？”

“我？我犯了什么原罪？”

“原罪？你的级别还不够五重原罪，但‘天罚’照样会降临在你的身上。”

“这……”她紧张至极，这时，一股黑色的烟雾缠绕在她的身上，逐渐浸入她身体，而她却毫无感觉。

“惩罚会在半年后降临，想要赎罪吗？”

“我要怎么做？”

“五个月后，就是你十六岁考试，我要你在法术比武考试上……”

“愿为大人效劳！”她连忙表忠心，身体不断地打着冷颤。

“只怕你没那个能力。我要你——杀了艾伦那！”

“是！”她已经被恐惧到完全不会去想任务是否能完成，直接答应。

“走吧。”

“请问，大人您是……”

“我？伦塔森，暗夜地下城的统领者。走吧！”她再一次下了驱逐令。

“是！”她连滚带爬地出了这个地方。

这时，另一个人进了这个地方，她披着青色的斗篷，旁边飘着几个千纸鹤，进入之后，汇报：“A2 归位。”

“这次任务完成得不错，这是给你的赏赐。”黑色的斗篷下，响起一个妩媚的女声，黑色小包被丢到了她的面前。

“大人，赏赐难道不是统一在‘深渊之窗’领取吗？”

“真是单纯，好好看看里面是什么。”

她拾起包，打开一看，黑色袋子中装着一对纯白色的翅膀：“这是法力饰品？”

“臂饰，放在双肩的白鹤羽翼……这可是近期从‘商贾’买来的。”

“商贾？”

“你的某几个队友的家人。”

“欧阳和小怡？”

黑色斗篷下的女人轻轻一笑，反问道:“你觉得呢？”

她沉默了。片刻，她扔掉白鹤羽翼，斩钉截铁地说:“我不要。”

“如果说，我能让你接替刚才那个人的位置呢？”

“不要。”

“如果说，我能恢复并且庇护你的故乡呢？”

她沉默了足足二十分钟。之后，她下定了决心，拾起白鹤羽翼，道:“请遵守承诺。”

“放心。毕竟‘那个人’也在‘那个地方’出生，就算你背叛了……她也会出手保护的。”

她连忙道:“誓不背叛！”

“很好。”

她慢慢走出了这个地方。

待到她走远，黑色斗篷下的女人按了几个按钮。一男一女立刻出现在门外。

“火狐大人，有什么要买的吗？有什么要卖的吗？”一个亲和的声音响起。

“廖莫，不要对我用这招，你的情绪系技能对我没用。”

“恭喜火狐大人的法术再度提升，请问大人有何指教？”另一个柔和的声音响起。

“笑面狐悦琳儿，不要太过于假惺惺了。你的美术还是从我这里学到的呢。”

“是，老师。”

“你们应该知道我要什么吧？”

“‘那个东西’啊，带来了。”悦琳儿说着，拿出一箱瓶瓶罐罐。

“搞到这些东西我们可是费了不少心血。”廖莫说，“大人的开价呢？”

“你们的女儿将会在这里任职，享用一个寄宿者。”

廖莫与悦琳儿的眼神撞上，都露出了兴奋的光芒。

火狐坐在椅子上，露出满意的微笑，仿佛看穿了两只丑陋的老鼠的拙劣表演。她冷笑着说：“我还没说完呢。”

“大人请讲。”

“你们的女儿体质太弱，只能另外找一个比她稍强的人与她共享寄宿者，而且，我的要求不止于此……”

“大人还有什么要求？”

“你们的女儿首先当然忠实于你们，再忠实于姓欧阳的家伙，但是，第三个，要忠实于我。作为报答，你们可以来暗夜地下城的主城做生意，我会帮你们。”

“没问题。”

“这是你们的商贾令。”火狐抛出一个白黑相间的圆环状令牌。

廖莫赶紧接着令牌，喜不自禁道：“嘿嘿嘿……谢谢大人。”

火狐露出一个神鬼莫测的笑容：“走吧。”

二人齐声回答：“是！”

51
十六岁的成人考试

两年的时间转瞬即逝。艾伦那凝望着镜中十六岁的自己。严格来说，还有二十四天才是我的生日，才真正满十六岁。每年的八月二十六日到八月三十一日是吟德星系中所有即将十六岁的人最重要的一天，因为那一天将会迎来——毕业考试。

考试成绩与排名将会决定一个人的未来。考试成绩优异的，也许会进入专业的学院再度深造，然后参加工作，几年内大部分会飞黄腾达，获得巨大的成就;稍差点的，可以直接开始获得较好的工作，也会有不错的待遇，有可能会取得成就，也有可能平平安安、默默无闻地度过一生;而考试成绩不好的，也许只能找到一份仅够温饱的工作，过完这一生。但还有一些例外。艾伦那是例外之一。同时她也知道，凯文亚也是例外中的一员。

最近一段时间，她的额头上总是出现了一个标志，时隐时现。仔细辨认后，艾伦那发现这是月星辰，那个影陌族与晨曦族共有的标志。而且她发现，只要想到关于过去的事，标志就会出现，并不完全听她的指挥。

艾伦那离开镜子，回到自己的房间，再次查看一遍自己的书包，确认没有任何东西遗忘之后，她拉开了窗帘。

窗外，太阳正在冉冉升起，天亮了。

一个半小时后，艾伦那再次来到菲尘学院。尽管这里已经废弃，但仍然是考场之一。

菲尘学院依然美丽，但不会再有学生们的欢声笑语了。

当她走到考场时，突然愣住了。斑驳的班牌上隐隐约约写着——一四〇一。

又回来了。

她走进教室，找到座位，放下文具，坐在右边的座位上。因为发的卷子比较多，所以一个人占两张桌子的位置。她突然看到左边那张桌子的桌肚里写着一句话：他们说自古同桌多暧昧，一开始我不信，后来我信了。

没有落款，但通过这工整的字迹，艾伦那断定，这句话一定是凯文亚写的。

还记得当初两个人同在一四〇一班里的那些时光，凯文亚没少取笑她的字迹。

他总是贱笑着说：“其实艾伦那的字也不错，只不过……”

被艾伦那注视之后，又会调侃道：“嗯……可以从‘惨不忍睹’提升到‘不忍直视’了，直视当然不可以，但可以斜视……”

往往在这个时候，艾伦那就会发大招：“蝶——”

而那个金发少年也会立刻道歉：“我错了！”

…… ……

突然，刺耳的铃声打断了艾伦那的回忆，考试开始了。

考场中所有人她都不认识，反倒有助于她专心，脑海中只剩下了两句话：考出最好的成绩，不要让故去的亲人们失望。还有，超过文亚。

二十六日到二十八日都是文化课的考试，所有指定的老师和机器统一批改卷子，在二十八日当晚二十四时出成绩。

那天晚上，艾伦那穿着睡衣躺在床上，左手拿着手机，看着上面的倒计时。

尊敬的毕业生艾伦那：

还有一分二十秒出您的考试成绩……

还有一分钟……

还有二十秒……

还有十秒……

突然，页面刷新，艾伦那立刻来了精神。

第一名，艾伦那。

嗯，洗洗睡吧……不对，看看文亚的。

第二名，凯文亚。

比我低……不对，这家伙就比我低十分！

洗洗睡吧，明天就是法术中的“百人赛”了，到时候再看其他人的成绩吧。

在考试之前的六七月份，会举行“地区赛”，选出“百人赛”的百名选手，而这一百位来自整个吟德星系的精英们会在指定的竞技场展开比赛。百人赛和地区赛的规则很简单——淘汰制。百人赛默认不让学习辅助的人参加，但百人赛的排名也是每年考生们争取的对象。学辅助的学生有另一种比赛——辅助赛。

皎洁的月光照到了窗台上的紫罗兰，同样照到了艾伦那恬静的、熟睡的面庞上。

第二天，也就是八月二十九日，百人赛开始。

不得不说，吟德星系的时间安排非常巧妙。上个月才提交自愿的加分项目，立刻就做出了这次的“百人赛”期间的安排。当然了，医药、音乐、美术和烹饪都在第二天。

竞技在光耀皇城里的各个竞技场中举行。

已经是上午九点半了。从七点半开始，大约每二十分钟结束一场竞技，按情况至少休息十分钟。现在……包括轮空的，还剩下七个人，艾伦那就在其中。

按照规则，比赛不能让选手看到，且不会透露真名，而到了比赛后也只能报出假名。

不知道这七个人有没有包括文亚、任伊彭和辽德予呢……艾伦那不再多想，步入南嘉竞技场。

由于带着面罩，大家都认不出参赛双方是谁。这次的主持人不是廖言，换成了机器。待三声铃声后，才开始计时二十分钟。

现在距离开始还有二十秒。艾伦那看着对方，估算着自己的技能。

技能槽技能:光暗破轮四十八级，蝶舞四十级，圣影轮回二十八级，光之意二十六级。

防御技能:暗之盾二十级，幽转之盾十四级。

隐藏技能:……

对方的手里拿着一个人形木偶，上面缠着白色的绷带……艾伦那突然想起来，这不是李梦宁吗？她是偏木风语属性的……

而李梦宁只是顾着看着木偶，连敌人是谁都不看。

艾伦那一直在观察她，突然看到了一道危险的红色，来自李梦宁的眼睛。警惕心又上升了一层，她感到李梦宁有些不对劲……

这时，三声铃声响，比赛正式开始。艾伦那迅速冲到了竞技台中央，却发现李梦宁一动不动，于是改变冲刺轨迹，绕道李梦宁的一侧。

突然，李梦宁发动了技能！

艾伦那立刻从李梦宁的技能范围内撤出。

“红绫血气！”无数条红绫从李梦宁身上散开，就像无数条血红色的蛇，艾伦那大吃一惊。

难道这些红绫会吸血？

艾伦那落到竞技台中央后，李梦宁立刻发动了第二招。“白绫束缚！”一条雪白色的丝绫从李梦宁的右手中跑出，奔向了艾伦那！

艾伦那意识到情况不妙，立刻闪开，这时，另一道攻击奔来：“黑绫切割！”

艾伦那再次避开：“黑夜！光暗破轮！”

颜色和“绫”字……难道它和欧阳渊的“炼狱”是同一性质吗？

迷雾散开，艾伦那的十二道光暗破轮立刻向着李梦宁冲去。李梦宁躲也不躲，直接冲了过来！

她这是不怕死吗？

虽然有裁判和大量的救援队，“百人赛”仍然有不少选手被击杀的记录。

艾伦那平日对人有些冷漠，但从来不会痛下杀手。于是她强使十二道光暗破轮改道，仅仅是擦到梦宁而已。

按照规则，李梦宁应该认输了，因为裁判已经抵达了竞技场，可是梦宁的身体突然出现了数道红色和黑色的光。同时，她再一次发动了攻击：“红绫血气！”

几个裁判被突如其来的攻击震出了赛场，观众席顿时陷入了骚乱。

现在的李梦宁基本上失去了理智，数道白绫瞬间缠住了她的四肢的大半，而一直飘在旁边的木偶瞬间变大，几乎和整个竞技场一样高。它有着像普通娃娃一样的黑色的眼睛，天真无邪，但它有着一个狰狞的、咧开的、充满着尖牙的红色嘴巴，身上还有数道摇摇欲坠的白绫，想必是被人虐待过。梦宁被几道白绫托着，飘在木偶前。

艾伦那绷紧了神经，这个东西不好对付……她回头一看，一道紫红色的屏障缓缓升起，几个裁判和卫士都无法进入，也无法打破它。看来只能靠自己对付这个木偶了……

观众席上十分混乱，只有一个带着斗篷的女人不慌不忙，安然地坐在位置上。

艾伦那，尽情享受被杀戮的快感吧。没有我的加持，这个魔焰屏障至少要半小时才能自己消失。束灵啊束灵，都已经成为弃子，但仍不自知，真是可爱而又愚蠢呢……尽管你已经成为历史上第一个实现本体与寄宿者合一的人那又怎么样呢？

她突然站起来，手中多了一个球状的玻璃罐，里面漆黑一片。

慢慢地把玻璃罐打开，黑气立刻冒了出来，向着屏障冲去并渗透过了它。

斗篷下的女人向天边一望，笑容立刻消失了。就算是“他们”，也休想在十五分钟内穿过这个屏障，何况这又不是“那个地方”。她有些愤恨，随即消失。

来者是西格瑞特·奇布。

"该死……"这时，另一个女声响起。

"放心，她不会有事的。你不必担心需要事后向你徒弟解释。"奇布笑了起来，"去管管自己的女儿吧。"说完，他略微降下一定的高度，以便观看艾伦那的动向。

女人也往下降，道:"奇布，我建议你好好想想如何处理李梦宁给艾伦那引来的祸端。"

竞技场的屏障内，艾伦那正在躲避木偶的攻击。严格来说，这个木偶是束灵，它的名字和梦宁的代号是一样的。

"彩绫幻境！"各种各样的丝绫向艾伦那奔去。

艾伦那想要闪开，但她不知道，彩绫幻境，必中。可就算是必中又如何？艾伦那已经破解过这种幻境一遍了，她立刻用光暗破轮划开了幻境，内心却很吃惊。这次和夜戎星的遭遇一模一样……

"本体，战时分神，大忌。"第二人格现身提醒道。

艾伦那顿时醒悟过来，避开了一道黑绫。她在心里向第二人格道谢，之后便开展了反击。趁着黑夜的效果还在，她使用圣影轮回这项技能。

几道白绫和黑绫瞬间被粉碎，梦宁却不慌不忙:"红绫血气！"

圣影轮回的攻击瞬间被瓦解，艾伦那又赶紧避开几道黑绫。

圣影轮回是她目前为止最强的物理攻击，光暗破轮虽然级别很高，但不具备攻击的灵活性。现在她竟然可以瓦解圣影轮回……不过，这样一来定会消耗不少的法力，难道梦宁也服用过什么药品……根本没有看到她服药啊……

艾伦那正在思索，突然看到木偶的身后出现了不少黑色的浓雾，而木偶吸收后，攻击愈加疯狂。

原来如此，一定是这些黑雾使梦宁疯狂的。看起来，这和欧阳渊服用的药一样，会令使用者疯狂，时效过后梦宁就会支撑不住的，所以，我需要做的只有一件事——等待。

艾伦那坚信这股黑雾和欧阳渊的药一样，只是依靠的东西不一样，一个是体力，另一个是法力，仅此而已。

事实上，微小的差距就是天壤之别。

不错，这股黑雾是让梦宁疯狂且体力回满，法力无限，但是时限过后，梦宁迎来不是暂时的昏迷，而是永久的沉睡。这股黑雾的制造原因不明，但它的任务只有两个:时效过后带走梦宁的性命;利用梦宁杀了艾伦那。

又有几道攻击袭来，艾伦那只是躲闪，而梦宁的攻击越来越快，且一次比一次猛烈。

终于，她趁着艾伦那躲闪的时机，发动了最猛烈的攻击:“红绫血气！”

所有的红绫立刻向着艾伦那袭来，艾伦那的脑袋空白了片刻，随即不由自主地发动了攻击。

“蝶舞！”

两道攻击撞到一起，碰撞出了猛烈的响声，屏障外的观众们瞬间被光亮晃得睁不开眼，但他们已经逐渐镇静下来并十分好奇:究竟是谁赢了?

艾伦那没有什么感觉，她看到蝶舞的攻击吞噬了红绫血气，向着梦宁奔去，她想阻止，却是无力回天。只能眼睁睁地看着蝶舞击中梦宁和她身后的木偶。木偶瞬间被瓦解，散发出了强大的白光。

艾伦那勉强睁开眼，发现竞技场消失了，取而代之的是黄白与灰黑交织的一片。几条条带状的，似乎是电影胶卷一样的东西穿过，艾伦那赶紧躲开。

师父说，出现这种情况，就是因为触发了某种机缘，使“时光回溯”启动了。只是不知为何师父的“时光回溯”会出现在我的身上？

突然，一个低沉的女声响了起来：“欢迎来到时光回溯，菲尘之徒艾伦那。要来观看李梦宁的记忆吗？还有十分钟你就会自动退出。”

“我想看看梦宁那个玩偶的来历。”

一瞬间，艾伦那被一道白光亮得睁不开眼，随即看到了一幕。

一个醉醺醺的男人向一个女孩和一个女人走去，手里拿着只剩下一半的酒瓶。女人紧紧地抱着女孩，破口大骂，而女孩一脸茫然，手里拿着一个木偶，上面被白绫缠着，脸部画着一对友善的眼睛。

女人说的什么，艾伦那没办法听清，只能听到断断续续的几句话。

“孩子要……怎么……我当初……你再喝我就……”

男人也随口谩骂，只有中间的那个孩子不出声。

想必那个孩子就是梦宁……艾伦那正在思索，突然发现男人拿走了木偶并用木偶向着梦宁一敲，梦宁立刻晕了过去，画面也陷入了黑暗，但艾伦那依稀看见，男人拿起酒瓶向女人刺去……

画面又一次亮起，艾伦那看见梦宁在一个破旧的房间中，面前的台灯时亮时暗。艾伦那走近一看，木偶破破烂烂的，梦宁正在用一些绷带补救它，然后选用了红色的水笔，在木偶的脸上画下了一个充满尖牙的嘴。艾伦那不禁一愣：这不是梦宁身后的木偶吗？

接着，艾伦那又看到一个画面。梦宁长大了一些，恋恋不舍地扔掉木偶，身后是一个女人，相貌和梦宁没有任何一处相似，想必是她的继母，只怕丢弃木偶就是梦宁的继母指使的。

艾伦那瞬间明白了些什么。

“怎样？”低沉的女声问。

“能给我看一些比较阳光的记忆吗？”

“还有半分钟。”

“请给我看梦宁最美好的记忆！还有，你是谁？”

“如你所愿……”

艾伦那看着画面逐渐变白。

“我的名字是历史。”

画面一下子跳转，女声消失了。

这个画面似乎出现了问题，空白了许久，大约二十秒后，才出现了一个画面。

梦宁似乎只有四五岁左右，坐在一张椅子上，她旁边在正在画画的是艾伦那第一个看到的女人，应该是梦宁的母亲。艾伦那向四周看去，这应该是梦宁的房间，之前看到她画木偶的时候也是在这个房间内。

这次，很难得，尽管画面有些模糊，但艾伦那能听见她们在说什么了。

“妈妈，你是干什么的？”

“宁儿，妈妈是护士。”

“护士是什么？”

“护士要照料生病的人。”

“护士是不是要包扎病人？就像我包扎我的木偶一样？”说着，小梦宁举起了被她全身包上了白绫的木偶。

“额……大概是吧。”

“太好了！我以后也要当护士，照料所有生病的人！”这时，画面再一次变成空白，随即艾伦那发现，她又回到了竞技场。

面前的梦宁正在缓缓倒下，大量的黑雾从她背后冒出，屏障也在消失。艾伦那走到奄奄一息的梦宁的旁边，聆听她的低语。

“没想到……原来在拜见伦塔森大……大人的时候，他们就下了药……”

艾伦那露出了惊异的神色，缓缓起身。原来……这一切都是伦塔森的阴谋!

但此刻她更关心梦宁的伤势，正当她想要呼唤医护人员时，突然发现，梦宁开始碎裂、飘起、消失……

医疗队已经进入，但梦宁已经死去。

即将缥缈虚无的梦宁，发出了最后的微弱的声音:“我想做一名护士，照顾病人，我的梦想很平凡，仅此而已。”

52

重　逢

梦宁的事情引起了比赛组织部的高度重视，百人赛中未被淘汰的四人得到消息，比赛改到了下午。不过受到重视的并不是梦宁的死因，因为尽管大部分人认为梦宁死于艾伦那的最后一击，但在当时，谁也无法预料她的攻击需要有多大的力度才能不致命，艾伦那也尝试着阻挡攻击，并且医护人员检查后分析出梦宁是因为那些黑雾过度侵蚀了她的身体，使她倒在了艾伦那的攻击之前，不然最多也只是重伤而已。所以，最终梦宁无论是否承受蝶舞的攻击，都会死去。真正受到重视的，只有黑雾的组成和来由。

中午，大赛组委会会议室内。艾伦那故意略去了看到梦宁记忆的一段，讲述了比赛的过程。

艾伦那面前的男子，大赛组委会会长——夏礼安点点头，说："我知道了。艾伦那，你可以走了。"见艾伦那未动，夏礼安又问，"怎么了？"

"我想看一下梦宁的尸身，她死去之前对我说了一些话，可能跟这种不明的黑雾有关。"

夏礼安沉思片刻："好。"

他站起身，面对身后的墙壁按了几个按钮。艾伦那右侧黄色的墙立刻往下陷，出现一个房间，里面放着几个透明的玻璃棺材。艾伦那走到第四个棺材前，打开棺材，查看梦宁的尸身。

“喂喂喂，本体，你不害怕吗？”

不害怕。艾伦那不再理会第二人格,仔细观察起梦宁的尸身。

没错，梦宁确确实实地承受了蝶舞的攻击，但是蝶舞并没有打到要害。梦宁的尸身似乎有些异常，黑雾散出的部位发黑，但其余的地方白得有些恐怖。这是什么东西？如果大批次地用在普通人身上……

这时，艾伦那摸到一个硬邦邦的东西，立刻把它拿了出来。

这是那个木偶！它明显比梦宁的那个要小，要不要拿呢……

“拿，趁着夏礼安没来。”一个低沉的声音响起，是奇布大法师！艾伦那立刻把木偶悄悄地塞进影陌幽蝶中。

这时，夏礼安进来了，问:“那个梦宁在去世之前，对你说了什么？”

“她说……在她拜见伦塔森大人的时候，有人给她下了药。我猜她说的‘药’就是那股黑雾。”

“明白了。”夏礼安若有所思，“这件事先别传出去……”

“那我就先告辞了。”艾伦那赶紧离开。

下午又是一场战斗，对战的是辽德予，艾伦那轻松取胜且没有暴露自己的身份。

其实制伏辽德予很简单。辽德予的弱点就是速度，先用一招损耗较小的法攻逼他用出岩错，然后立刻用蝶舞。因为辽德予专学物防，所以一般的物攻像光暗破轮和圣影轮回对他的影响较小，反而不利于自己。实在不行，还可以直接近战。

尽管辽德予实力不弱，可还是被艾伦那整得七荤八素，最终被直接用攻击丢到了竞技场外。

这个结果，在艾伦那的意料之内，如果要硬碰硬，她就不一定占上风了。不过意料之外的是，下午的这几场比赛，皇和后来了。

经过表弟夏礼安的报告，琴亦产生兴趣，把这个消息告诉了凯齐秉，然后两个人就一起来了。因为几场比赛同时举办，皇和后就去了不同的竞技场。观看艾伦那这场的是琴亦。

下一场就要决定谁是第一名了，艾伦那整理了一下服装。她换下铁质面具，按动几个机关，把影陌幽蝶变成了一个紫色的面具戴上。她还换上了紫色的长袖卫衣和深蓝色长裤，发绳也换成了幻之彩蝶。

艾伦那的紫眸中露出自信：我，准备好了。

这次的比赛仍然是在南嘉竞技场举办，毕竟这个竞技场客容量最大。

艾伦那自甬道走出，看到面前的人时，心头为之一震。

似乎是文亚……艾伦那长出一口气，保持住了镇定。

“三，二，一，开始！”

艾伦那的大脑飞速地做着分析：文亚和我一样，都选了少有的学习发展方向——我是双攻，他是双防，但他的物防较弱……

“黑夜！光暗破轮！”刚发动过攻击，艾伦那立刻奔向对方。

对方愣了一秒，立刻开了防护盾去抵挡住艾伦那的十二道光暗破轮。可就在这时，艾伦那绕道了他的背后：“圣影轮回！”

贵宾席上，皇坐在中央，皇后坐在他的旁边。凯齐秉赞叹道：“难得有这般想法。”

“我已经知道台上两人分别是谁了。”琴亦在皇的耳边悄声道。

“哈哈哈……原来是这样。”

这时，圣影轮回眼看着就要击中对方了，可对方不急不忙使出了一招："光耀千丈！"

这个光耀千丈竟然吞噬了圣影轮回！

艾伦那一惊，连忙避开并同时想再用出一招。

"光暗破——"然而，技能突然中断。她回头一看，原来对方又用出一招，竟然用法力缠住了她的脚，将她锁在了原地！

这是凯文亚吗？

在她发愣的时候，对方又一次用出了一招："光耀千丈！"

艾伦那立即反应过来，这是凯文亚，而且他没有认出自己。看来,只能试一试"那一招"了。眼看着光耀千丈的攻击越来越近，她反而镇定下来。

观众席中大家都在议论纷纷："她这是不要命了吗？"

"是啊是啊，这是怎么回事？"

"哎？快看！"

艾伦那突然双手同时汇聚不同形状的带有光的法力，待到光耀千丈的攻击到了她预想的范围时，她突然跳起，挣脱了束缚！

"圣影轮回——光之意！光明万赦！"

不错，她之所以没有使用防御，不仅仅是因为这么做于事无补，还是会被击出竞技场，更因为她要等待一个契机，让光耀千丈的能量足够将三十级的圣影轮回与二十九级的光之意融合，成为三十五级的光明万赦！

艾伦那借助弹跳的力量腾空，天空中立刻出现几十个小巧的能量法阵，向着地面射去光属性法术。瞬间打破了光耀千丈的攻击。

艾伦那在攻击后落了下来，说："嗨，文亚，还记得我吗？"

“嗯？”对方显然愣住了。

艾伦那笑了，右手缓缓摘下面具，调皮地问：“怎么样？”

对方也笑了起来，也摘下面具，道：“原来是你，伦那。”

场上顿时安静下来。贵宾席的皇与后微笑不语，观众席的观众们的窃窃私语，反而烘托出了场上的安静。

“开始吧。我早就想和你堂堂正正地打上一架了。”凯文亚说。

“奉陪到底！”艾伦那冲出去，却又被困在不远处。

“王之锁！”凯文亚右手掌撑地，释放完技能后随即向着艾伦那冲去。

艾伦那微微一笑，紫眸陡然亮起。同样的招数我不会再中一遍：“幽夜之影！”说罢，整个人就消失了。

凯文亚瞬间愣在原地，心想对方还有多少隐藏技能？

“幽夜之影可不是隐藏技能。”艾伦那的声音突然响起，与此同时，凯文亚被一股能量击中，向前进了几步。赶紧用出防御技能：“光明庇护！”

“光明庇护是有一定范围的。”艾伦那的声音再次响起，同时凯文亚又被几道光暗破轮击中。

贵宾席上，凯齐秉的神色微动，说：“好厉害的障眼法！”

“实际上，艾伦那并没有离开她原来的位置，只不过是利用幽夜之影隐身了而已。”琴亦倒是一脸淡然，“这招以前伦利亚用过。不知道小凯发现了没有。”

竞技台上，凯文亚思考片刻，与艾伦那又周旋了好几个回合，没有解开王之锁。

我敢肯定，伦那还在原地。光暗破轮可以转方向，圣影轮回应该可以定点发射……

“圣流破！”凯文亚朝着王之锁的上空打去。

艾伦那俯身躲过了这次攻击。

可以啊，文亚，还是发现了。

糟糕，人呢？

我猜文亚已经绕道身后了。

“光暗破轮！”凯文亚还没有发动技能，艾伦那先出招了。

凯文亚赶紧躲过几道对他来说如同死神的镰刀般恐怖的光暗破轮：“圣灵佑光盾！”

“蝶舞！”艾伦那再次发招。

凯文亚立即躲远：“光耀千丈！”

这一招凯文亚算是用尽了法力，等待着艾伦那的招式结束就认输。

艾伦那也是大吃一惊，万万没想到凯文亚竟然会用上这一招。她本来想解开王之锁后立刻躲开，可越是着急，越是解不开。

该死，慢慢解开还要五分钟，肯定来不及了。只好再用一遍清除所有负面效果的光明万赦了。

光明万赦和光耀千丈的碰撞发出了巨大的能量。最终互相抵消，艾伦那自己却耗空了法力。

待到艾伦那落地，两人异口同声地说：“我输了。”

两人相视一笑。

“平局吧。”

艾伦那点点头：“下午我们五个，沐雪咖啡馆见。”

53

再聚咖啡馆

下午四点，一行人来到沐雪咖啡馆。艾伦那刚踏进门，就看到了满脸笑容的林沐捧着一个大大的蛋糕走了过来。

“艾姐，听说你和凯哥并列第一！”

“嗯。”艾伦那点点头。

“艾伦那，恭喜你们。”风铃微笑着端出一些蛋挞。

“你好啊！恭喜了。”剑芦云修长的身体从厨房闪出，端着一盘雪媚娘，“请随意享用，我待会儿去拿慕斯。”

这时，任伊彭进来了，眼睛里立刻放光：“喔——好多甜点！”

“伊彭，你第几？”

“文化课第六，比武第三。”

“看来辽德予第四。”

“那当然。你呢？”

艾伦那伸出两个手指：“两个第一。”

就在这时，辽德予进来了，刚进门就忍不住抱怨道：“这个咖啡馆这么偏啊……”只见艾伦那一脸云淡风轻，而任伊彭一副随时准备揍他的样子。辽德予感到有什么不太对，赶紧转移话题，“话说，那个文化课就不说了，比武……”

“第四！”任伊彭打断了他。

“额……对！”

不到半分钟，任伊彭就拉着辽德予去“对练”了，一边练习，一边拿甜点。

艾伦那没拿甜点，而是倚靠在门框上，似乎在等某个人。

“艾姐，拿些甜点吧。”林沐说。

艾伦那点点头，拿了双份，心不在焉地吃着……

突然，视野中出现了一个奔跑的人影。艾伦那表面上仍然镇定，内心却很激动。

金发蓝眸的某人瞬间冲进了咖啡馆,却看到空空如也的盘子。

“你们这帮人也……”突然,手上出现了几个小盘子,“这是？”

“我给你留的。”艾伦那走进厨房，又拎出一壶花茶和两个杯子，“到楼上去谈。”

沐雪咖啡馆二楼。艾伦那坐在木椅上，对面就是凯文亚。

两人沉默了很久，一开口就又是异口同声地说:“那个……”

愣了几秒，又是异口同声道:“你先。”

“还是你先吧。”艾伦那说。

“行。我刚想回去，结果不知道是谁透露出我就是皇储，结果被堵了好久。不过我倒是顺路给你买了一个礼物。”凯文亚递过去一个小包。

“紫罗兰种子。”艾伦那看了一眼，露出一个微笑，“加上霄儿送的，都够我搭建一个紫罗兰的花园了。谢谢你，文亚。”

“伦那，你有什么事吗？”

“文亚，你会一个叫‘黑夜’的隐藏技能吗？”艾伦那从影陌幽蝶里掏出一个密码本。

“嗯？会啊！”

艾伦那点点头，又问：“那……在我失忆前，你在我面前演示过吗？”

“应该有。只不过因为这个是黑夜神秘系技能，克制圣灵系，我并不用这个技能。”凯文亚说，“怎么了？”

“去年我去过一趟南嘉竞技场，有一个叫叶流儿的女孩说，他们凯西族所在的夜戎星会在十年内遭到灭顶之灾——与森幻星相撞。她说，她爷爷教了一个救赎之光使用黑夜技能。而这个救赎之光，还是一个首饰，是圣灵系的。”说着，艾伦那掏出救赎之光。

“救赎之光？”凯文亚对教他“黑夜”的那个人只有一个浅浅的印象，“可我……已经有首饰了。”

“嗯？”艾伦那十分好奇。

“就是你送的永恒守护啊！”凯文亚很惊讶地说，“你不知道那是一个首饰？”

艾伦那摇摇头。

“好吧。反正，我就要那个首饰了，尽管它是光属性的。不过我可以研究一下这个救赎之光。”

“行。”

“那我能看一下你的密码本吗？”凯文亚露出了一丝坏笑。

“不行。”

“那……”凯文亚还是笑着，伸手就抢。艾伦那赶紧闪开，想把密码本往影陌幽蝶里放，却发现，影陌幽蝶已经被王之锁技能锁住了！正当艾伦那在尝试破坏王之锁的时候，凯文亚抢去了密码本。

艾伦那瞬间不淡定了："还我！"

凯文亚立刻撸起一大把蛋糕上的奶油，向着艾伦那脸上一拍。

"哈哈哈……"

艾伦那满脸黑线，一把抹去奶油，也顺手挖起一些奶油，追着凯文亚，直到在他的脸上也抹上为止。

凯文亚立即把奶油抹干净，故意把艾伦那引到某把椅子旁边："王之锁！"

于是艾伦那像个被绑架的人一般，手被锁在椅子后，腿也被锁在了椅子上。

"反正你也打不开。"艾伦那又回到了优哉游哉的状态。

"我就不信了……"凯文亚尝试了很多个有可能性密码，都打不开，连蛮力都用上了还是打不开。

突然，他看到了密码本后的谜题：

如果我忘记了一切，这四个数字可以让我想起一切。

（提示：镜花水月）

第一个数字：我曾经很孤独，

第二个数字：亲人成为亡魂。

第三个数字：无限大加上一，

第四个数字：天启减去十一。

凯文亚思考了很久，才露出一个微笑："我知道了。"

他俯身在艾伦那的耳旁低语了两句，艾伦那的脸红了："知道就行了。"凯文亚优哉游哉地打开了密码本，随手翻到一页，微笑起来。

艾伦那瞬间看出了凯文亚看的是哪一页，有些恼羞成怒，身体一靠，瞬间左半身就压倒了凯文亚，密码本掉了出去。可她自己也无法站起来了。凯文亚刚才利用王之锁困住艾伦那，现在他被艾伦那压着，也没有办法站起来，两人俨然是一副鹬蚌相争的架势，只不过没有得利的渔翁而已。

“你先松开王之锁。”

“你先下去。”

艾伦那沉默了，只是冷冷地看着他。凯文亚感到一股肃杀之气，立刻反应过来，艾伦那要用蝶舞技能！

“我错了。”他赶紧松开王之锁。

艾伦那则站了起来，去捡自己的密码本，说：“这还差不多。记得保密就行。要是随便说出去……”

“知道了，不就是……”凯文亚一瞬间看到了艾伦那有着威胁意味的目光，“我错了我错了……”

54
事　故

八月三十日考核附加课程，八月三十一考核法术课程。艾伦那怀揣着一小摞所谓的复习资料向着菲尘学院的一四〇一教室走去。真巧，凯文亚竟然和她在一个考场。

“第一场医药，第二场音乐，第三场美术，第四场烹饪。”艾伦那翻开一个文件夹。

“伦那，你紧不紧张？”

“你觉得呢？”

医药考核内容是制作几种药物和笔试，制作的药物是固定的，只不过会进行比赛排名。艾伦那轻松过关。

音乐考核内容是由乐理和演唱（或乐器）构成，也没什么问题。同样，演唱成绩也会进行排名。

接下来是烹饪。艾伦那看着布告栏，说：“自选甜点进行制作。”

“什么？我还等着发菜谱呢！”凯文亚也凑了上来。

“还是评委品尝打分……”艾伦那思考片刻，有了主意。

这时，伦霄开开心心地跑了过来，大叫：“姐！”

“霄儿，怎么了？”

“我找到了一种糖，可以提高甜品的甜度，送给你。”伦霄拿出一小包白色的东西。这不是普通的绵白糖吗？艾伦那很是奇怪。

这时，铃声响起，艾伦那赶紧说："霄儿，你自己用吧。"说完，就进了教室，留下伦霄待在原地。

她叹了口气，既然姐姐不用，就只好自己用了。

烹饪教室里，艾伦那拿出面粉、黄油、鸡蛋、牛奶等材料，打算做百香蛋糕。那次花鼓给林沐的配方，艾伦那一字不漏地记了下来。材料很普通，方法也不难，只需要制作者的用心与对材料的"共鸣"。如果没有"共鸣"，就算是再昂贵、再稀少的材料，都做不出来。花鼓也是偶然得到的这个配方，却无法"共鸣"。

传说这个配方来自于影陌星。曾经一场饥荒袭击了这片乐土，当时一家咖啡馆里的老板娘用仅剩的一点面粉和基础材料，加上了不同的巧克力、香草等物而成。神奇的是，这些寻常的材料竟然焕发出了美妙的口感，前无古人，后无来者。此后也有人想仿制，就是仿不出。

艾伦那想试一试。

她很快做出了基础的面糊，立刻把面糊倒入模型，把面糊大致分为九个扇形的部分，分别抹上不同的材料：巧克力、香草、果酱……然后把模型放入烤箱。过了一会儿，别人的烤箱都散发出了甜甜的气息，艾伦那则不慌不忙，端出了拥有着九种颜色的蛋糕。然后把蛋糕拦腰切开，对应着抹上九种不同的材料，总共十八种不同的材料。又一层层地抹上奶油，覆盖住了顶层的材料。外表看起来，这只是一个普普通通的蛋糕，实际上"大有玄机"。它能不能成为真正的百香蛋糕，艾伦那心里也没有底。

其余人都做好了甜品，盖上了盖子，排好队，向着评委处走去。

“伦那？”耳畔响起一个熟悉的声音，是凯文亚。

“嗯？”

“伦那，你做了什么东西？”

艾伦那在他耳边低语了几句。

“可以。”凯文亚点点头，在艾伦那的耳边也说了几句。

“明白。”

艾伦那和凯文亚把做好的成品放到传送带上，就结伴离开。路上，他们遇到了伦霄。

“艾姐姐，霄儿做的是传说中的百香蛋糕，妈妈教我的！”

艾伦那心里一惊：她何时学会的？但随即就明白了。百香蛋糕的传说来自影陌星，舅舅就是影陌星人，自然也告诉了舅妈。

这时，伦霄又开口说：“姐，你那包不想用的材料我用了，做出的蛋糕可甜了！”

艾伦那却瞧出不对劲，忙问：“霄儿，你的脸和嘴唇都好白，是不是……”

还没说完，伦霄就晕了过去，艾伦那赶紧扶住，转头对凯文亚说：“文亚，打电话叫救护车！”

“好的！”

艾伦那立刻把伦霄平放在地面上，这时，任伊彭与辽德予也恰好经过。任伊彭问：“怎么了这是？”

“应该是食物中毒。”艾伦那进行了简单的抢救，随后救护车赶到，几个人一起去了医院。

烹饪考试是下午结束，可伦霄直到晚上才醒过来。

“姐……姐？”

艾伦那正在研究那包白色的东西，听到伦霄的声音赶紧过来：

“好些了？”

“嗯。”伦霄的声音虽有些虚弱，却让艾伦那放了心，她把伦霄扶起来。

伦霄坐了起来，环顾四周。这间病房只有一个床铺，只有凯文亚坐在病床边的椅子上看书，他解释道：“伦那去给你拿水。”正说着，艾伦那走了进来，手里拿着伦霄最喜欢的柚子茶。

“姐，我这是怎么了？”伦霄问。

艾伦那还没有说话，凯文亚先答道：“伦霄，那个小包里的东西是莓流花的提取物。莓流花是没有开发过的流火星上的特产，这种花的根茎提取物呈乳白色，异常香甜，却含有毒性。”

艾伦那思考片刻，问：“霄儿，那包东西谁给你的？”

“那个……那个人不让我说，只是告诉我，这包东西能帮到艾姐姐。”

“好吧。”艾伦那点点头，不再考虑这件事，又说，“霄儿，下次最好辨别了之后再用，如果不是我们几个报告得快，几位评委要是吃了早就中毒了。还有，因为你属于无心之过，所以评委会只是把你降到了最后一名，没有公布这件事，也没有取消你的资格。好好休息，舅舅舅妈一会儿就来。明天的考试你应该可以申请补考。”

“嗯。”

见伦霄躺下休息，艾伦那也拉上凯文亚出了病房。

医院离家不远，艾伦那选择走路回家。在路上，凯文亚看到艾伦那拿出了梦宁的木偶，很是疑惑。艾伦那看了出来，解释说：“这个是梦宁的木偶，奇布大法师让我悄悄拿回来的。”

“老师让你拿这个？”

“我也不知道为什么。我只是在想，也许我可以给霄儿雕一个木制的挂件作为她的生日礼物。”

“你会木工？”

“不会，但我可以学。”

凯文亚若有所思地点点头，自言自语道：“但愿别再出事故了。”

55

合成技能

八月三十一日。

“全都要用合成技能？”任伊彭一把抢过单子，“你们有合成技能吗？”

“光耀千丈。”凯文亚淡然地说。

“额……好像我身上的几个隐藏技能被当作合成技能了……”辽德予说。

“光暗破轮和光明万赦。”艾伦那拿出一个草稿本，“根据我的计算，伊彭，就算野兽的覆盖率达到一半，两次连天火雨的攻击还是凑不够需要的点数。”

本次的法术考核是在森幻星上捕猎，不同的动物对应不同的点数。四个人一组，却是分别计数。

“加油啊！”辽德予的表情有些滑稽。任伊彭憋了很久才没有去揍他。

再一次到了森幻星。艾伦那利用光暗破轮与光明万赦很快就集齐了点数，凯文亚和辽德予也不慢，只有任伊彭十分吃力。

“伊彭，你一共才四十点。”

“我和伦那先去提交吧。”凯文亚拉起艾伦那就想走。

“伊彭，要不要我帮帮你？”辽德予凑了过来。

“要不再等等？我的雷之祭和电之速已经到最高级了……”

艾伦那点点头，凯文亚刚想走就被她“扣押”在原地。辽德予则没有说话。

“似乎技能合成需要一个‘契机’。”过了一会儿，辽德予说。

“契机？”任伊彭想了想，“雷之祭！电之速！雷之祭！电之速！”

任伊彭连用几次雷之祭和电之速，但一旦二者同时施展，立刻就相互抵消，竟然都无法合成！其余三人什么方法都用上了，也没有办法让这两个技能一起使用。

最后，任伊彭想到了一个主意，她一本正经地说：“我知道了！一定是要用什么神功来启动这个合成技能！”

“随便。”凯文亚拉着艾伦那退得远远的。

“开始吧……”辽德予也往后退，只不过没有凯文亚退得远。

“好。”只见任伊彭双手汇聚雷电系的蓝色与金色的法力，混在一起，大喝一声，“无敌神功！”

“加油加油……”与此同时，传来一阵辽德予的碎碎念。

眼看着任伊彭似乎即将大获成功，可是……喊完后没有任何反应。

“超级神功！绝世神功！啊啊啊……”

任伊彭不知道胡编了多少个不明不白的“神功”，就是没有用。

“伊彭，要不我们几个替你……”

艾伦那还没有说完，任伊彭说：“不用！闪电神功！雷霆神功！雷之祭！电之速！”

眼看着伊彭似乎又要失败，但是这次二者的力量竟然神奇地融合在了一起。然后任伊彭向天上一指……没了声音。

“八成这次又不成。”辽德予说。

“怎么可能！我明明看见……”任伊彭还没说完，忽然晴天霹雳，一阵蓝黄交加的雾就包围住了任伊彭，“这是什么？”

片刻，她镇定下来，心中一阵狂喜：“太好了，我成功了！这招叫做千雷引！”

她大喊一声，阴霾顿时散去，向着艾伦那三人冲来！

“黑夜！幽夜之影！”艾伦那立即闪避过了这次攻击。

“艾伦那你有没有受伤？”任伊彭生怕自己的法术伤害到好友，关心地问。

艾伦那摇摇头：“没。你看看他们两个。”

只见凯文亚虽然万分狼狈，但勉强抵挡着雷电的攻击。不过辽德予就非常吃力了。

“我记得，辽德予身上的衣服导电。”艾伦那抱臂在一边站着看好戏。而任伊彭早就惊呼出声：“德予！千雷引，退！”

千雷引缓缓地从凯文亚和辽德予身上退了下来。

辽德予晕倒在地。

“伊彭，你先去捕猎吧。我和文亚来照料辽德予。”

“好。”

任伊彭跑远了，艾伦那和凯文亚把辽德予拉到一个僻静的地方，照料着他，却不知林子里有一对绿莹莹的眼睛看到了一切。

过了一会儿，任伊彭凑够了足够的点数，几个人一起回了耀光星，一切似乎都很自然，顺利。

可他们不知道，一场更大的阴谋，正准备化作阴霾，笼罩并吞噬整个吟德星系。

“排名出来了？”任伊彭凑了过来。

不错，正是总排名出来的日子。只见一百八十张排行榜缓缓展开。众人一齐向着第一张排行榜奔去，上面记着一到一百名的所有同学的文化课、法术课程和附加课程的成绩与排名。

“伦那，你不过去吗？”凯文亚问。

“不用。”艾伦那也不多做解释，她压根就不担心。

过了一会儿，人群的声音越来越大：“这个第一名是谁啊？”

“是啊，文化课第一，法术课第一，附加课还是第一！”

“名字是……艾伦那。”

“这也可以……”凯文亚惊呆了，随即是一声长叹，“可惜我这个第二就没人关注啊！”

艾伦那微微一笑，并不回答。

这时，人群又是一阵骚动：“这个第二，全都是第二！”

“他叫……凯文亚！”

“没想到。”凯文亚看着人群逐渐向着第二张榜单移去，“这帮人……估计又会有几场踩踏事件。”

“之前不知道是什么人对我说过：‘聪明人会利用别人，蠢人只会利用自己。’什么来着，虽然不一定完全正确，但有一定的道理。”

凯文亚点了点头。

56

风平浪静的表象

耀光星的光耀主城内，艾伦那伫立在一个宫殿状的建筑前，站在旁边是凯文亚、任伊彭、辽德予和林沐。

“文亚，这里是？”

“天凤茶社，虽然不是最大或最豪华的餐馆，却是最清净的。这里聚集的多是文人墨客，远胜于那些喧嚣的所谓的什么皇家饭店之类的假冒伪劣的玩意儿。”

“那你妈妈……不对,琴殿下请我们来是干什么？”辽德予问。

“我也不知道。”凯文亚耸耸肩。

“可能有事要找我们。”艾伦那想了想，但想不出还能有什么事。

茶室的角落里，琴亦和奇布大法师坐在一起。看到他们，凯文亚非常惊讶地问:“妈，老师，你们怎么都在？”

艾伦那也很奇怪，顺带着把西格瑞特·奇布介绍给了任伊彭、辽德予和林沐。

只见奇布盘腿坐在一角，蓝色的法力在他的身旁围绕着。琴亦赶紧比了一个噤声的手势，悄声说:“奇布大法师有重要的事要找你们。”

片刻，奇布醒了过来，说："平静的一切即将被打破……这个王朝撑不了多久了。"

"怎么回事？"凯文亚问。

奇布摇摇头："我知道未来会发生什么，但我……无权告诉你们。"

"是……"辽德予刚说完一个字，就被任伊彭捂住了嘴巴。

"唉……其实我只想告诉你们一件事。如果有朝一日这里被入侵，一定要一起去另一个星球避难。"奇布沉默了一会儿，说，"最好都去森幻星，那里比较容易隐藏自己。"

艾伦那等点点头。

"好了，这里虽然比较隐蔽，但最好还是尽快离开，隔墙有耳。"

几人出了茶馆，林沐先行告辞了。

"喊，那个谁怕是……"辽德予刚说了半句，看见凯文亚凶狠的眼神，立刻闭上了嘴并拉着任伊彭远去。他不太相信奇布的话，毕竟现在的一切都很平和，完全没有要被入侵的征兆。

艾伦那见凯文亚露出了担忧的神色，问："怎么了，文亚？"

"我第一次愿意相信老师的预言……都是错误的。"凯文亚叹了口气，接着问，"伦那，你觉得呢？"

"文亚，恕我直言。"

"怎么了？"

艾伦那拉着他走到一条繁华的街道上："文亚，这里……是不是很繁华？"

"是啊，怎么了？"

"请你认真看看。"

街上很是繁华喧闹，但隐藏了太多的信息。

“哎！哎！这些包子我包了，多少钱？”

“刘大爷啊……不要钱！不要拆了我的店！”

“这些要多少钱？”

“啊……原来是仇御史啊！这些送给您！”

“大人，买一些花卉吧……小得快亏本了！”

“去！去！这些你先给嗜好花卉的王大人去！李大人又不好这些！”

“今天那个谁又杀了好几个人……”

凯文亚收回目光，有些沮丧地说：“在父皇的统治下，竟然……”

“文亚，这种情况，不是你父皇一人造成的。这世上，内心有阴暗面的人永远不会少，一旦他们拥有了权力，就会为祸人间，这就是权力的坏处。永远都会有不同的人追求权力，最终受苦的还是老百姓。”

“是啊！看似一切歌舞升平，却暗藏着毁灭的因素。”

57

琴亦的叹息

“报！夜戎星已被叛军攻占！”

“什么！调动中央禁卫军，速派大军支援！”凯齐秉尽管很烦，却并不是很担心。他记得，中央军队骁勇善战，肯定能镇压住叛军。

几天后，朝堂上的官员少了一半。

“怎么回事？”凯齐秉吃惊地问。

百官沉默不语，良久，一位吏部郎中才说：“启禀皇，几位官员一听说要去支……支援夜……夜戎星，都踊跃报名，去……去了大半！”

“这是好事啊？”凯齐秉很是奇怪。

直到中午，他才知道了真正的原因。早上的那个御史如实地告诉他，原来所有的关隘早已被叛军打通，之前的夜戎星被攻占的消息，也只是敌军的诱敌之计，要所有的军队全部离开耀光星。那些“勇往直前”“为国献身”的官员，早就随着军队投降了！

听到这个消息，凯齐秉并没有愤怒，而是长叹口气，说：“这，就是命吧……亦儿，你带着小凯走吧。我知道‘那个人’是谁，以及他的来历。”凯齐秉顿了顿，又轻声说，“犯过的罪，终究是要偿还的……”

“秉，让小凯走吧。”

“爸妈，我不走！如果‘那个人’是哥哥，为什么要来杀我们？”

“小凯！”凯齐秉和琴亦同时惊呼起来。

“老师告诉我的，只是没说他的名字……”

“亦儿，带着小凯走！”凯齐秉立刻说。

“我不……”凯文亚刚吐出两个字，琴亦已经施了法咒：“禁言！封神！”

见凯文亚固定了下来，琴亦回头说：“这两个是隐藏技能，请勿见怪。”

飞船站内，凯齐秉还是有些担心，问：“亦儿，这……没问题吧。”

“以小凯的法力，想从我的咒语中挣脱出来至少需要三个小时，那时，他就到……”

“三，二，一，启动！”飞船突然飞走，并且偏离了原本的方向。

“糟糕！那是前往森幻星的！”凯齐秉瞪大了眼睛。

“小凯！”琴亦似乎被抽空了力气，一下子瘫软下来，凯齐秉赶紧扶住她。

“没事的，小凯他……会没事的。”

“但愿……”琴亦露出担忧的神色。

“你们几个，带琴殿下……”凯齐秉悄声对旁边的几个人说了几句，几个人立即会意，带着琴亦远去。

“秉……”琴亦有些不放心。

凯齐秉向着远去的琴亦挥了挥手，露出一个苦笑。

亦儿，这一切都是我犯下的“罪”，与你无关。我希望，你和小凯能不被牵扯进来，不要因为我而让你们“受罚”，尽管我也许是在痴心妄想。愿我们能够再相逢，共享天伦之乐。

现实是很残酷的。

殿上的人依然站立着，龙袍穿在身上，但皇位却并不属于他了，他说：“明儿，你终于来了。”

“来了。我的夙愿，终于实现了。”台阶下的人依然跪着，战服穿在身上，但皇位的荣光，开始在他的身上笼罩。

传言，皇已经被杀。琴亦被封为皇太后，但她知道，折磨才刚刚开始。她不能倒下，因为还有更重要的事等着她来完成。在那之前，她的身心已经如同完全剥落毁灭的花，枯萎凋落，但她的人生尚未停止，因为她还剩下了一个念头，一个平凡朴实的愿望——再见小凯一面，再见秉一面。

“传艾伦那。”她平静地说。空旷的大殿只有她的回声，使她更加怀念以前的时光。

不多时，大殿外，一个强有力的声音响起：“回琴殿下，艾伦那已到！”

琴亦的眼神亮起来。大殿外，艾伦那伫立着，紫眸中充满了信心。

“琴殿下，找我何事？”艾伦那站在台阶之下问。

琴亦有些担心，看来，她还不知道啊……

“琴殿下 / 艾伦那——”两人沉默多时，同时开口。

“请琴殿下先说。”艾伦那行了一礼，站在一边。

“艾伦那……”琴亦叹了口气说，“你上来吧。这里并不是真正的大殿，后面就是我的住所。你可听到……小……皇已经遇害的传闻？”

“琴殿下，我认为……皇并没有死。”

“为何？”琴亦一直以为，皇——凯齐秉——她的丈夫没有死只是她的一厢情愿。

“因为他们并没有完全占领吟德星系。”

“我明白了。”琴亦露出一丝惊讶而又欣赏的神色，自言自语道，“看来，他们不知道小凯的踪迹以及……这个。”

“文亚的踪迹？文亚他？”

惊慌的神色在琴亦脸上一闪而过，却被艾伦那看了个清楚。她的心里已经有了底。

随后，琴亦说:“艾伦那，我……跟你聊聊我的过去吧。”

“好。”

“艾伦那，你应该知道，以前我、秉、你们菲尘学院的校长景、你父母的组合曾经名动一时。”

“天凤？”艾伦那隐隐猜到了那个天凤茶社的来历。

“是啊……当年我们五人因为经常在天凤茶社‘清谈’，其实就是闲扯，所以队名就叫‘天凤’。”

艾伦那点了点头，表示了解。

“当年的队长与副队长就是你的父母。我们在各个竞技场‘南征北战’，去得最多的就是南嘉竞技场，因为那里的裁判较为公正，赏金也是最高的。可惜了……五个人已经去了三个，现在秉也下落不明……”

难怪校长让我们去南嘉竞技场……艾伦那在心里说，琴亦继续说："当时……我是神秘系的，秉是圣灵系的，你父母——艾希和伦利亚分别是光系和暗影系的，景应该算是超能系的，因为他并不只是机械系的，而是机械·次元系的。"

"机械·次元？"艾伦那疑惑地重复了一遍。

"是的，次元系是一个极为罕见的属性。据说还是通过属性变异出现的，不可遗传。"

"琴殿下，我的同学，之前的廖小怡是光·情绪系的，后来的臣可辰是超能·情绪系的。臣可辰应该是……廖小怡的父亲的妹妹的女儿。"

艾伦那正在算两人的辈分，琴亦说："臣可辰是廖小怡的堂姐妹。"

"那应该是她的堂姐，臣可辰比廖小怡大三个月。"

"情绪系……"琴亦陷入了沉思。

"我是听廖小怡说的。受到她情绪的'攻击'后，人们的情绪就会被改变，有可能会感到莫名的愤怒或是悲伤之类。"

"明白了……"

看着琴亦又要沉思，艾伦那说："琴殿下，我想知道文亚的行踪。"

琴亦不禁咬紧了牙，长叹一声说："我们的飞船不知为何出现了问题，小凯大概已经到森幻星了。"

森幻星虽然没有被占领，但差不多已经变成了前线，怕是……凶多吉少。

出人意料的是，艾伦那没有任何激动、悲伤、愤怒的表情。她只说了一句话，声音不大，却十分坚定，掷地有声："我去找他。”

无论他在哪，我都要找到他。

因为在我的心中,一直有一个信念支持着我,使我相信、坚定。

坚信他一定还在，还在……

台阶上的琴亦叹了口气，叮嘱道:“好。但是，你一定要记住，先保护好你自己！”

“是！”

58 乱

艾伦那在家里做出发前的准备，她拿好干粮、水杯、急救包，又把圣光琉璃蝶插入影陌幽蝶，别在腰间。就处于左手旁，方便随时取出。

几个小时后，她到了森幻星。原来荒凉却平静的森幻星中央区，现在已经成了一片混乱、恐怖的战场。到处都是死去的将士、圣兵和魔兵。

艾伦那忽然想到一个问题：根据记忆，妈妈牺牲那天，倒在血泊中的全都是圣兵！不足万人！

圣兵特指经过特殊训练、能够掌握法术以及控制人造盔甲饰品的人。

当年的战争……尽管圣兵万分强大，但魔兵有上百万人，根本没有胜算！

这一定是阴谋！

片刻之后，艾伦那镇定下来：从耀光星到这里，时间超过了三个小时，尽管轨道相同，但文亚肯定离开了这里。

突然她看到有一艘飞船！还有脚印！

艾伦那顺着脚印跟去，突然发现脚印变得混乱，向着不同的方向去了。

“蝶……”艾伦那立刻反应过来，这种时候，不能随便耗费法力，只好仔细观察。这些脚印分别指向五个方向，都有着两道脚印。

聪明。其中有一条远去的脚印最深，凯文亚一定走过至少两遍。

艾伦那立刻顺着脚印追了过去。远处出现了一连串打斗的痕迹，她停了下来，随即又向前冲去。

她心里突然感到害怕，不会的，一定不会的……

待到一片尸体的出现，艾伦那仔细检查了一遍。幸好，没有凯文亚，她松了一口气，但随即又发现了一摊延伸着的血迹和三四条凌乱无序的脚印。想必是凯文亚与追兵且战且走了一路，最终剩下了一条庞大且恐怖的血迹。

血迹已经有些凝固了，艾伦那想都没想就追了上去。

过了一会儿，血迹慢慢变淡，逐渐消失。艾伦那立刻明白过来,这时凯文亚掩盖了血迹。她顺着血迹的方向,向前跑去。突然,面前的路整齐起来。艾伦那停下来观察，过了十分钟，发现了一棵大树有些异常，树干是中空的。

艾伦那立刻爬上树，发现树干里是一条木和土搭建的甬道。顺着甬道下去，里面是巨大的房间，用木头装潢，大厅旁开了好几个房间。她推开一间，门上雕着“食物间”三字，还有放药品的医疗间和几个空房间。最后，艾伦那打开了一个房间，里面放着几大包衣服和一些本子,还放了一张用树枝和叶子编织的地铺。

这是文亚的房间。

艾伦那默默地从房间里出来，选了旁边的一间放下了背包，用匕首在木门上刻出几句话。之后准备好了应急的药物和少量干粮后，她想要召唤归雀，却发现归雀剑不见了！

先去找归雀？先去找文亚？

艾伦那思索了片刻，归雀的法力强大，足够保护自己。文亚肯定是在逃命，在这里待的时间并不久，估计又出去寻找食物，找飞船。如果是这样的话，要先找文亚，他肯定受了伤……

事不宜迟，立即出发！

艾伦那出了地下大厅的甬道，回到地面，四周查看了一番，发现了凯文亚踪迹，立即追了上去。

59

同生共死

经过几天风餐露宿，前面的脚印越来越新，艾伦那应该越来越接近了。

经过一个开阔的地方，她终于发现了凯文亚。此时他已经负伤倒地，血流了一地，身上全是刀痕，胳膊上还插着几支羽箭。伤口发着紫，估计是中了毒。

“文亚，你还好吧？”艾伦那撕开凯文亚的衣服。

凯文亚还有意识，他咬紧牙关，忍着痛，尽量不出声。

艾伦那把他的上衣撕开，露出受伤的部位。按住并缝上出血的血管，拔出箭矢，给凯文亚灌下了解毒的药，最后用绷带层层包扎凯文亚的上半身。

“文亚，你没事吧？”艾伦那的声音关怀而急切，

“唔……没事……”凯文亚感觉身体软绵绵的，但笑了起来。

她为凯文亚披上衣服，背起他。听到对方的笑声，有些奇怪地问:“嗯？文亚，你笑什么？”

“我还以为我要挂了，没想到……咳咳……”

艾伦那也笑着说:“我来‘美救英雄’了。”

“我……不需要你……”还没说完，凯文亚就昏了过去。

“文亚！文亚！”艾伦那放下凯文亚，摸了摸他的脉搏。还好只是昏了过去，不碍事。

又给凯文亚灌下一些药丸，艾伦那重新背起了他。必须尽快回到地下大厅里，不然……

艾伦那刚刚才背起凯文亚，就看到了无数的魔兵和变异的怪兽包围了他们！

“看来今天是凶多吉少了……”凯文亚睁开了眼，也看到了这一幕，费力地说。

艾伦那隐隐听见了他压抑着的呻吟声，不禁一阵心疼，低声安慰：“没事的……”

“伦那，你……走吧……”

“怎么可能，不是说好的吗？”

“要战斗……就一起……”

“文亚……”艾伦那有些动容，“别说了。”

正当他们交谈时，前来的魔兵和怪兽纷纷冲了过来。艾伦那不慌不忙，待他们冲到一定距离，跳了起来，发动技能：“蝶舞！”

只见艾伦那身体两侧出现了一片紫色的雾气。雾气中，数只蝴蝶冲了出来瞬间撕碎了大片较弱的魔兵，也阻挡了其余怪兽和魔兵的攻击。

艾伦那趁机背着凯文亚冲了出去，身后是大片的追兵。

她竭尽全力奔跑着，一路上不断有阻挡。魔兵的攻击、魔兽的撕咬，重重阻拦都没有让她恐惧；毒箭雨、铁蒺藜，几重困苦都没有阻拦住她。尽管这些魔兵加起来比她更强大、更厉害，可她并没有因此而倒下。因为她的心中，有一个信念。正是这股信念，支持住了她。

但是，几重围困之下，再坚强的信念，也会有被磨平的时候。

前面又是一重围困，加上后面的追兵，艾伦那他们再次被包围了起来。

“该死……”艾伦那身上已经有六处刀伤、十一处剑伤，五个地方中箭，两个地方中暗器，二十八处中了法术造成的伤害，可是凯文亚没有增加任何的伤害。现在这一关，她还能过去吗？

能，我一定能。我还有“后手”，虽然我不想用。

“黑夜！光暗破轮！”

几个魔兵立刻被扫去，但越来越多的魔兵与怪兽围了上来。

“幽夜之影！光明万赦！”

更多的魔兵与怪兽被击倒，但有更多的冲了上来。

“琉璃。”

艾伦那身上就像出现了一套用琉璃做的盔甲，盔甲越涨越大，变成了一个球，包裹着艾伦那和凯文亚。见到追兵惊异的表情，艾伦那立刻踩着“琉璃球”，向前冲去，魔兵们愣了好一会儿，竟然没来追过来。

这是凯文亚临时想出的主意，因为琉璃是属性技能，能覆盖住人的身体免疫一定程度的伤害，并恢复最多三成的体力与法力。不过既然能覆盖住他们的身体，三四层地保护他们，也应该能吹起涨大，直接将保护的范围扩大。当时艾伦那还认为这个不太可能，不过她现在信了。

难道这就是传说中的技能变异？那我就给你起个名字——琉璃护罩。

很快，几个魔兵就发现了琉璃护罩的秘密。立刻攻击琉璃护罩并打碎了它。这时，有一个魔物——瘴气蜘蛛出现在她的面前。

尽管艾伦那很快就化解了它的攻击，可这已经足够后面的追兵追上来了。

“画毒箭”“流星坠”“破岩”……尽管这些招式威力不是太大，但百八十个人同时攻击，艾伦那还是因为几个招式被击倒了。这时，她听到了三个有些熟悉的声音。

“红桃环游！”

“炼狱之路！”

“黑桃梦魇！”

尽管艾伦那转身奋力躲避，但还是在被击倒了。神奇的是，艾伦那虽然倒地，却并不觉得这两个技能对她有什么影响。

只不过那三个攻击她的人都戴着面纱，只能看出他们是两女一男，却根本看不出他们是谁。这时，两个女子争论起来。

“廖……红桃，你的技能没用！是我击倒了那家伙！”

“黑桃！是我的！”

艾伦那却听得清清楚楚。

廖？这两个人长得还有些相像……不会的！

这时，那个男子插了一句：“喂，我说你们两个，你们的技能只对法力比你们低的人有用，所以击倒她的是……”

这时，几个魔兵慌慌张张地打断了他们，道：“三……三位大人，艾伦那跑……跑了！”

“攻击！”男子道。

于是再攻击、艾伦那倒地、争功；艾伦那爬起、又攻击、又倒地……这么追了一路，艾伦那终于通过标记，知道自己已经完成了从凯文亚遇袭的地方到地下大厅大约五分之四的路程，于是趁着几个人争功，把凯文亚放下，抱住他并施展法术：“蝶翼！”

艾伦那带着凯文亚瞬间就冲了出去，耳边狂风呼啸，隐隐听见了追兵的叫骂声。

按照艾伦那的计算，蝶翼应该能把她带到地下大厅，但一路上又有不同的东西攻击她，大部分是本地的野生精灵、动物，艾伦那又必须绕道。因此，他们最终倒在了离地下大厅不远处的地方。

看来，文亚，今天我们……真的要葬身此地了……

蝶翼已经消耗完了她所有的体力，法力也所剩无几。无法再前进一步了。

艾伦那听着追兵的声音渐近，不禁苦笑，已经准备好去领死了。

这时，艾伦那耳边一声狼嚎，一只灰白色的身影一闪而过，但艾伦那看到了它只有一只绿莹莹的眼睛，另一边有一道抓痕，立刻反应过来。

是独眼狼王！

60

委　托

艾伦那心乱如麻，又喜又悲。喜的是终于有“援军”了，悲的是独眼狼王与她早就结下梁子，真的是来帮他们的吗？

“嗷呜——”独眼狼王一阵攻击，把一大片的魔兵与怪兽都扫了出去。艾伦那也趁着这个时机把昏迷不醒的凯文亚放下，自己赶紧恢复体力与法力。

“好，好大的狼！”

“怎么办怎么办？”

“攻，攻击！”

虽然魔兵都十分害怕，但还是围了上来。

“愚蠢卑鄙的人啊……”独眼狼王慢慢地走向包围圈中心，“血狼之誓！”

血红色的攻击瞬间就炸飞了不少的包围的魔兵。趁乱独眼狼王叼起艾伦那和凯文亚往背上一甩，冲出了包围。

艾伦那感到天旋地转，随即身体撞到了什么，晕了过去。独眼狼王奔跑了很久，才把两个人放下。看着他们的伤势，它又准备出去找些药材。

这时，洞内闪出一个毛茸茸的头，原来是一只小狼，好奇地问：

“爸爸，他们是谁？”

独眼狼王画了个手势，小狼点点头，又缩了回去。

片刻后，艾伦那悠悠转醒，身上一阵刺痛，然后是一阵麻酥酥的感觉遍布了全身。接着，她就看到了一只与独眼狼王酷似的，还没有她四分之一高的小狼趴在旁边，身旁放着一些草药。

艾伦那拾起草药，仔细地辨别了一下。

井灯草，解除瘴气蜘蛛的毒;幻亦花，提神醒脑;黎黎果，虽然不能解除全部的毒素，但能够抑制住大部分的……

奇怪，是谁送来的?

突然,旁边的小狼醒了,站起来,一对绿莹莹的小眼睛望着她,说:“你就是爸爸说得艾伦那吧？你已经昏过去四个小时了。”

艾伦那挑出几味药材服下，瞬间就胃里一阵翻江倒海，几乎要吐出来，但之后便觉得好受很多。她又拿出几卷绷带，包上了伤口。随后帮助还在昏迷着的凯文亚服药，确定凯文亚不会有事之后，她才开始修炼蝶翼。

又过了很久，东方刚露出了鱼肚白，艾伦那隐隐看到了一个奔跑着的巨大的影子。

是独眼狼王。

“好了？”独眼狼王爬进了洞穴，吐出一些药材，问道。

它的眼睛对着小狼，明显不是来问艾伦那的。

小狼爬了出来，点点头。

独眼狼王趴了下来，像一位悠闲的老者。艾伦那看这两匹狼已经睡着，也躺下去，睡了过去。

第二天,艾伦那刚醒过来,发现凯文亚已经醒了,正在吃浆果。艾伦那默默地站了起来。突然，凯文亚抬起头，两人的目光对接，不约而同地笑笑，暗自庆幸着眼下的安全。

艾伦那从洞口出来，跑到附近的泉眼喝了些甘甜的泉水，顺便洗漱一番。然后再折返回洞内，吃了些浆果，拿出储备的干粮分给凯文亚当早饭。

过了一会儿，两人才去找独眼狼王。

“斯——”艾伦那刚站起来，腹部一阵像被撕开了一般痛，双手捂住腹部，差点又倒下去，凯文亚赶紧扶着她。虽然在她的保护下，文亚没有添上新的伤，但之前受的伤肯定还没有彻底康复，所以她也并不完全靠着他行走。

“独眼狼王，你……救下我们是有何事？”远远的，艾伦那就看到独眼狼王与小狼趴在一个山坡上。

“嗷呜——”独眼狼王长啸一声，从山坡上跑下来。转眼间，它已经屹立在艾伦那与凯文亚的面前，冷冷地看着他们。

艾伦那的紫眸也回以淡淡的、冷冷的目光，眼中充斥着一股肃杀之气。凯文亚那蓝色的眼睛中虽然没有肃杀之气，却多了一份坚毅与自信。

独眼狼王见用眼神吓不倒他们，趴了下来，道：“我救你们，是因为我要以此为赏金，给你们一个委托。”

艾伦那的嘴边挂上一丝冷笑，说：“这世上竟有先付赏金的委托。”

“我要你照顾好银月。”

“银月？”两人同时问了起来。

“我的儿子。”

“为什么？”发问的是艾伦那。

“十年内，森幻星将与夜戎星相撞。到时候，两个星球没有任何生命会活下来。”

艾伦那有些吃惊。根据这几年的观测，夜戎星确实越来越远离阳戎星，向着森幻星的轨道靠近;两个星球的动植物都发生了一定程度的变异与恐慌;再就是叶流儿所在的凯西族的预言……

“恐怕我们没有办法把您的儿子带回去。”

“为什么？”

“我们两个，身上都没有唤灵珠。”艾伦那说。

“没有唤灵珠，私自把精灵或动物带上飞船是违法的。”凯文亚补充道，“不过，之前听我们的一个伙伴讲，她身上有一个，正好她在寻找精灵。请先让我们回去，等到她来了，我们再让她用唤灵珠来……咳咳咳……”

“我明白了。一个月内，我要见到她的人影。”独眼狼王叹息一声，“洞内的草药与浆果你们拿去吧，我们不吃这些。”

艾伦那与凯文亚点点头，回到了洞穴。他们把所有的浆果收好，草药只是收了几株必备的。几分钟后，他们就走了。

“爸爸，他们为什么不收走所有的草药啊？”银月嗅着空气中的草药味，问。

独眼狼王沉默了。只有山涧的水流声回应着它。

61
等　待

“你打算怎么办？”凯文亚坐在床边望着艾伦那问。此时她被凯文亚强行按在床上，毕竟她身上的伤需要躺着才能恢复得快一些。

“用影陌幽蝶发信息给琴殿下。”

“哦。怎么发？”

“按下蝶翼上对称的两个紫色的按钮，然后说出你要发出的讯息。”

“明白了。”

待凯文亚发完，艾伦那才问:“能不能让我回我的房间？”

凯文亚还没回答，艾伦那就猛地从床上起来，腹部立刻痛起来，她慢慢走回隔壁，强撑着把铺盖铺好，把门闸拴上后就重重地倒在了床上。

凯文亚说的她都懂，她身上的伤不少，而且大部分攻击都有毒。艾伦那躺在床上，想去厨房拿点吃的，却感觉整个身体动也动不了，大脑却很清醒。

她这才想起黎黎果还有麻醉药的功效。

“这下得和你一起挨饿了。”

第二人格，你少说几句。

“话说回来我真的很饿……大概已经过了中午了吧……”

艾伦那也很无奈，药效自她的下肢一直蔓延到了上肢，估计还有一个小时才能散去。

这时，响起一阵敲门声。艾伦那还没回答，敲门的那个人自己停了下来，利用法力打开了门闸。

“伦那，该吃午饭了。”凯文亚端着一个塑料盘子，上面放着午饭了。

“你是不是在我的早餐里放了一大堆黎黎果？”

“算是吧。”凯文亚把午饭放在艾伦那的“床”旁边，坏笑道，“吃点吧。我要是不多放点黎黎果，你能撑到回家吗？”

“你确定午饭里面没放？”

“没。”凯文亚把艾伦那轻轻扶起来，把塑料盘子放在她的腿上。艾伦那看清了盘子上放着一碗粥，一些面包和几个小菜。艾伦那只感到全身麻木，只有大脑并没有受到黎黎果的影响，根本不能用手去吃这些东西。

凯文亚见到此景，便端起粥，慢慢地搅动，令它散发出一阵香甜的气息，艾伦那不禁闭上眼睛，静静地呼吸着。这时，一个黏糊糊的东西碰到了她的嘴边。睁眼一看，凯文亚拿着勺子，笑吟吟地望着她，那堆黏糊糊的东西，就是勺子上的粥。

“唔……”艾伦那慢慢地把粥吸进嘴里，顿时全身感到一阵温暖。凯文亚又把剩下的粥慢慢地喂给了她。

“接下来干什么？”凯文亚问。

“等。”艾伦那的目光慢慢上移，却总是忍不住看向凯文亚，而凯文亚一直注视着她。

目光交接了一秒，艾伦那的目光就有些闪躲，尝试着不去看那双天蓝色的眼眸。

“我先走了。”凯文亚站了起来，舒活舒活了筋骨，拉开门，“晚饭的时候见。”

凯文亚刚走，艾伦那就感到一阵麻酥酥的感觉瞬间遍布了全身，然后就有股想睡觉的感觉。意识开始有些模糊，但艾伦那明显感到了一点。

该死……文亚在粥里放了大量的黎黎果和令人感到困意的梦乡草……又被他“骗”了……

不管了，先睡吧……

艾伦那刚睡着，房门又被打开一条缝，一只天蓝色的眼眸通过门缝看到了她。确认没事后，凯文亚又把门关上。缓缓地靠着墙坐下，就像虚脱了一般。

看着手上乱七八糟的痕迹，凯文亚有些无奈地笑了。

算了，为了伦那，值了。

62
收　留

艾伦那休息了四五天，才恢复了正常。两个人一起把地下大厅修葺好，幸好在这里的生活还算平静。采集、捕猎、钓鱼，再就是看似无穷无尽地等待……

不过艾伦那觉得这样的生活挺好的，直到三个人的到来：“嘿！艾伦那！凯文亚！我们来了！”

二人一看，原来是任伊彭、辽德予和林沐。

“耀光星怎么样了？”凯文亚问。

“完全瘫痪了。”任伊彭摇摇头说，“学校罢课、交通瘫痪、人心惶惶……”

“你们没事就好……”艾伦那叹息一声。

“艾姐，怎么了？”林沐问。

“之前……”凯文亚刚想说，艾伦那拉住了他的衣袖，示意他不可多言。

凯文亚瞬间明白过来，说：“没，没什么……”

“哦……”其余三人异口同声地说道。

“不过，现在有另一件更重要的事。”凯文亚的神色凝重起来。

“什么？”不明状况的三人问。

“林沐，恭喜你，你终于有一只精灵了。”艾伦那朝着林沐笑了笑。

“我来带路吧。”凯文亚赶紧拉起艾伦那，向着独眼狼王所在的地方奔去，其余三人赶紧跟上。

“人来了？”

艾伦那点点头，把林沐从她的身后拖了出来。

“就是你？”

“是！”

“太胆小了。”独眼狼王的话中八分轻视，两分厌恶。

“小沐很善良的。”艾伦那轻描淡写地说，却引起了独眼狼王的注意，“远远胜过某些口是心非的人。”

“我给她一次机会。”独眼狼王转过身，大步流星地走了几步。

艾伦那赶紧跟林沐分析该如何面对独眼狼王。“首先，你要学会坚强，这一点很重要。独眼狼王的话中含有七八分轻视，第一次出招肯定是声势浩大却攻击力不高的招式，不必担心会伤了你。”

“可是……”林沐对这个庞然大物仍然心存畏惧。

“相信你自己。”

突然，独眼狼王猛地一个转身，绿莹莹的眼睛居高临下地望着他们。

“我的考验很简单，只要你和我的儿子——银月，挡住我的三招。你就可以收留它了。你——接受不接受考验？”

“我……”

“要是你有所畏惧，就赶紧走！”

“我接受考验！”

“好！”独眼狼王轻轻抚摸着银月，后者则轻快地跑到林沐的跟前。

“凡女，希望你不要太弱。当然，你看起来就很弱。”

“我认为这只小狼就挺弱的……”任伊彭悄声说。倒是独眼狼王毫不在意，抬头大笑。

“哈哈哈……犬子被我惯得有些骄傲，请不要在意！”

银月回头吐槽道：“爸爸，拜托我不是狗。”

“额……这只是谦称。”独眼狼王难得收起了凶狠的表情。看起来就像，不，就是一个慈爱的父亲。

“哼！”银月还是有些气鼓鼓的。

“好吧，我要开始了。”独眼狼王说，可是银月还是一副满不在乎的表情。

“切……”

“狼王之冠！”第一招，属性技能。

“以独眼狼王的性格，我猜第二招就会开始攻击，但威力不大，只是能让对方陷入不良状态的技能。”艾伦那说。其余四人已经站得足够远，起码独眼狼王听不见他们的交谈。

“为什么？”辽德予问，“如果林沐在第一招就用威力最大的攻击，不就……”

“独眼狼王是纯正的战斗系统的，”凯文亚说，“但它选择的路线比较特殊——控制物攻。碰巧作为狼王，它的血量也很高，还能根据地形每个回合回血，所以它并不在意这一次的攻击。”

任伊彭和辽德予都点点头。

“有什么办法能够彻底制服这个家伙？”任伊彭问。

艾伦那陷入了思索。

最好是致命一击击溃它，如果在这里的话根本不能和它打持久战。

这时，独眼狼王已经发起了第二个技能："横冲直撞！"

独眼狼王突然直冲过来，银月瞬间吓得缩成一团。

"负面效果——恐惧。"艾伦那说。

"花之御！"林沐见状，赶紧冲到银月面前，展开防御。独眼狼王瞬间就撞上了翠绿色的，点缀着粉红色的盾上。

"防御技能……"艾伦那心下一惊，"小沐，快躲开！"

"不，不……"林沐摇摇头，手臂感到一阵酸痛。

"这……"辽德予愣住了，"要不我去帮个忙？"

"不行。"艾伦那和凯文亚同时说。

"为什么？"

"因为如果我们出手，小沐就算输了。"凯文亚说。

"因为如果我们出手，就违背了她的理想。"艾伦那望向蔚蓝色的天空。

"什么理想？"凯文亚问。

"以己之力，普度众生。"艾伦那和林沐同时说道。

明明没有能力，却一定要这么做，看似温和，内心坚韧。

这，才是林沐。

可是，这样做难道不是以卵击石吗？难道她不明白吗？

"是啊，她不明白。"

是你不明白，第二人格。

"她没有成年，却永远坚信着，只要沿着这条路一直走下去，就一定能成功。"

"纯洁如白纸。啊，纯洁如白纸。"

“经历人情世故后，只怕……想继续出淤泥而不染，是不可能的。”

“倒是你，本体，想要继续看透一切吗？看透了一切却一意孤行，是不是很傻？”

闭嘴！艾伦那表面上神色未动，实际上心乱如麻。

突然，独眼狼王停下了攻击。

“小姑娘，照顾好犬子。”独眼狼王的神情严肃而有些悲凉，“三招的考验算你过了……”

“为什么？”林沐问。

“以己之力，普度众生。希望你能做到。”独眼狼王说，“银月，你应该离开爸爸一段时间了。”

银月扑向了独眼狼王，哽咽着说：“不要……银月只想和爸爸在一起……”

独眼狼王轻轻抚摸着它的脑袋，吐出一个绿色的宝石。

“这是狼族的信物？”银月抬起头。

“嗯。”独眼狼王把宝石轻轻按在银月的额头上，顿时宝石消失，变成银月额头上的一块黄绿色的光斑。

“爸爸……你要离开多久？”

独眼狼王顿时愣住了，原来银月还蒙在鼓里。

如果它说，可能他们再也不会相见了……

如果它说，可能这就是永别……

儿子会怎么说，儿子会怎么办！

尽管心如刀绞，很想再看一眼儿子稚嫩的脸庞，可独眼狼王还是望向了天空，尽量憋住眼泪，留给儿子一个坚定的背影。它要维护银月心中那个男子汉的形象，可眼泪偏偏往下流。他干脆背向银月，向着太阳的方向走去。

许久，它才稳定住了心绪，声音沧桑而低沉:“等到你长大，足够继承这颗‘狼王之眼’的力量……”

说罢，独眼狼王向着落日奔跑起来，每一步都坚定不移，每一步都没有迟疑。

每跑一步，它就里儿子远了一步。

每跑一步，它就离死亡近了一步。

可是每跑一步，儿子就离危险远了一步。

每跑一步，儿子就离荣耀近了一步。

狼王，什么人都想收买这个强大的狼王，甚至不惜使用下三滥的手段。

狼王，是荣耀，也是危险。捍卫这个荣耀，作为代价，它需要摆脱所有的软肋。

因此，只能让儿子离开这个是非之地。

远处的山顶，传来一声清晰无比的狼嚎。

63

黑暗的重组

耀光星的皇宫内。

“知道我是谁吗？”唐明直接冲入皇宫，站到了琴亦的面前。

琴亦没有丝毫的恐惧道：“如果你的母亲——唐小彩知道了这件事，一定会很失望的。”

“魔金之撼！”

琴亦竟然毫无反手之力，瞬间被震了出去，撞上了墙壁，咳出一口鲜血，墙壁也被撞出了裂缝。

“你没有资格和我提我的母亲！”唐明抓住了琴亦的领口，将她提起来，又把她重重地摔倒地上。

琴亦勉勉强强地爬起来，说：“孩子，你……”

“不过是普通人家里的……我母亲……”唐明的面庞扭曲起来，墨发已经被他抓得像刺猬一样。琴亦真真切切地看出了唐明身上属于光耀血统的蓝色眼睛中的迷乱、惊恐以及愤怒。

“为什么我的母亲身为奴隶，就不能拥有我？为什么我的父亲是高高在上的皇，却从来没有过问过我的一切？为什么我要眼睁睁看着母亲走向死亡，却没有丝毫的办法……为什么？为什么！”

“为什么？你只是一个平民的女儿而已，却可以……却可以通过自己的努力成为皇后，看着弟弟凯文亚长大成人……”唐明的眼角处淌出一滴晶莹的眼泪，“我的母亲，却……永无翻身之日。去求曾经的皇收留我，却拒之于门外……”

“唐明，我想……秉，他一定有他自己的苦衷。”

“苦衷？”唐明的嘴角勾起一个弧度，似笑非笑，似哭非哭，杀机时隐时现。

突然，他的脸上杀气四溢，琴亦缓缓闭上了眼睛。

突然，一阵急急忙忙的声音打断了这一切：“陛下，陛下！”

唐明眼中的杀气顿时消散，问：“什么事？”

那人戴着斗篷，看不清面庞，不过袍子上纹着诡异的血色花纹。只见他在唐明耳边嘀咕了几句，唐明的神色变了变，只是恶狠狠地抛下一句“走着瞧”，就离开了琴亦的宫殿。

大门刚关，琴亦就瘫坐在了地上，疲惫不堪的神情与平时威严庄重的太后并不相符……

不，是截然不同。

过了片刻，琴亦才镇定下来，内心深处泛出一丝苦涩。

果然……没有了“王权象征”，我根本保护不了自己……

也不知道艾伦那有消息了吗……

突然，袖子中的一个小东西亮了亮。

“已接回——ALN”

看到这两个字，琴亦彻底放心了。随即，那个东西再次亮起。竟然是条语音。

琴亦刻意把声音调到了最低，才打开录音：“妈！我想死你了！”

琴亦的眼泪夺眶而出。

暗夜地下城的练武场中，油灯忽明忽暗，秋冷峻的神色时隐时现。她已经拉紧了弓和弦。

突然，一声轻快的口哨声穿透凝固的空气。听到哨声秋立刻放箭，油灯齐齐被扑灭！随即，她抽出匕首，向前急冲过去，感到前方的目标时，略一低头，右脚虚晃两下，足刃立刻划到些东西。待到右脚站稳，秋的重心前倾，匕首顿时砍断了目标！

这时，“啪啪”两声，油灯重新被点燃，秋也撕下了遮住眼睛的黑布条，看到了眼前被她砍为三段的金属做的“人”。

“秋，休息会儿吧。”魔使在一旁靠着根柱子。

“无妨，下一组。”

魔使微微一笑，故意扶额道:“我是关心你。”

秋沉默了一会儿才说:“不合礼数。”

“好吧。”魔使收起了微笑，走到被毁坏的铁人身边，“足刃这个地方还要放低一些……”

教了一阵，秋又测试了几遍，对方有什么意图早已了然于胸。这时，她才问:“大人，这几天暗夜的两派……”

“累得差不多了。”

“嗯？”

“该放炸弹了。”

秋皱起了眉头，魔使仍然自言自语着:“不是两派，是三派，猫眼、银狼已经掺和进去了，我要把巨蝎放进去，不然就会有麻烦。”

“可……”

“我知道。不必担心，一切尽在我的掌握之中。秋，这几天委屈你了，待在这里不要出去。”

秋沉默了半晌才说：“谢谢大人。”

与其说是囚禁，还不如说是保护。伙食的质量提高了不少，房间比原来宽大了不少，练习的时间多了不少……除了不能出去，一切都是她能想象到最好的。

“没事……”魔使看着面色难得柔和的秋说，“我只是希望，十六年前，岭南星……”

突然，他心漏跳了一拍，脸上惊惶的神色一带而过。他缓缓地站起身道：“我去外面看看。”

他奔到外面的小溪边，就地坐了下来。

可恶，差点就露馅了……但是，我怎么会有这种想法……魔使回头望了望门口，摇了摇头，再一次坚定了想法：不，我不能这样……不能有任何的软肋，必须，摆脱这种非分之想！

魔使在屋外犹豫的同时，秋接收到一份名单。

“墨竹？”秋转了转手中的圆珠笔问，“他是谁？最近有什么动向？”

黑暗中，递交名单的人回复道：“秋大人，墨竹的原名是墨筱，最近和……”

“和什么？”

“和千纸鹤走得比较近。”

圆珠笔“啪”地一声掉在地上，秋半晌没有说话。

“大人，怎么了？”

“无事，退下吧。”

墨筱的前一个代号是墨笛——“永久”中立。

64

王权的象征

森幻星上，雨，滴滴答答地落在树叶上，落在大地上，偶有几片黑影疾驰而过，溅起一片朦胧。一连几天的雨硬生生把太阳摁进云层里，阳光也就撒不进树林中了。倒是温度难得回升了些。

地下大厅某个房间内，金发蓝眸、俊俏修长的人的视线似乎凝固在桌上那个金色与绿色镶嵌的玉石上。

这已经是第十八次失败了，难道我……

突然，响起一阵不轻不重的敲门声，凯文亚默不作声，他知道外面敲门的那人是谁。沉默了片刻，他才发现敲门与前十七次不同，声音是有节奏的。拿纸记录下来，按照停歇时间长短来翻译这段敲门声，凯文亚得知了门外人的真正的含义：文亚，你还好吗？

仿佛是知道了门内人的惊异，敲门声的旋律一变：先过来吃晚餐吧。

按照每句一个为一个旋律，他破译出了所有敲门声所包含的意义：夜深了，任伊彭他们已经睡着了。

没事的，明天再试一试。

我陪你。

最后一个旋律比其他的多了两遍，响了五遍，终于静寂下来。凯文亚犹豫片刻，还是出了门。

“伦那……”

“幻之彩蝶，”艾伦那指了指她的发绳，“二十七遍。”

“怎么样？”

艾伦那摇摇头，两只眼睛瞪得凯文亚内心一阵发怵。紧接着凯文亚就想起了另一个问题。

“这是你一天尝试的次数？”

“不是。”

“呼——”凯文亚心中有了数。这种首饰有着独特的力量，普通人想要与它们融合，起码要用上六七个小时，还需要有人保护，以防其他贪图这种力量的人偷袭，如果被首饰中的灵魂嫌弃了，恐怕还需要更长时间。他自己稍微好些，如果被王权象征嫌弃了，他大概要用三个小时左右，而艾伦那……

“你跟幻之彩蝶‘沟通’需要用多长时间？你……撑得住吗？”凯文亚刚刚把晚餐吃完，正在享用他最喜欢的巧克力蛋糕。

“两个小时。”

凯文亚差点就把嘴里的东西喷了出来。艾伦那看了一眼他的神色，没有再说下去。

凯文亚嚼着蛋糕，含含糊糊地问：“最长一次多久？最短一次多久？”

“一个小时五十分钟，十分钟。”

凯文亚又一次差点把蛋糕喷出来，难以置信地说：“怎么可能？”

十分钟我连王权象征的面都还没看见！

“世界之大，无奇不有。”艾伦那捋了捋头发，喝下一杯咖啡。

凯文亚刚刚从这个令他大跌眼镜的消息中缓过来，赶紧转移话题：“伦那，你是怎么把这个巧克力蛋糕做出来的？”

“这里有对应的食料。”

“嗯？”凯文亚只感到全身一阵眩晕，“我去，你……”

艾伦那把凯文亚拖进了他的房间，把人往床上一丢，顺手把他没吃完的巧克力蛋糕放在了他的书桌上。

接着走出房间，最后把门一关。进了自己的房间，摘下发绳放到床上，盘腿坐到床上。

“以我之名，与幻之彩蝶融……”艾伦那只感到嘴里一阵铁锈味蔓延开来，不知不觉中嘴角流下了一道鲜血。乏力感由胸口蔓延至全身，艾伦那轻声叹了口气，把幻之彩蝶放好，昏昏沉沉地睡了过去。果然，强行融合就是困难，甚至是不可能的……

所有的首饰都具备接受和排斥的属性。而这个幻之彩蝶最接受的属性为光，最排斥的属性为暗。

就像王权象征接受圣灵系，却排斥神秘系一样。正常人被饰物中的灵魂排斥超过十次后身体就会崩溃，凯文亚这几天下来已经试了十八遍了，全靠自己一个人苦苦支撑着。艾伦那更是急需休息。

不过，目前为止他们都不明白一个问题：明明各项标准已经达到了要求，为什么还是失败？

第二天早上七点整，艾伦那准时起床，烹饪早餐，把任伊彭和林沐叫醒，吃早饭，学习或修炼，这几乎已经成了她的习惯。更神奇的是，无论晚上睡得多晚，早上她一定会准时起床，雷打不动。

林沐也一定会早早地带着银月出门遛弯，回来训练。

任伊彭则会好好训练、好好学习，那是肯定的。

至于辽德予和凯文亚呢?

艾伦那已经把辽德予扔给任伊彭了，凯文亚每天会准时起床，艾伦那根本不用担心。

但是，今天有些不同。

“艾姐，已经十二点了。凯哥他……”

艾伦那眉头一皱:“我去看看。”

一打开门，艾伦那看到了令她内心无比震撼的一幕。尽管表面上不动声色，她还是立刻把门锁死了。

“文亚？”艾伦那赶紧扶起躺在床上、嘴角仍在淌血的凯文亚，从衣兜里取出几粒药丸，让他吞了下去。确认凯文亚的身体情况稳定下来后，才问:“昨夜不是让你休息了吗，怎么回事？”

“没……咳咳，我又试了试，成功了。”尽管身上伤痕累累，不过嘴角的一抹微笑证明了他的兴奋与开心。

“恭喜，天启九杰第三个拥有饰物，还是仅次于头饰的腰饰。”

听到这话，凯文亚直接坐了起来，问:“我才第三？”

“第一是我，影陌幽蝶与圣光琉璃蝶，腰饰;第二是小沐，生命之光，头饰。”

饰物从重要到轻微的排序为头饰，腰饰，腿部与手部并列。所有的饰物都非常珍稀，没有固定的出处，但每融合一个饰物，法力就会成倍增长并附加一个开挂般的技能，可是绝大部分饰物都拥有自我意识，难以融合还会排斥想要吸收吞并它的人。若被排斥，轻则只是受伤，重则当场死亡。

虽然人人都想要饰物，真正想要饰物并拥有饰物的人却寥寥无几，更别说凑齐所有部位的饰物的人了。

“凯文亚，昨晚……你是怎么融合的？”

“直接把王权象征里的灵魂揪出来，打了一架。”

“什么？”艾伦那吃了一惊，完全想不到竟然是用这种方法。

“下次你可以试一试，很管用。”

“算了吧，还是谈判更有用。”艾伦那的面色有些阴沉，没有注意到凯文亚已经有些苍白的面庞。

每次融合其实就是一个与饰物中的灵魂谈判的过程，说服对方把自己的力量给予自己，失去自我意识。这是一般的方法。

凯文亚的那种……就像独自闯入对方的大本营，明目张胆地打一架。

学名强制融合。成功率极低，一般都是最极端的手段，要么拿去力量，要么……

“文亚，这种力量对于你很重要吗？”

“重要。”

“为什么？”

“为了守护你们。”凯文亚感到艾伦那的疑问声在脑子里嗡嗡响，随即就是一阵眩晕，不省人事。

不是为了权力。

65

银月的训练

凯文亚再次醒来已经是三四天之后，迷迷糊糊中，他看到了一个温柔的身影，然后又睡了过去。再次醒来时，状况已经好了很多，除了起床时差点撞到了床头柜，其余的一切正常。

“哎，凯文亚，你的附加技能是什么？”辽德予看见凯文亚神色如常地走了出来，赶紧凑过来问。

“去去去，你肯定是被任伊彭虐惨了，想找我来训练吧。”

“果然是兄弟你最了解我……”

“谁是你兄弟。”凯文亚嘀嘀咕咕地说出了后半句，“到时候被虐残了可别找我……”

辽德予倒是十分豪爽地笑起来：“怎么可能，她那三脚猫的功夫绝对打不倒我……”

凯文亚也没有搭理他，反而给艾伦那使了个眼色，示意她跟过来看戏。

任伊彭“笑眯眯”地看向辽德予，吓得他拉上凯文亚就走。

“走。”艾伦那耸了耸肩，拉着任伊彭与林沐去了地下二层的训练室。

辽德予大大咧咧地一站，丝毫不在意。倒是凯文亚一副精神集中的样子，嘴角勾起了一个弧度。突然，凯文亚两腿微微分开，一股霸道而又豪迈的气场展开，辽德予还没有反应过来，一股威压感扑面而来，退了几步，双手开始聚集法力，准备反击。而凯文亚打了个时间差，迅速冲了出去。

“王之审判！”

第一个字，出现法阵。

第二个字，剑气汇聚。

第三个字，停下脚步。

第四个字，奔涌而出。

凯文亚冲到一半就停了下来，用右手指挥着剑气贯穿辽德予而不留下痕迹。华丽的一个转身，剑气已经回到他的身体里。尽管凯文亚是第一次使用这个法术，但从法阵的出现到来自法阵的剑气奔涌而出，一切都是那么行云流水，无比顺畅。顺畅到凯文亚都以为这是个错觉。

紧接着，凯文亚再次转身，面向辽德予：“光耀千丈。”

这来自圣者的光芒，照亮了他的脸庞。

看起来辽德予似乎必败无疑。只是辽德予突然一声巨喝，抵消了部分攻击。

“岩错！”

“还不算太惨，但已经错过了时机，比较被动。”艾伦那打开记录本，右手上早就多出了一支笔。

“那还有获胜的希望吗？”任伊彭问。

“有。小沐呢？”艾伦那简单地计算了一下。

“她说她去拿一些甜点……”

艾伦那面色一沉道：“她应该多参加一些实战演练的。”

“反正她有银月……对了，我们是不是应该训练训练银月了？”

艾伦那点点头，吹了声口哨，面不改色地从口袋中拿出一个小小的包装盒，戴上手套，从包装中掏出了一块带着一部分不明脏器与血液的生肉。

尽管胃里好一阵翻江倒海，可艾伦那仍然镇定地蹲下，并把这块肉递给了银月。待它吃完，艾伦那先是叫停了明显占据上风的凯文亚，再拿出了一块抹布把地上的污渍擦洗干净。

“切，处女座的脾气又犯了。”伊彭吐槽道。

这时，凯文亚大汗淋漓地走了过来问：“到哪里训练？”

“野外。银月已经有了一定的自主捕食能力，现在要训练它的战斗能力。”

“所以？”

“地方要远一点。”

“那我来看家？”林沐也走了过来。

“不。”艾伦那摇摇头，“你才是银月的主人。”

不能让林沐继续这样下去了，不参与战斗，会让她变得消极，在战斗中发挥的作用就更小……

一行人走着走着，就离开了地下大厅所在的位置，而是来到了一处悬崖下。

悬崖的另一边就是地下大厅所在地。

“对了，”伊彭忽然想到了什么，“我们可以在这里建几个木屋，然后挖个地道，连接地下大厅。”

艾伦那与凯文亚沉吟不语，倒是辽德予与银月同时叫了一声好。

林沐有些犹豫：“大概……可以吧？”

银月朝着林沐翻了个白眼："切。"

艾伦那的神情微微严肃了些，说："银月。"

"回去后再试试吧，现在还是帮银月找个猎物吧。"见到此景，凯文亚赶紧转移话题。

艾伦那微微点了点头，说："这附近大多是瘴气蜘蛛，这种蜘蛛不仅会散发出毒液，还会布出漫天的毒雾。它们习惯群居，大家务必小心。"

崖底有着一片绿茵茵的草地，四周全是丛林。野兽十分狡猾，几个人分头寻找了半天也没找到，只有艾伦那、凯文亚与辽德予有点结果，只得在这里生火做饭。

艾伦那戴上一副橡胶手套，慢慢处理一只约二十年左右的蜘蛛，身旁还有一只成年的雄鹿交给了任伊彭。

凯文亚手上有一只羚羊，旁边还有几只野鸭，一脸生无可恋。不过他看了看旁边一脸淡然的艾伦那，不满之意立刻收了回去。

辽德予手上只有三只野兔，已经处理好了一只，还有一只丢给了银月。银月看了看兔肉，扭过头，它要的是自己捕猎来的猎物。这一切全被艾伦那看在眼里。

"小沐，你带着银月再出去一趟吧。"

"可是……"林沐有些迟疑，但看到艾伦那的眼神，便说，"我知道了，走吧。"说罢，她缓缓地站了起来，拿上一只火把，轻轻地吹了声口哨招呼银月离开。

银月又是一个白眼："切。"它还是站了起来，随着林沐消失在了丛林中。

凯文亚有些不放心地看了看，道："伦那，要不我们跟过去看看吧？"

“十五分钟后，或是小沐放了信号再说。”

“嗯。”凯文亚点点头。

不过这还没到十分钟，右手边的森林上空就绽放出了一个翠绿色的图腾！

艾伦那立刻站了起来：“伊彭，你和辽德予守在这里。文亚，我们走！”

凯文亚见状也快速起身，两个人一起冲向了森林。

“林沐！”

“小沐！”

没有回应，他们的心不由自主地悬了起来。

该不会，出了什么事了吧……

凯文亚望向了艾伦那，目光交接，明显地看到了艾伦那平静如水的眸中闪过了一丝波折，随即平息。

黑夜的奔驰中，凯文亚看到一件小东西掉落下来，连忙拾起，原来是一个小熊挂件。

凯文亚赶忙追上艾伦那：“伦那，你的东西掉了。”

“谢谢。”艾伦那神色未动，眼睛中焕发出一丝光彩，“这是我准备送给霄儿的生日礼物，可是……”

“怎么了？”

“回去再说吧。”

又行了一段，才看到前面的一处空地上的林沐和银月，只不过……状态不容乐观。林沐的半个身子已经被蜘蛛丝黏在树上，而银月却正在与一只巨大的瘴气蜘蛛搏斗，伤痕累累。

一看到凯文亚和艾伦那，林沐兴奋地叫出声来：“哎——”

艾伦那赶紧比了一个噤声的手势，可是已经晚了，蜘蛛舍弃了银月，转而向着艾伦那他们爬了过来。

二人对视一眼，凯文亚率先冲了过去：“圣璃！”

现在凯文亚的技能槽中有三个技能，除了攻击用的光耀千丈以外,还有一个属性技能和一个攻击技能。圣璃便是他的属性技能。

瘴气蜘蛛立刻吐出一团白中带绿的丝团,应该是它的技能“毒丝”。会令对方中毒，行动迟缓，属于控制系或是削弱系的技能。

“圣琉破！”凯文亚闪到艾伦那旁边，右手汇聚法力将丝团打偏。

另一边，艾伦那迅速地解开了林沐身上的蜘蛛丝，加入战斗。林沐靠在一棵树下，一边恢复法力，一边处理伤口。

而那只瘴气蜘蛛见状不妙，冲向了奄奄一息的银月。见到此景，艾伦那明白过来，蜘蛛的目的是要带着银月逃跑，于是眼疾手快地把银月抱走，放到了林沐旁边。

蜘蛛扑了个空，又转过来，向着艾伦那的方向奔去。艾伦那立刻判断出这应该是瘴气蜘蛛的近身物理攻击技能——“绞杀”，立刻双手汇聚能量并腾空：“光明万赦！”

无数能量光柱出现而又急速落下，阻断了蜘蛛前行的步伐。刚一落地，艾伦那又一次发动技能：“光暗破轮！”

蜘蛛彻底被激怒了。当然，不愤怒是不可能的。饿了半天，又耗了这么长的时间，连半只猎物都没吃到，不仅到嘴的猎物飞了，还被莫名其妙地揍了一顿。

艾伦那刚刚才用了一遍光明万赦和光暗破轮，现在只想怎么防住蜘蛛的下一次攻击。

愤怒的蜘蛛又喷出了瘴气和两三团丝团并跑了过来，举起前肢……这是瘴气蜘蛛的专属技能之一——“瘴气迷阵”。

艾伦那连忙支起护盾。暗之盾与幽转之盾结合，三十五级，幽暗之盾！

远远不够。

凯文亚赶紧赶到艾伦那的旁边，同样支起了护盾："圣灵佑光盾！"

两盾叠加，勉强挡住了攻击。正当他们僵持不下时，另一股能量撞上了蜘蛛，打破僵局。

艾伦那向着夜色望去，只见一只火红色的小鸟划过了夜空——是归雀。

来的可真是时候。艾伦那心中感叹。这几天她找了很久，就是找不到归雀。终于来了。

66
似曾相识的笑

归雀没有受伤，只是眼神有些不对劲，泛出了血红色的杀气。几道烈焰过去，蜘蛛知难而退，而归雀也坠落下来。

艾伦那连忙上前几步，稳稳地接住了它。只见归雀受伤了，伤口处全部泛着诡异的紫色的能量。休息片刻后，艾伦那、凯文亚、林沐三人带着银月、归雀回到了崖边空地。

“好像并不是被森幻星的野兽所伤。”林沐仔细检查了一遍说，“不算特别严重，就是不知道要昏迷几天了……”

“谢谢。”艾伦那点点头，林沐收起了药箱，退了出去。房间中只剩下了艾伦那和凯文亚。

艾伦那坐在一个木椅上，胳膊放在了木桌上沉思着，双眼平静地看着归雀和摆在桌上的小熊挂件，脸上看不出什么表情。凯文亚坐在她的对面。

沉默了片刻，凯文亚问：“伦那，那个，我确实会黑夜……”

“我知道，不记得了而已。”

“那个挂坠呢？”

“是我给霄儿准备的生日礼物。”

“我知道，不过这个挂件还有别的用途吗？”凯文亚拿起挂件，仔细端详了一会儿。挂件上的木质小熊摸起来没有任何粗糙的地方，看来艾伦那早已精心打磨了一番。他不由抬眼看向了艾伦那的右手——一只布满了细小伤痕的手。

这么短的时日内学习木艺，一定很不容易吧。可惜了，我没有这样的堂姐。与我有血缘关系的表姐很多，可是……平时大家都是为了权利互相倾轧，何谈关心？唯一的一个哥哥又是囚禁，或是杀生父之人，我……

凯文亚转念一想，对伦霄来说，她很幸运能拥有这样一个堂姐，对于伦那来说呢？仍是孤家寡人一个。

“还可以用来储存活物。”思考片刻，艾伦那又添上一句，“仅限植物。”

“这么说，我倒是想起来了，伦霄不是喜欢园艺吗？”

“是啊！”艾伦那点点头，“我本想一制作好就送给她的，但是……”

“怎么了？”

“那天，也就是接收到琴殿下委托的那天，我去舅舅、舅妈在耀光星的居所，想把挂件送给霄儿，可是屋内早就被搬空了。经好心人指点，我来到了飞船站，霄儿看见了我和我手上的挂饰，兴奋地叫出声。刚丢下了一包寒极凌霄花的种子，她就坐着飞船和舅舅、舅妈走了。我没有勇气把挂饰丢上飞船。”

深沉的，宛如一池深潭的深紫色的眸子中，难得泛出了一丝悲哀。

凯文亚心中一颤，道：“老师第一次告诉我有一个哥哥时，我也曾给他准备了礼物。最终还是没有送出去。”

“也送不出去了。”艾伦那叹道，“我不知道他们去了哪里，唐明，你的哥哥，也不知道你在哪里。”

“无妨。”凯文亚说，“有你们几个做伴，待在这里也无妨。”

“无聊。”艾伦那瞥了他一眼，眼底尽是不屑。

凯文亚道：“稍微开心一点，别总是一副别人欠了你几百万的样子。”

艾伦那的嘴角勾起一个浅浅的弧度，双眼微微闭上，似是在微笑。凯文亚不禁一震。

须臾，艾伦那重新睁眼，看到凯文亚呆呆的眼神，心中偷笑。表面上不动声色，右脚高高抬起，再重重落下，踩在了凯文亚的脚上，等这一举动取得了应有的效果后收回。

凯文亚早已痛得死去活来：“疼疼疼！”

见到此景，艾伦那又是微微一笑，说：“好了，不聊这个了。我倒是觉得你应该复习复习实战知识了。”

“哦。”凯文亚走出了艾伦那的房间。直到他把门关上，艾伦那才露出了笑容——真正的笑，嘴角弯弯，眉毛也弯，不露牙齿，却是真正的笑，如同和睦的微风一般的笑容。

她无声地笑了有五分钟左右，再次回归到了平时冷若冰霜的神情。

“几位，训练。”她拉开门，看向大厅中的四人。

“是——副队！”是任伊彭，在艾伦那看来，没半点正经的密友。

“是！副队！”是辽德予。在艾伦那看来，他是一个豪放不羁却也会胆怯的大男孩。

“是，艾姐！”是林沐。在艾伦那看来，她是最温柔的妹妹。

最后，另一个声音打破了阵型：“是——”

艾伦那不由自主地望了过去。只见那人俏皮地眨了眨眼。

“伦那。”

四目相对，他顽皮地一笑，引得她也微微一笑。

67
暴　雨

又过了几天，归雀仍然未醒，天气却是越来越糟。不仅暴雨如注，气温也越来越低。五个人都没有带较厚的被褥，早上狩猎时已经很冷了，一到晚上，各自的房间已经冷到不能待，只能聚集在最暖的林沐的房间。

任伊彭生了好几堆火，缩在被子中，垫着草垫坐在地上，她的状态已经是最好的了。林沐缩在床上瑟瑟发抖，辽德予恨不得抱住火堆，被任伊彭警告后乖乖地与火堆保持了一米的距离。艾伦那盘腿端坐在垫子上，凭借法力与寒冷对抗，手上摆弄着一些东西。凯文亚本来也想抱着火堆的，看到艾伦那这样，赶紧有样学样，一副大义凛然的样子，顺便帮帮忙。

“艾姐……我好冷……”

“我想办法制作一个暖炉之类的东西。”

这样将就了几天，林沐终于在一次外出时因为淋雨而病倒了。看到高烧且昏迷不醒的林沐，艾伦那心中一阵心疼。早晨的狩猎更加勤奋，晚上也经常熬夜制作暖炉。可是暖炉还没有制作好，任伊彭也生病了。每天还必须留下一个人照料两个病号。仍算健康的三个人经过商量，决定艾伦那与辽德予轮流留下，边照顾病号边休息。

“你确定？”艾伦那看着凯文亚。

他挑眉一笑，道：“毕竟我是最大的，还是队长，总要为你们负责。”

艾伦那装作没有听见他的弦外之音：“哦。”

凯文亚的嘴角勾起一个弧度，说：“走吧，今天轮到我们出去了。”

艾伦那有些木然地点点头，直到二人远离了地下大厅后，她才想起来一件事：“今天应该是我待在地下大厅里。”

“额……这个……”一点红晕爬上了凯文亚的脸庞。

艾伦那看到此景，便说：“罢了，辽德予也需要多休息休息。”

“那我们去哪里？”凯文亚问。

“之前不都是你拿主意吗？”

凯文亚迅速反应过来，说：“往那边走吧，之前没有去过。”

两个人并肩而行，穿过一片又一片的树林，一路做标记，处处留心。突然，密林深处窜出了一只巨大的光团。二人眨眨眼，相互会意，潜伏在草丛中，靠近观察。

“阳戎星的生物。”艾伦那先看到了这个不明生物的全貌，“精灵，盏灵。”

“什么东西？”

“盏灵一般很小，水滴形，深蓝色，眼睛是白色的，靠吸收精灵中的法力为生，生命力十分顽强。光属性。”

“所以这只浅蓝色的，眼睛是黄色的，体形十分巨大……”

“变异。”

凯文亚点点头：“这只盏灵是那些人运过来的。”

“不错。”艾伦那说着，拿出一个记录本记下了这一点。

“去别处看看吧。”

艾伦那点点头，可他们刚一转身，就看到了另外一对巨大的眼睛。

是云翼地冢虎！这体型……怕是有五六百年且变异了！凯文亚心中暗暗惊叹，右手早就不由自主地抓住了艾伦那的左手，两个人慢慢地、轻轻地挪开。凯文亚的眼睛警惕地盯着这只云翼地冢虎，心怦怦直跳，手心也微微出汗。艾伦那伸出了右手，抓住了凯文亚的右手腕，眼神坚定。

趁着一片迷雾，他们离云翼地冢虎越来越远，突然，一声叫唤，划破了寂静。

“哎，人呢？”

凯文亚皱起了眉头。早不叫，晚不叫，偏偏这个时候叫！

艾伦那也暗暗咬紧了牙关。这个声音是臣可辰！为什么……

毕竟曾经是同学，可究竟谁是谁非……难辨。

但我知道，那些人让天下百姓流离失所，亡魂怨灵无数，定然是非。邪不胜正，这些人，还有伦塔森……我，定诛之！

想到这里时，几滴雨水落在了她的紫发上，艾伦那略略稳定住了心神，说：“下雨了。”

“嗯。”凯文亚仍然抓着她的左手，“走吧。”

又走了一阵，雨势陡然增大，击打着树叶、草地，让人睁不开眼，给天空抹上了厚厚的灰色。空气越发凝重湿寒。

“蝶心化眼。”艾伦那观察了片刻，“在后面。”

“用……”凯文亚说了一个字，随即转口，“算了。”

艾伦那顾不上这么多，说：“蝶翼？可以。”

“能不能当我没说？”

艾伦那瞥了他一眼，说：“不行。”

凯文亚皱着眉说：“伦那，别人也许不知道，但我最清楚，你在强撑。”

其实两天前，艾伦那就已经开始发烧了，但她还是坚持道：“我……撑得住。”

“才怪。”凯文亚说。

“蝶翼！”艾伦那下定决心，拖起凯文亚就走。

可是她还没飞远，就因为彻底支撑不住，蝶翼破碎了，二人一起坠落下来。艾伦那踉踉跄跄地走了几步，凯文亚赶紧扶住她，道：“伦那，不要勉强。”

艾伦那点点头，开始猛烈地咳嗽起来，脸上一阵阴晴不定。凯文亚扶着她慢慢地沿着做过标记的树走去。走了一阵，却怎么也找不到标记了。

尽管艾伦那神情有些恍惚，但她的目光仍然敏锐，还是看到了草丛闪过的人影。

“是……臣可辰，云翼地冢虎……附近……”

尽管暴雨如注，尽管艾伦那只是喃喃自语，但凯文亚迅速反应过来。可还是迟了，云翼地冢虎从右侧扑了过来，一掌把两人拍到了远处，然后继续去追击臣可辰了。也许在黑暗中它只是把两人当成了石头，毕竟这种变异的云翼地冢虎在黑夜中的视力极差，听力尚佳且一次只会认定一个猎物，算是幸运。这一掌凯文亚受到的力度小，基本上都打在艾伦那身上。等凯文亚稍微清醒一点时，她早已昏了过去。

“伦那？”凯文亚试探着叫了一声，没有回应，心中一沉，把艾伦那轻轻放下，仔仔细细地检查了一遍。还在发烧，烧得更严重了。

刚刚那一掌我受伤较少，可仍然受了内伤，伦那的情况肯定更严重。尽管仍然在下着暴雨，但凯文亚毫无感觉，心中只是挂念着艾伦那的伤势。

迷迷糊糊中，艾伦那感到暴雨中有一双手分别托住了她的背和膝弯，随即就是悬空着被提了起来，此后便人事不知了。

68

驻　留

凯文亚感到臂弯一沉，两臂不由自主地收紧，怀中人喃喃自语了几句。

“妈妈……不要离开我……”

凯文亚的脸上露出一丝温柔而又悲悯的神色，手臂又收紧了些。

伦那，你的夙愿，我终将帮你完成。

尽管自己的伤口还未处理，在雨水的浸泡下有些发炎，凯文亚却浑然不觉，一路抱着艾伦那进了地下大厅。

辽德予看到此景瞪直了眼睛，结结巴巴地问:“怎么回事？”

“一言难尽。”凯文亚把艾伦那抱进她的房间，放到床上。刚想伸手轻抚那人的脸庞，无意中牵扯到了伤口，面庞微微扭曲，只得起身走出房间。

“其他人怎样了？”

“任伊彭和林沐还在昏迷着。”辽德予答道，“话说回来，你们今天遇上什么了？”

“那些人从阳戎星弄来的盏灵和从夜戎星撸来的约有四五百年的云翼地冢虎，全部都是变异体。又遇上了伦那的同学，加入了那些人的同学，还被那只变异的云翼地冢虎打了一巴掌，伦那受到的攻击比我多，因此而昏迷。”

“哦。”辽德予回答道，“看来，为了这三个病号，我们都得留在这里了。”

“食物足够多了。等伦那醒过来之后再出去吧。”

“为什么不是任伊彭先醒？”

凯文亚无奈地看了他一眼，说：“敢不敢和我赌谁先醒？”

“有什么不敢的？”

凯文亚神秘一笑，问：“拿什么做赌注？”

两天后，艾伦那先醒。刚醒过来，就听见了一阵关门声，随即是一个熟悉的男声在门外响起：“辽德予！我赢了！哈哈哈……把你的东西交出来！”

艾伦那翻了个白眼，正想起身，但拉扯到伤口，面色扭曲，只能勉勉强强地坐起来。一看自己的衣衫未除，摸出了影陌幽蝶中存储的药丸和纱布，打算自行处理伤口。法力游走一周，大部分的伤已经被药物治愈，余下的只需静养几日即可。伤口也包上了纱布，没有出血。不用说，肯定是凯文亚做的。艾伦那表面上不动声色地下床，眼底一阵暖流涌动，不久后又恢复了一池深潭，再不见波动。

“文亚，你又干什么了？”她推开门问。

“没什么。”凯文亚丢给她一个布包，里面装着几粒药丸，“我和辽德予赌你和任伊彭之间谁先醒，谁先醒谁就先吃这些药。”

“什么药？”

“放心，有助于你的伤愈。”

“分给任伊彭一些。”艾伦那面不改色地把布包丢了回去。

凯文亚早就猜到了她会这么做，无奈地笑笑。艾伦那点点头，回房间继续躺着。

过了一会儿，敲门声响起。

“门没锁。”她说。

门缓缓打开，露出了外面的嬉皮笑脸的凯文亚，他坏笑道：“就这么信任我？”

艾伦那不语，凯文亚自嘲般地笑笑，把药和一杯水递了过来。艾伦那先把药丸吞下，再喝水。舌尖触碰到水的一瞬间，她皱起了眉。

“我不怕苦。”吃完药，艾伦那道。

“我知道，”凯文亚看了她一眼，眼神中包含了一丝柔和，“有助药效。”

看着她吃完了药，他再次唤着她的名字：“伦那。”

“怎么？”

“赏脸笑一个吧，这药材我可是找了半天的。”

艾伦那缓缓看向他，盯了许久。正当凯文亚自讨没趣要离开时，艾伦那忽然微微闭上眼，笑了。冷漠之情消尽，春风之意袭来。

凯文亚惊呆了。

艾伦那无声地笑了一会儿才说：“怎么？没见过别人笑？”

“没见过笑得这么好看的。”

“无聊。”

“好吧，我走就是。”

“等一下。这几天……任伊彭之前的那个提议可以试一试。”

“狡兔三窟？”

“不错。”艾伦那坐了起来，“悬崖南，有一瀑布，旁边数窟。”

“那我们连接哪个？”

“你觉得呢？”

“横十三，竖二十八，迷障中心。”

“智商及格。”

“多谢夸奖。”凯文亚坐在床上对着艾伦那作了个辑，扬长而去。

由于艾伦那的伤未完全被治愈且林沐和任伊彭还未醒来，几个人只好驻留在地下大厅。直到三天后，任伊彭醒了过来，通道已经挖了三分之二。

这日，凯文亚和辽德予出去打猎，艾伦那留下来照顾两个病号外加一只病鸟。没错，直到现在，归雀还是没有醒过来。将近中午，连林沐也醒了过来，归雀还是没有醒，而任伊彭都已经能下床走动了。

“归雀这是什么情况啊？”

艾伦那摇摇头，说：“不知道。遇到那只瘴气蜘蛛之后，是归雀解的围。”

“然后呢？”

“身上的气息不对劲。”艾伦那道。更令人惊异的是，这股气息竟然有股熟悉感。

好像……在哪里感应到过，甚至有可能……在我的身体里出现过并留下了痕迹！

这时，任伊彭问：“所以呢？”

“有可能是‘那些人’干的。”思索片刻，她又补上一句，“之前我是不是跟你们提过梦宁的事？”

“梦宁？你是想要……”

“开启空间，检索出归雀经历了什么。”

“不行！”任伊彭道，“上次你是因为梦宁奄奄一息，所以是依靠着李梦宁最后的法力才进入了她的记忆！活人怎么能够进入死人的空间呢？史上绝无仅有！因为空间的不可传承的性质，所以掌握空间的人一旦离世，整个空间也将报废……”

“停。”艾伦那道，“我知道。但严格来说，媒介确实是梦宁的法力，但看到的并不是她的记忆。”

“嗯？那是什么？”

“历史。”艾伦那脸上毫无波澜，任伊彭瞪大了眼睛。

69
归雀的记忆

“历史？”

“嗯。”

“怎么可能？”

“那日，我是以局外人的角度看梦宁的，不能完全算是记忆，只能算是历史。”

“所以呢？”

“等文亚回来，就立刻察看。”

“那你来叫我是干什么？”

“到时候帮我护法，以防不测，文亚负责唤醒我。”

“没问题。”

到了晚上，她把这个想法告诉了文亚。

“拿什么作为唤醒的东西？”

“我也不知道。”艾伦那端坐在椅子上，桌上放着归雀，归雀的旁边还放着几样东西：影陌幽蝶、圣光琉璃蝶、永恒守护、王权象征、救赎之光，以及一本破破烂烂的书——一本记载了如何连接上另一个灵魂的禁术的书。

“要不就拿圣光琉璃蝶吧，上面镶嵌的琉璃碰撞，发散出的能量足够把死人唤醒。”

艾伦那白了凯文亚一眼，道:“我不是死人，谢谢。”

凯文亚拉出旁边的椅子，随意坐下，说:“整个人进入空间，留下一缕灵魂，不是跟死人差不多吗？”

艾伦那沉默地看着他。“明明差很多。真正意义上的死人是肉身死亡，残存一缕残魂。我要做的只是留下一缕灵魂来记录我回来的地方，免得出现问题而已。”

“好好好……不是死人。”凯文亚摆摆手，转移了话题，“那影陌幽蝶也可以啊！”

“随意。这些饰品发出的声音我都知道。”见凯文亚点点头，艾伦那又问，“任伊彭已经守在门外了吧？等会儿还请你保管好我的残魂。”

“残魂？不是……”凯文亚瞬间明白过来，“好了好了，不是死人行了吧。”

“嗯。”艾伦那点点头，似是同意不追究这件事了。

“万事小心，这毕竟是传说中的禁术，上百年来无人使用过。”

“嗯。”艾伦那站起来，低声念起咒语。法阵在她的面前渐渐显现，想要把她吸入。这时，另一个灰白色的法阵突然出现，艾伦那感到了一阵推力，那个灰白色的法阵似乎是想要争夺她。两股能量相接相撞，艾伦那被挤在中间万分难受，整个身体就像要被撕裂了一般。可一来身体浮空难以发力，二来两方的力量又太过于强横，恐怕就算是地下室中的五人联手也无法抗衡，更别说现在房间中只有两个人了。凯文亚只得望着这一幕干着急却束手无策。

两股力量僵持了不下半个小时，最终还是紫色的法阵松了力，电光火石间，灰白色的法阵立刻把艾伦那拖了进去。凯文亚望着桌上的那一缕淡紫色的灵魂，暗暗叹了口气走到桌边，坐在半小时前那个紫发少女坐过的椅子上，轻轻地抚摸着桌上的灵魂。那缕灵魂似是一个活泼可爱的少女，灵巧地避开抚摸，还故意晃了晃，仿佛是在挤眉弄眼般的嘲笑，又像是引诱着他看过来。不过凯文亚却无心再去理会它了，一只手就搁在了桌上，另一只手则撑着脑袋，望着上方的泥土，早已神游天外。

几天前，他们终于再有机会出门狩猎时，竟然发现连接着洞口的古树外出现了上百具各种各样的尸体，根据他们身上的伤口和衣服中夹带着的书信，凯文亚断定，这里必然是发生了激战。血迹尚新，就是这几天的事情。尸体当中有些是魔兵，还有不少是圣兵。而在他们检查尸体时，竟然发现了有些圣兵那染血的衣服上绣着羽毛的图案。

只有皇后，不，是只有太后琴亦才能调动的天羽军的标志，但是天羽军早就在几年前取消了编制，战袍、武器、头盔、战靴等物统一销毁。那这些天羽军从何而来，为何会出现在森幻星？

这时，凯文亚突然想起，若不是艾伦那重伤昏迷，他和辽德予不得不驻留在地下大厅中，若是那几天他们从地下大厅出去……想到这里，凯文亚不寒而栗，转而收回眼神看向了桌上的灵魂。此刻，这缕灵魂靠着他放在桌上的那只手，一动不动，似乎是睡着了。凯文亚收回支撑着头的左手，桌上的右手未动，左手戳了戳那缕灵魂。只见那缕灵魂晃了晃，重新站了起来，顺着凯文亚的左手爬了上去，直至他的肩膀，还跳了两下。自然，凯文亚是感觉不到的。

凯文亚弯弯嘴角，伸出右手，贴上左肩，手掌朝上。那缕灵魂似是明白了他的意思，飘到了他的手掌中央。凯文亚缓缓挪动右手，又一次把它带到了桌面上。

灵魂飘回了桌面上，凯文亚双手支撑着脑袋，问:“说，你这里残存着多少伦那的记忆？”

鉴于灵魂不会说话，凯文亚拿来了一张白纸，让它写字。

而对方似乎是明白了他的意思，飘到了纸上，慢慢地，一笔一画地写字。凯文亚饶有兴趣地观望着，却看不清楚它写了什么。过了有一刻钟，它才慢吞吞地写完了字，凯文亚把纸拿来一看，险些被气晕。

只见上面写着六个闪闪发亮的小楷——凭什么告诉你。

“你写六个字要一刻钟？”

对方不语，当然，灵魂是不会说话的。

“那你可以回答我什么问题？”

这次那缕灵魂不皮了，因为凯文亚已经开始抽调法力了。它只好认认真真地写了几个字。

“有问必答？”凯文亚心中一乐，“那我问什么，你就在纸上写出你的答案，‘是’就画一个勾，‘否’就画一个叉好不好？”

纸上出现了一个勾。

凯文亚坏笑着问:“伦那小时候是不是也很皮？”

叉。

凯文亚:“你难道不是很皮吗？”

不是叉也不是勾，而是三个字:

你才皮。

凯文亚又问:“伦那是不是最喜欢紫罗兰？”

勾。

“伦那送我首饰——永恒守护是不是有意的？”

叉。

“果然，伦那也不好好读读自家的往事，连永恒守护的意义是什么都不知道。”凯文亚看了一眼桌上的永恒守护。突然，桌上的那缕紫色的灵魂从纸上飘了下来，一阵深紫与浅紫交错，凯文亚明白过来，拿起圣光琉璃蝶摇了摇。

“没有用……”

他转而拿起影陌幽蝶，还是没有用。王权象征？无用。

凯文亚心中大乱，一颗心提到了嗓子眼。

紧接着他拿起了永恒守护，而永恒守护又撞到了救赎之光。两者相撞，迸发出了强大的光芒，令凯文亚一时睁不开眼。半晌，光芒褪去，地上出现了一个昏迷的紫发少女——正是艾伦那。

“伦那，伦那？”凯文亚轻轻托起艾伦那的后背，右手试探了一下鼻息。幸好只是晕了过去，经过检查，全身并无大碍。这才松了一口气。这时，他才发现艾伦那的那缕灵魂并没有回去，凯文亚示意它飘到他的手掌心，再把它缓缓地移到艾伦那的旁边。紫色的灵魂向着艾伦那的额头拼命钻去，整个身子已经进去了大半。可是这时，艾伦那额头上的月星辰的标志突然亮起，硬生生地把它赶了出去。与此同时，艾伦那醒了过来。

“……怎么了？”艾伦那坐起来，坐在地面上问。

“你留下来的灵魂。”凯文亚把那缕可怜兮兮的灵魂托在掌心中，递到艾伦那面前，“回不去了。”

“归雀，记忆，我……吸入了些东西。”艾伦那的紫眸低垂着，若有所思。

“没事。”凯文亚会心一笑，“只不过这个……你打算怎么处理？”

“有灵性，起名，跟随。”

凯文亚心中略略有些落寞。

要么是伦那看到了一些不好的东西，要么是……

我有个不好的预感，伦那的记忆可能有崩溃的预警。这缕灵魂上，已经承载着不少伦那所剩无几的，美好的记忆。

“文亚，你……起名。”

凯文亚的嘴角微微勾起了一个弧度：“琉璃。”

“哦。”艾伦那眼神有些涣散，似乎还是在思考刚刚经历的一切。

“伦那，你是不是像电脑一样，在解压压缩包啊？”

“一边去。”

凯文亚就差翻白眼了：“艾伦那，你看到了什么？”

“‘她’不让我说。”

“哪个他？”

“你可以把她当成女的。”

“我不是那个意思。”凯文亚思考片刻，补上一句，“我错了。”

紫眸中泛出一丝笑意，几乎不可查，很快，又恢复了一片平静。

“她说，时机一到，归雀自己会说，五日内，归雀就会醒，而且，我不应该了解这些。会打乱棋局。”

“什么意思？”

艾伦那摇了摇头：“我不知道，也没有办法，我不能说。”

凯文亚沉默了一会儿才说：“随便吧。只要你平安就行……”他的声音越来越低，后面几个字几乎都是在喃喃自语。

艾伦那正晕着，听到凯文亚说话不完整，不禁问道：“只要什么？”

“没什么。”

70

狼　烟

一日不多，一日不少。五天后，归雀醒了过来。它缓缓地坐了起来，环顾四周，发现自己似乎是在一个木板做的小屋中，身下是一些柔软的青草，“木屋”不大，归雀站起来后发现前面有一个“门”，刚好能让它通过，而“屋顶”大概离她的头顶还有十厘米左右。它蹦蹦跳跳地出了“木屋”一看，四周都是满满的药草香，而“木屋”，只是一个木头做的简易鸟屋而已。

“本神兽就住这种地方？”林沐刚拿着影陌幽蝶进来，就听见了归雀的抱怨，不禁哑然失笑。

“好了，木屋还是我们几个人合力制作的。”

“你……”归雀把眼睛挤成了一条缝，仔细观察了好几遍，才说，“林沐？”

林沐眉眼弯弯，调笑道:“归雀大神兽终于记起我了，再不记起来，草莓派都要被抢光了。”

“不！”归雀飞出房间，进入大厅，扑在餐桌上。要不是任伊彭眼疾手快地拿走了草莓派,恐怕这时的餐桌就已经一团乱了。

林沐跟着归雀走了出来，把影陌幽蝶放在了桌面上，方便大家听懂归雀的话。

待到几个人落座，艾伦那简单介绍了一下归雀不太熟悉的辽德予和最近的情况。归雀也开始滔滔不绝地说起了它遇到的情况，没有半点“神兽”的架子。

从艾伦那开始换个吐槽：“艾伦那你走路，不对，跑步比我飞行还快，还有凯文亚你这个家伙掉在森幻星是几个意思，任伊彭你们什么时候来的我都不知道，还有……”

“停，说正事。”艾伦那忍不住提醒道。

归雀立刻改口：“根据我的计算，还有……七天，七天！七天之后，有两支军队会在森幻星交战！”

“哪两支？”凯文亚问。

“废话，肯定是……”辽德予还没有说完，归雀就打断了他。

“不是天羽军和反叛军队！额，不对！严格来说，是反叛军队的‘灭魔’军和另一支军队，‘那些人’的军队将会交战！”

“‘那些人’出现了矛盾，对我们有利。”艾伦那说。

“那我们该怎么办？”任伊彭问，四人一鸟的目光一齐看向艾伦那，而她则低下了头，似乎是在思考着什么。

良久，艾伦那说：“我有一件很重要的事。”

“什么？”

沉默片刻，艾伦那还是咬咬牙，说了出来：“我想复仇，为我的家人复仇。”

“支持。”凯文亚道。

“没问题啊！”任伊彭说。

“当然没问题！”辽德予说。

“你们在哪儿，我就在哪儿。”林沐看了一眼窝在房间角落里的银月道。

“那是！”归雀差点儿就跳了起来。

“好。”艾伦那露出了久违的微笑，说，“根据分析，那个手刃我的亲人们的人，在‘那些人’当中。”

“为什么？”凯文亚有些不解地问。

艾伦那看了一眼凯文亚说：“伦塔森与你的两个表舅交恶。”

“但是……”凯文亚对这类事情早有耳闻，朝堂上两党的互相攻击也不是一天两天的事了，可是就凭这些断言伦塔森就在“那些人”之中，未免过于绝对。

艾伦那似乎是看穿了凯文亚的心思般，道：“没有理由。”

“什么没有理由？”任伊彭问。

凯文亚恍然大悟：“自从‘那一场战役’之后，他就没有理由站在‘灭魔’这里了！”

“正是。”艾伦那说，“讨伐伦塔森，我们名正言顺。”

“那么，距离两军到达这里还有多久？”林沐问。

归雀摇摇头道：“因为两军的人数都不确定，所以集结需要的时间也不确定，更别说到达时间了。”

“三周。”

众人的目光看向了艾伦那。

“叛军占领宫殿之前，绝大部分驻扎在耀光星的军队都已经倒戈且离开了耀光星，剩余部分没有交通工具，留在了耀光星。集结需要三天。”一边说，艾伦那一边从桌子的夹缝中取出了纸笔工具，画了一幅简易的战略图。

“图上有六个圆，其中在右上角的两个是耀光星，在中央的两个是森幻星吗？”任伊彭问。

“正是。”

“那左上角的两个圆呢？”

“‘那些人’的大本营吧，伦那？”凯文亚得意洋洋地边说边看向艾伦那。

“一半。”艾伦那看着战略图，全然不理会凯文亚惊异的目光，补充道，“对了一半。”

“兵力集中点并不代表就是大本营。”艾伦那停下笔，用一种怜悯的眼神看着凯文亚，语气平淡得出奇，“下一个目标。”

凯文亚被这种眼神盯得有些发毛，双手不由自主地攥了起来。明明又羞又恼，却实在是被呛得说不出话。

偏偏这个时候辽德予十分不厚道地笑出了声，凯文亚彻底被激怒了，拖着辽德予就去了训练室。边走边说：“待会儿一定要好好让你尝尝王之审判的滋味……”

于是桌边留下了三个女生在桌边商讨战略……

过了一会儿，当凯文亚揍完辽德予回来时，桌边只剩下了艾伦那一人。只见艾伦那双手支撑着木桌，盯着桌上那张战略图。战略图还是那张战略图，只不过艾伦那将它翻了一面，画了一个人。

“伦塔森。”听到脚步声，艾伦那并没有抬起头。

“怎么了？”凯文亚走到艾伦那身边，把右手撑在桌面上。

“研究打败他的方法。”

“嗯……”凯文亚思考了一会儿，说，“伦塔森，大地·暗影属性……所以对他造成较大的伤害只有两个办法。”

“嗯？”艾伦那看向了凯文亚。

“一，正木万灵属性；二，光属性。”

“木克土，光克暗。”

“林沐学习的是辅助……”

“我知道。”

“嗯？”

艾伦那转过身，道：“我知道，我主攻。圣光琉璃碎需要光明万赦和琉璃各达到六十级，我会努力。”

“到时候，我来保护你。”

“不用。”

凯文亚愣了愣。

看到凯文亚的表情，艾伦那重复了一遍：“不用。”

凯文亚神色未变，喃喃自语道：“我学双防，还是你学双防啊！”

艾伦那下意识地重复了一遍，刚说完，就醒过神来，道：“文亚，你套我话？”

“十年前，你说过。”凯文亚不由自主地回忆起了一些事。

灌木丛刚巧可以遮住这十几个孩子的身影，他们围成了一个圈，包围住了中间背靠背站着的一个金发蓝眸的男孩和一个紫发紫眸的女孩。几个人都已经大汗淋漓，想必是经过了好一阵大战。尽管如此，却仍然磨灭不了中间两人敏锐而坚定的目光和意志。

男孩就是凯文亚，女孩就是艾伦那。

“呼呼……伦那，你还剩下多少法力？”

“三成。”

“我们待会儿从你面前的那个男孩那里……突，突围，奔袭五百米……学校……”

“不……行……”

“为，为什么……”

“我前面的，合力，打不过。你面前的较弱，向前三百米，有临时落脚点。”

“好……我来保护你……”

“不行。”

“为什么？你学双防还是我学双防？”

“你学双攻，还是我学双攻？”

…… ……

“文亚。”一声平静如水的轻唤，把凯文亚从回忆中拉了回来。这时，凯文亚才发现他在不经意间，把手搭到了艾伦那的肩上，连忙把手抽了回去，说：“抱歉。”

“无妨。这几天多加修炼，争取一举诛灭伦塔森。”说完，艾伦那就快步走进了房间，进门时差点被绊倒，随即站稳并关上了门。凯文亚不禁感到了一丝失落。

以前还好，就是从在竞技场重逢……不，从他在菲尘学院向艾伦那说了“那句话”之后，艾伦那对他变得格外冷漠疏远。

难道，记忆的碎裂真的让她忘了过往的一切吗？还是她……刻意为之？

房间中，艾伦那也心乱如麻。

这几天……不，这么久以来，他的关心，总让我产生一种……温暖。这是错觉吗？

罢了，现下最重要的，莫过于复仇，这件事……暂且不提。

71
凌霄花王

几天以来，他们一边修炼一边通过影陌幽蝶联系太后，商量作战计划，很少出门。

这日，艾伦那与凯文亚外出回来后，带回来一个重要的信息。

凯文亚说:“悬崖那里有异动。”

其他人的注意力都被吸引过来。艾伦那拿出了一只红色的、只剩下半截的彩铅，在地图上圈了个地方，做了标注，道:“今天上午……我遇到了寒极凌霄花王。”

“寒极……”

“凌霄花……”

“……王？”

一个词，硬生生地被三个人拆成了三句话。

“正是。”艾伦那说，随即叙述了整个过程。

“今天上午，我们分头行动。我恰巧经过了播种寒极凌霄花的悬崖。”

“明明规划的路线并不经过这里，但我并不感到惊奇。寒极凌霄花善于操纵冰和幻象，不足为奇。真正神奇的是，当我站在花丛外就看到寒极凌霄花花丛后的悬崖已经结了冰，冰层看起来很厚，从崖底一直蔓延到悬崖处，覆盖了整个悬崖。当我走近时，冰就消失了。我能看到的只剩下原来悬崖上的绿色植被，凌霄花也不见了。”

“我当时就想，这些都是幻象。那些冰不过是寒极凌霄花的枝叶罢了。”

“没想到,一个空寂悠远的声音出现在我的脑海里。来自花王，它说，真是想不到啊！”

“花王？”凯文亚打断了艾伦那，“怎么知道的？”

“从看到的那一瞬间。”

“那后来呢？”

“打了一架。”

“艾姐姐，这是怎么回事？你受伤了没？”林沐问。

“不是我打架。”艾伦那看了一眼凯文亚，“是花王和奇布大法师。”

其他人同时惊呼起来，尤其是凯文亚。

“谁胜谁负？”辽德予更关心结果。

艾伦那摇摇头，说:“看不出来。”

辽德予吐了吐舌头。

“但是奇布大法师最后说了一句话。”艾伦那收起图纸，“我录在影陌幽蝶里了，因为复述是不可能的。”

艾伦那刚要开门，任伊彭就拿着从影陌幽蝶拆下来的通讯设备冲了过来，说:“太后有消息了，是进攻的路线！在悬崖那里集合！”

任伊彭带着通讯设备就去补上了进攻路线。辽德予和林沐闻声而去，留下艾伦那和凯文亚呆立在原地。许久，凯文亚碰了碰艾伦那，说："走吧，我还想听听老师说了什么。"

"好吧。"艾伦那漫不经心地说。

为什么，人人皆疏远我，你却愿为我疏远人人？

多年以后，艾伦那才开始正式思考这个问题。

而此时，艾伦那走进了房间，拿出影陌幽蝶，按下几个按键，影陌幽蝶便投射出一个影像。

悬崖下，一朵寒极凌霄花傲然挺立，似乎是在蔑视着伫立着的西格瑞特·奇布。

看样子是西格瑞特·奇布故意为之，让花王占了上风。

"还有什么事？还有什么是我做不到的？"花王的声音中透着一丝轻蔑，在山林之中回响。

"十天。"西格瑞特·奇布的面部被蓝点颏面具遮住，无法窥探到他此刻的表情，可声音依然庄严肃穆，透出几分严厉，"你能保证在'那些人'手中护住这些孩子？"

"自然。"花王的声音仍然带着轻蔑与高傲，"我可不像某个被废除……"

"够了！"西格瑞特·奇布的身边猛然产生了一种威压感，蓝色的能量瞬间将凌霄花压在了地面上无法抬头，周围的草地与树木也受到了冲击，花王在威压下左摇右晃。一边晃，花王一边出言嘲讽："当年，星辰剥夺了……不也才……如此吗！"

威压引起了能量风暴，掀起了西格瑞特·奇布的面具的一角。

艾伦那从未见过这样的西格瑞特·奇布，凯文亚也没有。

西格瑞特·奇布是沉默寡言的、是冷静克制的、是令人敬而远之的、是令人敬佩敬仰的，是长辈、是老师、是大法师，但他绝对不是暴躁的、愤怒的。

凯文亚看得目瞪口呆，好在花王也算识相，赶紧转移回正题，说:“放心，你交代的我会做到。”

西格瑞特·奇布冷哼一声，转身离去，留下一句话:“到时候要是他们当中任何一个出了事，唯你是问！”

放映结束，凯文亚叹道:“我从未见过这样的老师。”

“我也没有。”艾伦那道。

“以前只是知道老师有语言能力，没想到已经到了这种地步。”凯文亚似乎仍然没有从刚刚的震惊中回过味来。

“的确。”艾伦那微微点了点头。

“为什么老师不来看看我们，跟我们讲讲这次的战争胜负如何，我们应该怎么做？”

艾伦那暗暗翻了个白眼，心道凯文亚还是正经不过三秒。

“逆天改命，没有这么容易。奇布大法师肯定是想事情向好的方向发展，但或许有什么阻力让他无法与我们并肩作战。”

“是啊！”凯文亚有些闷闷不乐地说，“老师总是神出鬼没的，怎么也找不到。目前我们几个唯一能做的，就是提高自己的实力，再配合我妈给出的作战计划，一步一步来了。”

72
谎言、计划与狙击

“西南五百米，先锋。”艾伦那简单地注明了队伍的所在地，“上次小沐遇险的森林，就是他们交战的地方。”

“双方？”凯文亚问。

“天羽军、包含了‘那些人’中的特殊分子的魔兵军队。”

“谁？”提问的还是凯文亚。

“类似于梦宁的那种人。”

“千纸鹤、廖小怡、欧阳渊、臣可辰这种人？”

“是的。”艾伦那点了点头。

直到这时，看了许久双簧的三人中的辽德予终于插上了话：“是不是就是除了技能槽技能、防御技能、包含自创技能的隐藏技能以外，还有四个技能的人？”

“不错。”艾伦那答道，“他们格外危险。”

“那……我们的任务是什么？”林沐抓紧了沐风法杖，小心翼翼地问。银月已经被她收在了沐风法杖中，归雀也变回了火红色的六边形镶嵌在影陌幽蝶上。按照计划，他们要尽可能地保留实力，可这也磨去了林沐心中的一份安全感。

“最大限度地保全天羽军，他们是大战的主力。”凯文亚说。

“我知道，太后可能有保全私兵的……”

任伊彭刚要表达自己的观点，艾伦那打断了她：“你不懂。天羽军是我们唯一可以信任的军队。国家与‘那些人’，无论哪一方赢了，都会与我们为敌，只不过是时间长短的问题。”

“为什么？”任伊彭与辽德予齐声问道。

“两拨人,其实是一拨人。”凯文亚面色阴沉,双手支撑着桌子。

艾伦那瞥了凯文亚一眼，轻描淡写地说：“我的身份。”

凯文亚猛然抬起头，两人的目光短暂相接，艾伦那立刻移开了目光，说：“双方。一方是伦塔森，这个不必多说；另一方，现在的皇，也是‘那些人’中的一员，而现在的影陌晨曦，位高权重。自然也是一个威胁。想要摧毁位高权重的影陌晨曦，只能摧毁我们。”艾伦那说着，用手指了指自己。

她的神情是那么严肃，言辞是那么富有说服力，立刻就虏获了众人的信任。

只有凯文亚一个人在暗处窥探着，暗暗咬住了下唇。

为什么不让我告诉他们？为什么？因为我是曾经的皇储，是双方的眼中钉，是天启战队的队长，天启的底牌之一，所以我同父异母的哥哥和曾经效忠于我的臣子都要将我赶尽杀绝。

成王败寇，说的就是我和我的妈妈。为了这种累赘，值得吗？

而此时，艾伦那的心中也是思潮起伏。

我的这番话中真假参半，他们会信吗？会信任多久呢？

过了片刻，看到剩余三人的脸上显现出了不同程度的信任，艾伦那暗暗松了口气，继续说：“我们从后方包抄他们，确认击溃后稍作休整，前往悬崖，‘灭魔’会为我们把反叛军队引向那里。我们做好埋伏，寒极凌霄花花王会设下结界，一定要一举诛灭伦塔森！”

“嗯！”众人齐声回答。

“戴好面具。”许久没有开口的凯文亚插了一句，并没有打乱众人的兴致。一行人迅速收拾好自己的装备与行囊，向着西南的森林奔去。当晚，便在原先的空地驻扎。

凯文亚也趁着采集材料，四下无人时与艾伦那交谈：“伦那，你不必……”

“我知道。”艾伦那径直向前走去。

凯文亚立刻拦在她的身前，道：“伦那！”

艾伦那抬起头，淡淡地看着他，问：“怎么了？”

“我……”凯文亚愣了一会儿，还是继续说，“我已经没有了价值，累赘而已，你不必这么护着……”

“累赘？没有价值？”

凯文亚低下头，抿着嘴唇，思虑着措辞。

艾伦那继续说：“文亚，你不是累赘，你的价值，远胜于金玉其外败絮其中的影陌晨曦。信我，双方对我的注意力够多了，不差这一份。对天启的火力集中点、靶子，只需要一个。多了，就会让这股希望被一网打尽，然后陨灭。懂吗？”

“伦那……如果是靶子，我也可以，你没有必要单独支撑着。”

“可我话已经说了。”艾伦那的话中带有一丝戏谑，“泼出去的水，文亚你怎么收都是收不回来的。”

“下次就不一定了。”凯文亚笑了笑。

艾伦那道：“皇储殿下已经输了好几次了，下次肯定还是被我算计。”

“不用在叫我皇储了。”凯文亚抬起头，月光照亮了他的脸庞，

“乱成这样，皇储，不过是那些赏金猎人加钱的筹码。”

艾伦那面色一凝：“你知道了？”

“知道？还能知道什么？”凯文亚自顾自地说，“我盼望了许久的、从未谋面的哥哥——唐明，亲自下令追杀我！”

众叛亲离，手足相残多了，不差这一个。但这是他的哥哥，对于他而言，威严、亲切不亚于父亲的哥哥！

“文亚。”艾伦那的声音重新把凯文亚拉回现实，“除了舅舅一家，便再也没有我还认识的亲人。我的妈妈死在伦塔森的手中，而我的爸爸艾希，死因不明，大概率与伦塔森脱不了干系。伦塔森和他身边的黑暗势力非比寻常，想要得知唐明叛乱，率军占领皇宫的原因的唯一途径，只有去更多地探查，诛灭这些敌人。我相信你的哥哥不会无缘无故地做出这些事。拜托了……”

艾伦那还是头一次说这么多话，她说得又快又急，很多话都没有多加思考便说了出来，差点喘不上气。

正当她要继续分析的时候，凯文亚打断了她：“谢谢你，伦那。我好多了。”

从得知唐明叛乱的消息时，凯文亚就觉得有股烦恼堵在胸膛之中，遇袭时重伤，也与他的心烦意乱有关，加上艾伦那的疏离，这几天凯文亚总是心绪不宁。其实，他只是需要一个愿意听他说话的人罢了。

见到凯文亚露出了微笑，艾伦那也放了心，恢复到了以往冷静的神情，道：“正常了就好，不枉我说了这么多话。”

“冰山脸说这么多话，难得啊！”

“你欠揍。”艾伦那冷冷地说了一句，整理了一下手中的材料，转头就走，嘴角却克制不住地上扬。

月光中，这一幕被凯文亚看得清清楚楚。他看得呆了，过了一会儿才回过神来，追了上去。

远远地，就能看到空地中央点燃的火焰，凯文亚翻了个白眼："说了多少次……"还没说完，他就被艾伦那捂住了嘴巴。

"仔细看。"艾伦那说。

"是'那些人'？"凯文亚压低了声音蹲了下来。

"嗯。任伊彭他们在我们对面。"说着，艾伦那也跟着蹲了下来，尽量不发出声响，随后，发出一声轻轻的鸟鸣，"啾……"

这是归雀的叫声，也是他们联络的信号。艾伦那模仿得惟妙惟肖，真假难辨。乍听之下。文亚差点以为归雀出来了。过了一会儿，对面发出了一声狼嚎。凯文亚不禁扶额："辽德予这家伙也真是可以的。"

"狼嚎比较容易模仿。"艾伦那道。

所幸，中间几个人看起来并没有感觉到异样。艾伦那认真地看了一会儿道："不对劲。"

"怎么？"

"少了一个人。"

"千纸鹤？"

艾伦那刚要应答，就听见了另一个声音。

"晚了！"

两人起身回头一看，一位少女在他们的身后从天而降，正是千纸鹤。

"又见面了，纸鹤飞舞。"艾伦那说。

"光暗神蝶。"千纸鹤道，"火堆那里是我的那些猪队友，他们早就呼呼大睡了。我就挑明了说吧，一对一，这次，我一定会击败你！”

“乐意奉陪。”艾伦那转而向凯文亚小声嘀咕了几句，“文亚，引来天羽军，惊醒那些魔兵，千纸鹤交给我。”

凯文亚点点头，悄悄地离开了。

艾伦那转而面向千纸鹤，从容地说：“开始吧。”

73

决斗、混战与隐匿

“纸鹤飞舞！”

艾伦那心道：又是这一招，而且还有提升速度的白鹤羽翼。她不敢大意，一招光暗破轮迅速地甩了出去。与纸鹤相撞并粉碎了它们。

而此时，千纸鹤已经不在她原先的位置上了，艾伦那立刻转身：“蝶舞！”

四十五级的蝶舞的力量不容小觑。尽管千纸鹤及时开启了防护盾，大概也难逃被击飞的命运。可是事情偏偏坏在一个“大概”上。技能击中了，人也被技能打出了艾伦那的视线。按理说，艾伦那应该去帮凯文亚了，但她留在了原地。

“哟，你还挺聪明的。”第二人格的声音冷不丁地响起，艾伦那却没有说话。她闭上眼睛，倾听着周围的声音。

在东南方。

“暗香疏影！”这又是一个艾伦那的隐藏技能。暗影系，在一段时间内提高速度，效果普通，只提高速度型隐藏技能。艾伦那的足边一阵紫雾缭绕，轻轻一越，千纸鹤地攻击便擦着她的背部而去。待到落地，艾伦那转身再次发动了攻击：“蝶舞！”

这次的蝶舞不再是向着一个点攻击，而是列队构成了一道线挥洒而去。紫色的蝴蝶看似脆弱，攻击力却远胜于千纸鹤的纸鹤飞舞。这一点想必千纸鹤也早已料到，只见一个白色的球状物腾空而起，飞越到了艾伦那上空的几百米左右，高度刚巧超过了森幻星那些奇高的树木。球状体一点一点地展开，逐渐露出里面的千纸鹤。原本白鹤羽翼上的羽毛纷纷落下，与之相伴的是这个技能的名字:“鹤白羽乱！”

艾伦那见暗香疏影的效果还在，选择了躲避。从白鹤羽翼上抖落下来的羽毛飘忽不定，艾伦那眼睛与耳朵并用，用最少的法力和体力来躲避。一个俯身、一次跳跃，都经过了严密地计算。

千纸鹤，你已经被天羽军发现了。只要我再消耗上一会儿，不出一刻钟，训练有素的天羽军以最快的速度来到这里。出其不意，攻其不备。那些呼呼大睡着的魔兵将会溃不成军。在天羽军的冲击下，哪怕千纸鹤、廖小怡、欧阳渊以及臣可辰能逃出包围，那些魔兵也难逃覆亡的命运。

想到这，艾伦那的心中又是一阵感慨，那些魔兵之中，又会有多少是原本手无缚鸡之力却安详自在的普通民众，但被抓来当炮灰的可怜人呢?

所谓圣兵，恐怕也是如此吧！只有琴殿下的天羽军才是真正的精英团队与琴殿下的亲信!

这时，又是一阵羽毛横射过来，艾伦那侧过身子跳跃，在空中转了几个圈，完美地躲了过去，而千纸鹤似乎已经到达了极限，跌落下来。艾伦那刚想冲过去，却遭到了另一个人的攻击。

“墨竹鬼影！”声音沉稳有力,是一个年龄与他们相仿的男子，释放招式的同时，他也接住了千纸鹤。大地抖动了阵，数棵墨色的竹子拔地而起！艾伦那立刻向后跃起，躲过了攻击。墨色的竹子也收了回去。月光下，艾伦那也只能看到来者是一个身着紧身黑衣的黑发男子。至于他的身份，艾伦那则听到了千纸鹤的声音才判断出来。

“墨……筱？”

“用代号，不要喊真名。”那个被称为“墨筱”的男子说。

“那……墨竹，还是墨笛？”

“皆可。”说罢，墨筱便抱着千纸鹤离开了这里。走的时候还能听见两人之间微弱的交流:“其他人呢？”

“不重要。”

艾伦那盯着他们远去的背影，从地面上拾起了一张纸，是刚刚从千纸鹤身上掉下来的。纸张泛黄，中间的内容受到污染分辨不出来了。

署名是杨纸鹤，信是寄给墨筱的。

“墨竹、墨笛——墨筱;千纸鹤——杨纸鹤。代号——真名。”艾伦那一边自言自语，一边把信收进了影陌幽蝶。她耳边响起了两军交战的声音，便转身投入了战场。

天羽军的到来很明显惊醒了魔兵们，艾伦那潜伏在空地周围的树木草丛之中，接连丢出去几招光暗破轮，如同死神的镰刀般带走了几名魔兵的生命。看着他们倒地，艾伦那咬了咬牙，还是尽量不看这一幕，倒退着慢慢向后挪。突然，脚下一个踉跄，后背似乎撞到了另一个人，艾伦那刚想回手给来人一招蝶舞，突然愣住了:“文亚？”

凯文亚回头一看，发现艾伦那正好站在他的背后，正好站在几棵树的阴影中，也愣住了，右手上还有没有褪去的法力。怕是凯文亚刚刚也想朝着来者一招光耀千丈吧。

艾伦那面色似乎一黑，凯文亚赶紧道歉:“啊……伦那我错了……”

艾伦那若有若无地叹了口气，道:“我没生气。其他人呢？”

凯文亚耸耸肩说:“一看到魔兵阵脚大乱，辽德予那家伙就像疯了一般冲了出去，任伊彭和林沐拉都拉不住，结果也被拖着上了战场。任伊彭负责控制·敏捷以迅雷之势击晕敌人，林沐悄悄地治疗伤兵倒也没什么，辽德予那家伙，上来就横冲直撞，生怕暴露不了身份，所以我把他打晕了。”

艾伦那瞧了瞧凯文亚脚边早已晕了过去的辽德予，仍然用平静的语气问:“你把他拖了一路？”

“嗯。”

“怎么叫醒他？”

凯文亚调皮地一笑:“到时候你就知道了。”

“先清理敌人，联系上任伊彭和小沐，混战一结束，撤离。”

“听你的。”

随着时间的推移，战况逐渐稳定了下来，凯文亚与艾伦那把昏迷中的辽德予找个地方安置了一下，随即加入了战局。

“光暗破轮！”艾伦那掷出十八个光暗破轮，隐隐约约看见后面的黑影，转过身去，紫眸中隐隐有红色的光一闪而过，左手手心骤然冒出大群大群的蝴蝶。

“蝶葬！”

白紫相间的、紫红混合的、蓝紫交错的，纷纷扬扬地向着敌人奔去。霎那间，灼人的白光照亮了魔兵们的年轻的、普通的、稚嫩的、最多十一二岁的面庞。紧接着，他们就被进化了的蝶舞——蝶葬，吞噬了。

艾伦那心中无声地呐喊着，想要让蝴蝶们停下，却为时已晚。

她用蝶舞、光暗破轮，甚至是光明万赦，都是以击晕敌人为目的，向来只出七八分力，从未以杀戮为目的。如果李梦宁那次除外的话，这是艾伦那第一次用蝶葬杀人，有意杀人，但不是最后一次。

“蝴蝶们，血，喝够了吗？”

第二人格纤长的人影逐渐出现在艾伦那的脑海中，却让她有些生疑。

不是她，那绝对不是她！无论是言语身形，还是性格心性，和善恶分明的艾伦那一点也不像！人影很模糊，但艾伦那看到了她披散开来的深紫色长发，被鲜血染红了的银色软甲，以及血红色的眼睛。人影的右手边放着一杆长枪，左手沾血，蝴蝶们立在染血的手指上吸血。

这样看来，蝶葬所放出的蝴蝶与蝶舞不同。如果说蝶舞释放出的是毫无感情的蝴蝶形状的能量，那么，蝶葬放出去的，就是活生生的、会吞噬一切的蝶灵！艾伦那双手握拳，一股恶寒从脊柱直逼头顶。

太……恶心了。

尽管如此，艾伦那还是听见了源于心底的，一丝微弱的声音。

“你会习惯的。”仿佛一句还不够刺激艾伦那似的，那个声音继续说，“旁人也许不清楚，你的记忆又是被清除过一次的，但你要知道，无论是‘那一天’之前，还是之后，你不过只是个……”

艾伦那的双拳越握越紧，几乎都可以掐出血来。她从未有过如此愤怒而又无奈的感觉。正当她要开口咆哮的时候，一个略显急促的声音在她的身后响起，瞬间所有的愤怒无奈全被洗刷而去。

“伦那？伦那，你怎么了？”是凯文亚。

艾伦那回过头，淡淡地说：“没事，第一次杀这么多人。”

“没事。”凯文亚若有所思地点点头，拍拍艾伦那的肩，“我和其他人也是第一次。不过……”

“怎么？”

艾伦那感觉脖子一热，转脸望去，竟看到了凯文亚笑嘻嘻的面庞。

目光交接，艾伦那呼吸微微一滞：“有话直说。”

“好好好……”凯文亚移开了头，瞬间变得跟个没事人一样，严肃道，“伦那，你真的没问题？我看林沐和任伊彭看到你面前这个都吓傻了。”

艾伦那心中疑惑，目光一扫，就看到了前面的大坑。

几只紫白色的蝴蝶还在吮吸着坑底的鲜血，过了一会儿才慢慢飞上来，一贴上艾伦那的身体，就消失了。

“我没事。”艾伦那心中涌上来一阵疲惫，“只是……我有种不好的预感。”

“走吧。”沉默了一会儿，凯文亚道。

74 转移阵地

艾伦那茫然地点点头，走了很远才回过神来。望着身后跟着的几只紫白色的蝴蝶，艾伦那足下一顿。

“怎么了？”走在前面的凯文亚听到脚步声消失，回头望去。

“没事。”艾伦那转身抬起右手，那几只蝴蝶仿佛找到了归宿，落在她的手上，瞬间就融入了她的身体。这让游离在艾伦那身体外的琉璃异常羡慕，也变成了蝴蝶，想要回归艾伦那的身体，却被拦在了外面。紫色的光暗了暗，似乎十分委屈。艾伦那淡淡地看了它一眼，它立刻钻回了影陌幽蝶。归雀剑亮了亮，随即暗了下来。

“任伊彭他们就在前面的火光处。”凯文亚装作没有看到艾伦那的异常。

“嗯。”艾伦那漠然地点点头，假装看向火光中的任伊彭和林沐，暗地里使用法力压制正在剧烈抖动的归雀剑。越压抑，归雀剑越是躁动不安。突然，一阵花香扑面而来，归雀剑停了下来，艾伦那正疑惑地向香味的来源望去，却只能看到一个巨大的残影，花香也随之散得无影无踪。幸好归雀剑不再暴动，艾伦那只是眉头一皱，还是跟了上去。

“伦那。”走在前面的凯文亚忽然说。

“怎么了？”艾伦那只能看到凯文亚的背影。

“讨个礼物。”凯文亚故意停在任伊彭等人看不到的地方，转过身，露出一个顽皮的笑容。

“故作姿态。”艾伦那瞥了他一眼，心里却想起自己确实欠了凯文亚不少生日礼物，却忘了凯文亚也欠自己不少。

影陌幽蝶亮了亮，琉璃钻了出来。艾伦那伸出右手，让琉璃落在上面并把它递给凯文亚。

“伦那？”凯文亚半惊半疑地叫了出来，随机压低了声音，“伦那，这可是你的……”

“我知道。”艾伦那面上仍然平静如水，“我相信你。”

她明显看到凯文亚愣了愣，才把右手覆在她的右手上，以迅雷之势带上琉璃抽回了手，搁在了凭空出现在凯文亚面前的王权象征上。艾伦那对此不置一词，心里漾起一丝涟漪。

凯文亚在进行一个简单的契约仪式，确保能通过王权象征了解琉璃的行踪，意在保护琉璃。

片刻，仪式结束，仍然是凯文亚领头，两个人一前一后走出了一片森林，看到了前面的任伊彭和林沭——严格来说，是被败退了的魔兵包围着的两个人。艾伦那不禁扶额，要不是刚才那些事，他们早就到达悬崖处埋伏了等待击杀伦塔森了。

凯文亚把艾伦那拉到火光旁的一处草丛边蹲下：“见机行事。”

艾伦那没有回话，只是默默地盯着圈内的情况，轻轻地发出一声鸟鸣，林沭一边使用草木皆兵击退敌人一边抿嘴发出了一阵模模糊糊的声音。旁人或许听不清或是听清了也不在意，不过艾伦那听觉极佳，还是听出来，这是林沭在模仿银月低声咆哮的声音。

“麻烦了。”凯文亚也听到了这一声低沉的狼嚎。

“有不该杀的人。”艾伦那低头沉思，“怕是小怡他们也在。”

“不止。”凯文亚说。

“什么不止？”

“他们三个领的头。”

艾伦那看着包围圈中的廖小怡、臣可辰和欧阳渊，皱了皱眉，叹了口气。对于素不相识的、无辜的魔兵她都下不了手，更何况是她曾经的同学呢？

“尽量别伤到他们吧。”

“嗯。”凯文亚点点头，右手开始汇聚法力，王权象征隐隐发亮，“王之审判！”

四周突现金黄色的法阵，紧接着剑气依次落下，将部分魔兵以及臣可辰击晕，并暂时削弱了另一部分人。

“光暗破轮！”艾伦那双手汇聚法力，身侧出现了十八个光暗破轮。右手向前挥去，右侧九个光暗破轮悄然出击，替林沐与任伊彭扫去一部分包围着的魔兵，左手同时暗暗画了一个圈，随后身体随着剩下的九个光暗破轮冲出灌木。

“暗香疏影！”艾伦那左右闪躲，所过之处，仅仅能看见一个紫色残影而已。凭借着速度上一定优势，艾伦那徒手敲晕了几个较弱的魔兵。正当艾伦那想要向上冲出去的时候，右脚似乎被什么东西一拉，顿时又拉回了地面。她回过头去，却只能看到几根火红色的，与发丝一般粗细的东西缩回了地面。趁着艾伦那分心的一瞬间，包围圈中的欧阳渊等人发起了攻击。

“砂岩囚笼！”

尽管艾伦那的反应足够迅速，还是中了这一招。层层土黄色的、沙子般的物质缠绕在艾伦那身上，好似橡皮糖一般，怎么甩都甩不掉。就在这时，又有几人包围了她。

其中的廖小怡和臣可辰同时说:“红黑双使，两色桃雨！”

双人融合技能?

一般人都会这么想，紧接着就会心生畏惧，从而被击倒，但他们一般都忽略了几个细节。双人融合技能没有属性限制，没有血缘要求。也就是说，尽管廖小怡和臣可辰是表姐妹关系且两人都是双属性的，拥有情绪一系，但这并不代表她们两个人就能使用双人融合技能。而双人融合技能的唯一条件就是——默契。

据艾伦那所知，这两人的“互相配合”“姐妹情深”仅仅只是维持在表面，本质上根本毫无默契可言。不仅如此，这二人以及她们的父母之间还结了不小的梁子。

过去在菲尘学院，关于廖小怡和欧阳渊的谣言满天飞，哪怕漠不关心的艾伦那，各种流言一天也能听见五六遍。正常人早就听得耳朵都起茧，倒背如流了。何况艾伦那因记忆断层，有着随时记录，分类整理各种笔记的习惯，稍加分析，就能找到流言下的真相。

根据艾伦那的分析，因为欧阳渊的父母和廖小怡的父母都是商人，有过不少必要的合作，所以两家指腹为婚。本来一切正常，但是廖小怡和欧阳渊出生后，出现了一些事故。事情就坏在廖小怡父亲廖莫的妹妹，廖小怡的姑姑那里。

这兄妹两个都是商人,兄妹间不但不合作,还相互竞争。正巧，廖小怡的姑姑也与欧阳渊父母有商业合作，造就的价值远超过廖莫悦琳儿夫妇。

接下来发生了什么鬼剧情艾伦那不用听流言都能知道：欧阳渊父母撕毁婚约。不过欧阳渊和廖小怡之间也没有什么乱七八糟的，受苦最严重的也只有廖莫与悦琳儿，两人一度因为与欧阳渊父母断绝交易而破产。后面发生的剧情更加令人出乎意料。

廖莫并没有因此一蹶不振，反而在几年后得到了资助，生意不仅重启，还越做越大，发达了之后也没有报复欧阳氏，反而以德报怨，助了他们一臂之力，顺带着恢复了婚约，倒是臣可辰父母逐渐穷困潦倒。

不得不求助于廖莫悦琳儿夫妇，直到前几年才有所改观。后来艾伦那又结合赦杰学院的流言，略加调查，发现了另一个细节。

廖莫与悦琳儿囤积了大量种类不明，名义上的“药材”。不过他们并没有找一个地方专门储存，而是寄送到了不同的地点。尽管绝大部分都是子虚乌有的假地点，但还有一些寄向了像夜戎星、森幻星这种无人定居或是极少人定居的星球。而这些看似“无人定居”的星球，却是叛乱的起始点。

综合以上材料，艾伦那最终得出了结论：廖小怡父母背后有一股势力，这股势力还与叛乱者那些人颇有渊源，甚至有可能就是“那些人”。

廖小怡父母恢复婚约以及照拂臣可辰父母，只是表面工作，真正的目的还是要利用他们。自然，另外两家也不是好惹的，尤其是臣可辰的父母，处处挑刺，这也使得廖小怡和臣可辰的关系就根本没有好过。

七拐八弯地找了这么多的材料，搞得艾伦那一度怀疑自己是不是在做数学解答题，好在终于找到了真相。

直到这时，艾伦那才意识到一点：她这么做是为了什么？

她自己？影陌晨曦两族世代与商人的交情不多，更别提她这个纯正的王女。

任伊彭？她的父母都是职业教师，也没什么关系。

林沐？尽管林沐身世成谜，但也大概没有和商人有所牵连。

真正的答案，实际上艾伦那心知肚明，只是她不愿提而已。

不管怎样，总而言之，言而总之，这并不是双人融合技能，而是一个变异的模仿品，虽然攻击力和双人融合技能差不多，不过两个人没有默契，伤敌一千自损八百罢了。

只不过，抵消这一招，对于艾伦那来说，只有两个技能可以做到。正当她要施展技能的时候，另一件令人意想不到的事情发生了。

“红黑·限制！”

艾伦那心中一惊，包围圈外的林沐与任伊彭也瞪大了眼睛。

又是她们！千万别是光属性！好巧不巧，接下来两人竟然报出了相反的结果。

“光（暗）！”

艾伦那心中凉透了。

这个秘密，这个只有她与凯文亚才知道的秘密，终究还是暴露了。

艾伦那的大脑空白了一瞬，下一秒，她闭上眼，缓缓地说出了技能的名字。

“蝶葬。”

75 变故重重

艾伦那轻轻地闭上眼睛，抬起双臂，感受着汹涌的法力自她的身体奔涌而出。微微睁开眼，她看到了白紫色的一片，似是那些蝴蝶，也好像是一片紫罗兰花田，却只剩下她一个人。

只有一人，却不孤独。隐隐约约中，她听到了什么，又好像没有听到什么。

艾伦那试着往前走，四周仍是紫白色的一片，天空发白，地面浅紫，眼前却隐隐有些偏暗。

走了一段，艾伦那停在了一个屏障前。与其说它是一个屏障，还不如说这是一道分水岭，往前走是一片黑色，身后是紫白色。正当艾伦那跨入黑色的区域时，一个熟悉的声音从响了起来。

“来了？”

艾伦那彻底地跨入黑色的区域:“你……不是。”

“不是什么？”第二人格说，“不是你受到打击产生的第二人格，对吗？”

艾伦那沉默了，她早就应该知道的。一团黑雾逐渐缠绕住了她，艾伦那岿然不动。

“做个交易，如何？”第二人格的声音让艾伦那想起了狼，有所图谋的、贪婪的狼。

见艾伦那仍然沉默着，第二人格自顾自地说："我的筹码很多，每一个都足够让你同意。"

"说。"

"清除所有在场的幸存者以及你队友任伊彭和林沐，关于你使用蝶葬技能以及你是光暗系的这方面的记忆；帮你打败伦塔森；还有，如果你想要，我可以让'他'来复活你的父母。"

艾伦那暗暗咬紧牙关，沉默片刻才说："你如何能做到。"

"杀了伦塔森，简单。"第二人格故意停了停。

"继续。"艾伦那道。缠绕着她的黑雾逐渐褪去，在她的面前聚集，凝结。

"删除他们的记忆，是只有你和你那已故的师父才能做到的事。虽然你只是初窥门径，但你我携手，这个不在话下。"

"我知道。"

能查看他们的记忆，就能控制他们的记忆，究竟怎么做，她研究出来只是时间问题。

"最后一个……"

第二人格还没有说完，艾伦那就打断了她。她一字一顿地说："我、不、需、要。"

纵然四周一片黑暗，艾伦那的紫眸也是唯一的光。

"我不需要和你交易，我的事，我自己有数。"紫眸中的光暗淡下去，闪现出一抹危险的红色。

"终有一天，你会答应的。"第二人格在艾伦那的面前逐渐出现，"我的筹码足够多。"

艾伦那沉默了。良久，她才说："这是哪里，你究竟是谁？"

“现在的你，还没有资格知道。”

黑色褪去,艾伦那知道,“第二人格”没有得到她想要的东西。

但是，艾伦那也不得不面对她造成的结果。

“艾姐，你……”林沐碧绿色的眼睛中充满着不可思议。与她同在远处的任伊彭也是目瞪口呆，只有因听见爆炸声悠悠转醒的辽德予还是迷迷糊糊的。

艾伦那一动不动，心中思绪万千。

我是光暗系的;我是影陌、晨曦王女;我拥有着蝶葬技能;我是诅咒，灾星;我会为我的朋友家人带来不幸。

“额……那个，伦那的技能可能爆发性比较强，不过还是有分寸的。”不知何时，凯文亚已经跳到了艾伦那身旁，解释道。

艾伦那望向他，心中漾起一丝涟漪。

任伊彭望望脚下的平地道:“也是啊，其他的地方都被炸得坑坑洼洼的，就我们几个站立的地方还好好的……”

林沐也跟着望望脚下，却被吓得蹲了下来:“那，那我们怎么离开这里啊？”

这的确是一个问题，刚刚艾伦那的蝶葬用尽全力，导致地面被炸开了好几个大坑，坑底还有好几只还在吸血的蝴蝶。艾伦那都不敢保证其他人下去后会不会被它们吞了。他们站的地方就像是在大海中央的小岛，离岸边还差着十万八千里。

“搭桥。”艾伦那沉吟片刻道，“尽快离开这里。”

几个人很有默契地点点头，艾伦那唤来蝴蝶，加上身后凯文亚灌输到地面上的圣灵之力，很快就搭建好了一座轻巧而又坚固的金色蝴蝶桥。艾伦那轻轻一越,右脚单脚点在桥面上,双手平举，蝴蝶桥受力弯曲，随即轻轻松松地将艾伦那弹到了坑外。艾伦那身后的凯文亚待到桥稍微稳定下来，迅速地冲过了桥。此时已经接近凌晨，天空将醒未醒，初升的太阳虽然被森幻星高大的树木遮去了大半，却还是点亮了小半边天。艾伦那的面庞在晨曦中稍显柔和，额头上月星辰的标记越发明亮。

另一边，任伊彭、辽德予和林沐合力搭好了一个混合着土、木、火与电四种元素的“桥”，依次走过，走在最前面“开路”的是辽德予，紧接着是任伊彭，而林沐则慢慢地走在最后，双手紧紧地握着沐风法杖，一点一点地前进，很快就和前面两人拉开了距离。正当辽德予走到大约整座桥的一半的位置的时候，几道攻击打在了桥上，几个人影出现在了四周的灌木丛边。

艾伦那环顾四周，清点了一下人数。

露面的只有十几个人，廖小怡等人也在里面。

没死？艾伦那心中的愧疚与不安稍稍化解了一些，又警惕起来。

果不其然，一群人又开始了攻击，五花八门的招式从天而降，艾伦那等人立刻展开了各自的防护盾。桥上的三人立刻蹲了下来，一边抵御着外部的攻击，一边向前挪动，顺带着维护有些摇摇欲坠的桥梁。

坑边的艾伦那与凯文亚则一边防御一边找时机反攻。艾伦那刚撑开淡紫色的防护盾，右手便开始汇集能量，时机一到整个人腾空。

“黑夜！光明万赦！”

尽管光暗属性已经在队友的面前暴露了，但在外人面前，还是需要必要的遮掩。万千金黄色的攻击在黑夜的笼罩下变成了淡紫色，如同骤雨般落下，阻断了部分攻击。不过大部分的攻击都掉落在了坑中，把原本就不浅的几个坑砸得更深。

可光明万赦的攻击也是有限的，尽管艾伦那的攻击覆盖了大部分敌人可能潜伏的地方，却还是有人在如同暴风骤雨般的攻击下左突右闪，或是利用人肉护盾逃过一劫。艾伦那刚释放完技能落地，又有人发起了攻击。这一次反击的人轮到了凯文亚。

“光耀千丈！”凯文亚右手撑着防护盾，左手释放技能，瞬间轰晕了几个正准备偷袭艾伦那的人，然后把攻击对准了袭击桥梁的人。另一边艾伦那回手甩出了几个光暗破轮，却听见“咔嚓”一声。艾伦那回头一看，归雀剑不知何时被从影陌幽蝶上打落下来。她刚想把没有完全恢复的归雀剑，或是归雀收回来，却来不及了。归雀剑已经在半空中变成了归雀，火红的归雀立刻吸引了几个偷袭者的目光。几道的攻击立刻对准了它。归雀虽然还迷糊着，但还是躲了过去。于是这几道攻击便落在了这座临时的能量桥上，彻底打塌了它。

说时迟那时快，艾伦那双手向上一抬，同时汇聚暗影系能量，额头上月星辰的标志骤然亮起，犹如黑夜中的灯塔，坑底紫白色的蝴蝶纷纷扬扬地飞起，如同一片紫白色的云彩，轻轻松松地依次接住了落下的三人。

艾伦那双手逐渐靠拢，燃烧着法力，让蝴蝶拖着他们升上来，尽管看起来面色如常，汗水还是顺着她的面颊流了下来，整个人也在微微颤抖。见状，凯文亚一边为她撑起防护盾，一边朝着另外三人跌落的地方大喊:“辽德予，你们几个赶紧上来！”

出乎意料的是，凯文亚喊完后，坑底的三人并没有回应。

76

复仇之路

过了半分钟，任伊彭、林沐、辽德予三人，一点声音都没有。坑上两人都快怀疑他们是不是睡着了。艾伦那的法力都快彻底透支了还是没有回应，反而是蝴蝶们托着的重量却是越来越重。艾伦那立刻将法力撤出，凯文亚支撑着防护盾，两人三步并作两步，奔向了任伊彭等人跌落的大坑。坑内没有任伊彭他们，却出现了一个湖蓝色的法阵。仔细一看，同心圆中套着一个六芒星阵，散出阵阵慈和的光芒。

“师父的法阵。”凯文亚瞥了一眼，断言道，“他常说他是星之预言家，擅长操纵星辰的力量，这个法阵我见……”他还没说完，就被艾伦那拽了下去。

“废话。”艾伦那右手紧紧拽着凯文亚的衣袖，左手一把把归雀捞回来，强制将它变回归雀剑，沿着大坑的坡度一路向下冲了过去，以最快的速度进了法阵。

既然是奇布大法师的法阵，那就赶快进，说这么多闲话是等着追兵进法阵吗？

双脚触碰到法阵的一瞬间，两人就被吸入了一个蓝色的空间，紧接着是不断向下落的感觉，而身旁的星辰则不断地，飞快地向上飞去。自由落体了几分钟，二人在半空中一顿，像是被人托住一般，轻轻落地。艾伦那立刻松开还在拽着凯文亚衣袖的右手，像个没事人一般环顾四周。

“到悬崖了。”凯文亚拍拍身上不存在的灰土，转眼就看到了旁边盘腿坐在一块青石上的西格瑞特·奇布与他肩上的彗芒和昏迷着的另外三人，“师父？”

“来了？”西格瑞特·奇布缓缓地睁开双眼，在初升的太阳的照耀下，这双眼中充斥着疲惫，蓝点颏面具上的裂痕格外显眼。

“师父，有什么变动不能用彗芒来通知我们吗？我们的速度足够快。”凯文亚开门见山地说，“彗芒不是普通的信鸽，它……”还未说完，凯文亚和艾伦那就已经发现了异常。

雪白色的羽毛上，陈旧的血迹尚未清理完，彗芒的那两颗如同黑珍珠般的双目紧闭，橙红色的双爪不知何时折了一只。而只要将法力稍稍外放，就能发现彗芒体内的法力异常紊乱，似乎是被什么东西挤压过。

“奇布大法师，这是怎么回事？”艾伦那问。

西格瑞特·奇布微微摇了摇头，把染血的信纸递给了凯文亚：“不知，但它带来了一个不好的消息。”

凯文亚接过信纸，艾伦那靠了过来。两人匆匆一瞥，已经知道了事态的严重性。

“合并。”艾伦那紧盯着信纸，“最糟糕的情况。”

“妈妈的亲笔信……”凯文亚抬起头，“所以彗芒才会受到这么重的伤？”

“差不多。”蓝点颏面具掩盖了西格瑞特·奇布的表情，但艾伦那仍然能看到面具下的那双眼睛中的疲惫、担忧以及一丝诡异的平静。

“发生什么了……”喃喃自语般的声音自西格瑞特·奇布的身后响起，原来是任伊彭醒了过来，伸了伸懒腰，旁边的林沐也坐了起来，而辽德予早就一个鲤鱼打挺站了起来，满脸兴奋地窜到了凯文亚身旁，然而下一秒他脸上的兴奋就彻底凝固在了脸上。

“合并？没开玩笑吧……”还没说完,他就被任伊彭捂住了嘴。

“讲这么大声不怕被敌军发现吗？”

艾伦那心中无奈，面上依旧冷漠，道:“发现不发现其实已经差不多了，现在他们的目标转移到了天羽军上，速战速决。”

“那……怎么办呢？”林沐也走了过来，大家的目光不约而同地集中在了身为队长的凯文亚身上。

“我认为……敌军的重心还是在伦塔森身上。信上说他会在明晚登上原计划中的那个山崖，我们就按原计划执行，去那里埋伏。”

“嗯。”众人点点头，任伊彭兴奋地把手放在中央，示意其他人也跟着把手叠上去:“加油，加油！”

几个人相视一笑，以最快的速度奔向了山崖。

待到他们的身影远去，西格瑞特·奇布才缓缓地抬头望天，叹息道:“冥冥中命数已定，也许，这，就是你们的命运吧……”

“奇布？”彗芒微微睁眼，“怎么了？”

“没什么。”西格瑞特·奇布边说边站起，“他们的命运多舛已经注定，昨日的星象已经说明了一切。我不能为了这个而再次尝试改变未来。先去找花神那家伙帮忙解决眼下的困境吧，好歹是神中王，至少能救回她的女儿。”

艾伦那等人奔波了小半天，没有遭遇任何袭击。几人正找了一片空地歇息。辽德予靠在一棵大树下呼呼大睡，仔细一看，四周的土壤随着他的呼吸而受到一定的法力影响，微微蠕动着，似乎是在随时防备着，不过艾伦那可从未见过或听说过这种法力流动。由此可见，辽德予也可能有着不同一般的身份。

任伊彭费了半天劲，奔上了丛林中的一颗高约三十米的白桦树，紧接着双腿一蹬，依靠白桦树的韧性跳上了另一棵更为高大的树木，观察四周，以防不测。林沐则带着银月走进了附近的杂草丛中寻找食物与药草。艾伦那与凯文亚正好研究一下突发异常的归雀剑，或者说，归雀。

“现在仍然不能尝试解封吗？”凯文亚坐到艾伦那的身边，看着艾伦那手中的归雀剑。

“嗯。其实之前我就一直认为归雀身上有问题，她一直隐瞒着什么事。”

“所以……你在它的记忆中看到了什么？”

沉吟片刻，艾伦那道：“有点颠覆常识的事情。严格来说，紫色的那个法阵才是一开始我要进的那个，但是灰白色的那个很快就将它吸收了。”

“阵吞阵？那这力量的差距得有多大？人神之别？”

“我不敢完全确定，但大概差不了多远。关于影陌、晨曦两族的史书上记载了众神的等级划分，不过这一向是两族的禁忌。毕竟我们是‘神明的背弃者’，而我又失去了记忆，还是个预言中的诅咒。”艾伦那的脸上闪现出了一丝悲伤抑或无奈，随即消失，“不过，当我进入法阵后，迎面出现的是一个身材苗条，长发及地，身穿长裙，全身却是一片银白色——就像被洗去了所有颜色般的老照片中的人物似的。严格来说，我进入的领域或空间只有我一个人是有颜色的。”

“闻所未闻，从来没有听说过能够褪去颜色的领域或空间。”

“神域或者魔域，不然也没有别的解释了。”艾伦那无奈道。

所有的异象都能摊到这两群似乎名存实亡的人或神或魔身上，也难怪政府的各路言官们把什么事都推在上面。正事不干，祭祀搞了一大堆，冗官冗费先支出去不少。虽然神域与魔域真实存在，但是关于这方面的事情一直是个禁忌，且与言论一直很微妙的影陌晨曦两族牵扯过深，也难怪会被那些官员钻空子。

“我和这位自称历史之神的‘人’聊了聊，然后我就像上次看李梦宁一样，看到了归雀的记忆。”

“然后呢？”

“封印神器‘六魔王’。”

“‘六魔王’不是只存在于传说当中吗？”

艾伦那站起来，走到地面中央，用法力画了一个大圆，代表着法阵，大圆中还有两个六边形以及六个小圆，代表着诛魔、归雀两剑以及“六魔王”，演示道:“传说的真假性难辨，但出现在归雀的记忆中就是另一回事了。归雀她一直被作为归雀剑与诛魔剑协助封印着传言中来自魔域的六魔王，直到有人破坏了法阵并盗走了诛魔剑。”

“而归雀剑被师父偶然拾起，交给了你？”

“恐怕这个‘偶然’也要打个折扣。”艾伦那回过头道。

凯文亚神色一凛:“什么意思？”

“你老师——西格瑞特·奇布，还有我的师父——菲尘，都是法阵的守护者。十六年前，你我出生的那一年，法阵被毁。”

“看来，‘那些人’隐藏得够好啊！”凯文亚道。

“嗯。归雀的记忆我没有看全，不过还有一点可以肯定的是……”

艾伦那一挥手，法力又回到了她的身上：“诛魔已经被控制了，归雀却不肯承认这一点。而且我觉得，前面有更危险的东西在等着我们。”

“复仇之路，没那么好走。”

77

牺　牲

一路紧赶慢赶，五人终于在第二天傍晚时赶到了山崖。在夕阳的照耀下，凌霄花王似乎格外的孤傲、孤独、孤寂，缓缓落下的夕阳为万物镀上了一层由浅黄、橘黄、橘色组成的金边，仿佛要散发出最亮眼的光彩，然后沉入漫长的黑夜。

大片的金色洒在了山坡上，洒在了艾伦那一行人前行着的路上。尽管身边有着另外四人陪伴着，可艾伦那始终觉得，这是她一人踽踽前行着的复仇之路，那条原本看似没有终点的复仇之路。而现在，她就走在这条阴暗而有无边无际的路的尽头处，黎明，就在眼前。只要度过今天余下的漫漫长夜，明天的阳光就会照耀这里。

但是，万事并不总是这么绝对。

沿着凌霄花王为他们留下的小路，艾伦那他们很快就登到了悬崖顶。阳光洒在他们身上，尽管是夕阳，却依旧温暖。其他人都按计划分头找地方藏好，而艾伦那留在了原地，沉吟片刻道："伦塔森，出来吧，不必遮遮掩掩的。在凌霄花王的控制下，你，暴露无遗。"

"哼，果然是来为你父母报仇的。"伦塔森突然出现在了他们身后，他们刚刚走过的小径上。几个人立刻转身回头，凯文亚与辽德予作为防御站在最前排，紧接着便是艾伦那，任伊彭站在远处伺机而动，林沐则召唤出了银月，紧紧抓着沐风法杖，双手不住地颤抖，目光依然坚定。

艾伦那的目光越过凯文亚与辽德予，停在伦塔森的身上。伦塔森一头略微蓬起的棕黑色头发，一对血红色的眼眸露出了一丝桀骜不驯与狂傲。他身着黑色的斗篷，穿着灰黑色的铠甲，右手执一杆长枪，左手上隐隐显现出棕色、红色与黑色混合的能量。

艾伦那深吸一口气，额头上的月星辰亮起："伦塔森，我的祖父伦安突破祖制，不因为你是吟德星系的外来者而排挤你。即使你有可能是神域或者魔域派来的间谍，但他信任你，重用你，赐予你姓名，授予你兵权。你为何要起兵杀了他？我的母亲视你为亲弟弟，培养你，亲自教你枪法与兵法，你手上的那杆影龙枪，还是妈妈亲手取了龙腿骨磨制而成的枪杆，配上由黑曜石制成的枪尖而成。于情于理，你都没有理由背叛影魔族以及——吟德星系！"艾伦那熟读百遍的历史，终于派上了用场。

"背叛一人、一族、一星系，需要理由吗？"伦塔森摸了摸影龙枪的枪杆，"我本来就是来自魔域的人，来到这里的使命便是消灭魔域之主的眼中钉——吟德星系。"伦塔森突然从原地消失，闪到了艾伦那背后，声音猛地一沉，带着些许沙哑。

"历史学得不错，那你应该也知道，影陌晨曦作为神域的背叛者，背弃者，也是神域的眼中钉吧？所以，哪怕整个吟德星系与影陌晨曦碎成了齑粉，神域也只会隔岸观火而已。甚至，帮一把，让你们碎得更彻底一些。"伦塔森又闪回了原地，声音也恢复了正常，"不是要来打架吗？来啊，我的性命就在这里，就看你们有没有实力了。”

五人互相看了看，艾伦那微微一点头，林沐高举起沐风法杖：“沐风法杖联携，隐藏技能——如沐春风！”

凯文亚率先冲了上去：“光耀千丈！”

辽德予也不甘落后：“震天动地！”

任伊彭则绕到了伦塔森的背后，右手汇聚雷电的力量并甩了出去：“千雷引！”

银月也站在林沐身边展开了攻击：“狼之怒！”

艾伦那双手聚集暗影系的法力，双目变成了血红与深紫混合的，异常瑰丽的颜色：“蝶葬！”

五道攻击朝着伦塔森汇聚，伦塔森露出一个冷笑。

事实证明，五道攻击中，尽管大家都出了全力，并有着林沐的如沐春风的不等的攻击力加成，但蝶葬的威力依然是最为强大的，但这似乎并没有什么用。伦塔森左手一挥：“墨岩乱石盾！哼，有点本事。”他右手握紧枪杆，冷笑了一声。

“到我了。”

伦塔森右手执枪，向着五人刺去，五人一狼立刻闪开并包围了他。艾伦那双手一齐发力：“光暗破轮！”在如沐春风的加持下，这几道光暗破轮格外凶残，速度也更快。然而，伦塔森的速度更快，几个人几乎看不到他的影子。直到他再次回到原地，艾伦那才通过他身上的伤痕判断出来，尽管刚刚的一招艾伦那用了全力，却仅有四道攻击落在了伦塔森的身上！

众人心中警铃大作，而这时，伦塔森出手了。

“地·魔神之力！”

血红色与深褐色的能量逐渐在伦塔森身旁汇聚，逐渐缠上了他的身体，蔓延到了他的全身，直到外人再也看不到他的面容。

“伦塔森的修炼方向十分特别，攻守兼备，技能槽技能中必然有一个为辅助性技能，提高自身。这种方向被称为——攻辅。与之对应的是削弱对方的防御——防削。这两者都极其稀有，极少有人能找到修炼的诀窍。”凯文亚对着其他人小声道。

“伦塔森的辅助技能提高攻击与速度。”艾伦那道，“在我们来到这里之前，他已经使用过一次了。也就是说，他早就在这里等着我们了。”

螳螂捕蝉，黄雀在后。

“那我们马上打断他！”辽德予与银月同时开始聚力，凯文亚却摇了摇头。

“伦塔森既然有这个自信在我们面前用这一招，那么这一招必然是我们目前打断不了的。”

“光暗破轮。”艾伦那这次只用了七成力，果然，镰刀般的十八道光暗破轮被反射了回来。

“退远一点。”辽德予忽然道，“他的蓄力快要完成了。”

其余人点点头，艾伦那也没有感到异常，毕竟伦塔森是地·暗影系，辽德予是大地系，相互之间有所感应是十分正常的，但她还是漏了一个细节。

艾伦那是光暗系，如果辽德予的话成立，那么艾伦那与伦塔森理论上也有一定的感应，但为什么她却丝毫也没有感觉？

眼下几人没有想到这个，只是推开了五步左右。果然，中央的伦塔森突然大喝一声，身旁的能量突然炸了开来，碎屑砸到的地方正巧便是他们几个刚刚站立的地方。此时的伦塔森已经换了一副模样，他的身量至少暴涨了二十厘米，棕色的头发中掺杂着一些暗红，身上的盔甲也裂了开来，凌乱地披在身上，身后还拖拽着一条棕黑色的蝎尾。面上纵横着几道暗红色得如同划痕一般的伤痕，双目血红却没有神采，让人一看就可以断定他已经失控。

“魔蝎之爪！”伦塔森突然转身，朝着后方的林沐攻击。林沐似乎是被伦塔森的样子吓坏了，呆立在原地，闭上了双眼。

“狼王怒！”

“暗香疏影！蝶葬！”

“圣灵佑光盾！”

“千，千雷引！”

“震天动地！”

危机之中，艾伦那立即闪到了林沐前面，而凯文亚则把艾伦那护在身后，站在林沐身旁的银月冲到了最前面。反应稍慢的任伊彭与辽德予也赶紧在原地使用技能帮忙抵挡。五人一狼挡下了这道攻击。

伦塔森受到狼王怒和震天动地的共同影响，陷入了眩晕。几个人赶到林沐的身边，查看几个人的伤势。

银月因为站在最前，承受到的攻击最多，受伤最重，已经命悬一线。凯文亚受到魔蝎之爪地波及，倒在了艾伦那的怀中，两人直接被击打得坐在地上，凯文亚的嘴角还有些许丝血流出。

“我没事。”艾伦那摇摇头，转而担心起凯文亚，“文亚？”艾伦那就是这样，哪怕她有天大的事，也不会向其他人求助，只会自己默默地扛下来，还不忘关心他人。果然，其他人听到了艾伦那的话，转而关注起凯文亚与银月来。

林沐看到伤痕累累，不省人事的银月，一边哭一边为它治疗：“对不起……如果，如果不是我，你们，你们也不会受伤……”

任伊彭拍拍林沐的肩，道："别哭了林沐，要是我们，也会这样的……"

辽德予也神色凝重地点点头，趁着几个人的注意力集中在银月身上，艾伦那悄悄问凯文亚："文亚，你没事吧？"

"没……事。"凯文亚一开口，就咳出了口血。

艾伦那不禁抓紧了凯文亚的双肩，声音却极力维持着平时的冷静自若："胡说。"

"我真的没事，倒是你说没事才是胡说八道。"凯文亚扶着艾伦那，两人一起站了起来。

就在这时，艾伦那听到"咔嚓"一声。归雀再次突破了束缚。这次她没有迷糊，直接冲着伦塔森喷射出了数道火焰！速度之快，几个人无法阻止。只能任由这赤红色的火焰吞噬了伦塔森，同时销毁了凌霄花王的结界。几个人奔跑到凌霄花王贴着的悬崖。

"凌霄花王？"艾伦那神色凝重，注视着凌霄花王桔红色的花朵。

"我……没事，只是眼下无法再次使用结界了，好自……为止吧。"说完，凌霄花王的几朵花朵垂了下来，仿佛被抽光了力气。

艾伦那望着远方已经沉入森林之中的夕阳，回头看看升起的下弦月，暗自摇了摇头，收回了暴走的归雀。

"归雀怎么了？"林沐抱着银月问。

艾伦那摇摇头，突然睁大眼睛，望着伦塔森所在的地方，喊了出来："小心！"

"万重·无念魔神破！"又是伦塔森发动了攻击。

艾伦那望着奔涌而来的攻击，大脑空白了一瞬间，随即喊道："蝶葬！"

各种颜色的蝴蝶从艾伦那的身体涌出，但没有杀戮，没有血腥，有的只有艾伦那心中的守护。各色蝴蝶推开了其余人，让他们获得了宝贵的生机。各色蝴蝶留下了目光坚定的艾伦那，她亲手推开了所有的生机。

“艾姐！”是林沐。

“艾伦那！”是任伊彭与辽德予。

“伦那！”是凯文亚。

艾伦那回眸，嘴角上扬，眼角却滴下泪:“永别了。”

这一招下去，哪怕不能立刻取了艾伦那的性命，也会在半小时内引起反噬，彻底杀死她。

艾伦那没再使用任何招数，因为以她目前的实力，任何的技能都没有用了。

妈妈……看来，要重蹈妈妈的覆辙了……

棕黑色的攻击贯穿了艾伦那的身体，而她却感受不到任何痛苦，眼前的景象逐渐模糊起来。

一招过去，艾伦那已经无力站立，凯文亚以最快的速度奔了过来，其他人也跟了过来。

“伦那……”眼泪伴随着脸上的伤痕涌出的血液流了下来，腹部的伤口也再次流出了血，但凯文亚已经顾不了这么多了。他轻轻地把艾伦那抱住，咬着牙，心中的话语犹如惊涛骇浪，即将奔涌而出，却欲言又止。

“文亚。”艾伦那扶着凯文亚站了起来，凯文亚也后知后觉般茫然地站了起来。艾伦那虚弱地向着伦塔森走了几步，踉跄了一下，凯文亚立刻扶住了她。

艾伦那转头，露出了一个疲惫的微笑:“谢谢，不用。”

凯文亚却紧紧地抓着艾伦那的右胳膊，仿佛他一松手，艾伦那就要消失了一般。

艾伦那把头转了回来，自顾自地摇摇头，微笑却没从她伤痕累累的面庞上褪去。

“伦塔森，该结束了。”

伦塔森露出了一个轻蔑的笑：“那你也没有击杀我的本事。”

“那可不一定。”这次，艾伦那的笑容中显现出了自信与一丝轻蔑。

突然，艾伦那瞳孔中出现了一片孤傲疯狂的血红，替代了冷静自持的深紫。她身边突然涌现出了大片的紫色能量。奔涌着，向着艾伦那涌去，同时替艾伦那摆脱了凯文亚原本紧抓着她的胳膊的手。

“伦那……”凯文亚呆在原地。

艾伦那脸上的微笑收敛，转变为了冷漠：“该结束了。”

用黑暗，击毁黑暗。

“影陌·万魔熄灭！”

紫色的植物自地面上长出，不过与梦境中的水晶兰不同，这是一片辉煌的紫罗兰，每只花苞都含苞欲放。艾伦那双臂伸展，花朵围绕着她盛开，吐出了花中隐藏着都紫白色的蝴蝶。蝴蝶们先后升空，犹如一道紫色都瀑布，而艾伦那站在这瀑布的后面，操纵着蝴蝶与紫罗兰们。

爆炸。

半空中的蝴蝶与地面上的紫罗兰一齐炸开。一瞬间，天崩地裂。

狂傲的伦塔森一瞬间便被蝴蝶吞没过去，而艾伦那身后观看了全程的凯文亚等人却毫发无损。

爆炸与攻击结束，艾伦那仿佛像是再也支撑不住了般，倒了下来，幸而她背后的凯文亚稳稳地接住了她。

“伦那。”

艾伦那轻笑:“文亚。”

“拜托了，不要离开这个世界，不要离开天启战队，更不要离开我。”

艾伦那躺在凯文亚的怀中:“天下无不散之宴席，该结束的，结束了。”

“我是光暗系，是预言中的诅咒，消失了正好。”

这一句话，艾伦那说得很轻，很轻，只有凯文亚听清了。

刚说完，艾伦那的下肢便开始逐渐消失，散成了金黄色的能量。

凯文亚惊恐地抓住了艾伦那的双肩:“不要，不要，伦那，我还有话要对你说……”

“说吧，我在听。”艾伦那闭上了眼，她的身体仅剩下了胸膛以上的部分还在，其余部分已经全部变得半透明了。

“伦那，我，我真的……我……”

他还没说完，忽然身上一轻，艾伦那，彻底消失了。凯文亚的双臂并没有收回去，整个人已经呆立在了原地。直到这时，凯文亚才有勇气把剩下的话说完，却已经晚了，“我真的……喜欢你啊……”

可是，这句话，艾伦那已经听不到了。

凯文亚摊开右手，琉璃却没有出来。

真的走了，一点残魂也不给他剩下。

而此时的艾伦那飘飘荡荡，带着未能听完凯文亚的话的遗憾，不断地下坠，一时间不知身在何处。

直到触碰到了一片灰白色的陆地，她才睁开眼。

除了灰白，还是一片灰白。只有她一个人是有着颜色的。

突然，灰白之中走出一个人影。

与艾伦那一模一样的淡紫色长发，一样的马尾辫，一对金色的双眼饱含着深情，雍容，平静。她身着深紫色的长裙礼服，戴着月星晨形状的胸章，额头上那个影陌晨曦共同的标志——月星辰异常明亮。

“妈妈！”艾伦那热泪盈眶，扑在了伦利亚的怀中。

伦利亚笑了，眼中却有了眼泪：“宝贝，你来了。”

“嗯，这是……”

“冥界，或者你也可以叫它冥域。所有人来自这里，终将会回到这里。”说着，灰白色中又走出了几个人。

艾伦那从伦利亚的怀抱中走了出来，喃喃道：“爸爸艾希，爷爷艾延，奶奶宋芬，外公伦安，外婆英宁，姑姑艾天岚……团聚了，我们真的团聚了。”说着，她的眼泪又掉了下来，面上却是微笑。

所有人的额头上都有着月星晨的标记，真的，真的是她战死沙场的亲人们……

几位影陌晨曦的长辈们也唏嘘不已。

“是啊，孩子长大了……”这是有些秃顶驼背，穿着银色与金黄色交织的传统晨曦王礼服的爷爷艾延。

“可她也，唉……”这是高大挺立且严肃的，穿着和伦利亚一样的紫色的影魔王礼服的外公伦安。

“不管怎么说，我们都在一起了……”这是灰色头发中夹杂着一些白发的，穿着褐色礼服的奶奶宋芬。

“是啊……”这是拄着拐杖，有着一头湖蓝色头发与天蓝色眼睛，穿着海蓝色礼服的外婆英宁。

关于奶奶和外婆的故事，艾伦那查过资料，早已知晓：她们的出身都不是很好。奶奶的家世代都是平民百姓，受到奶奶的照拂宋氏才勉强算得上家族，却不过十几人罢了；外婆的祖上是奴隶，直到祖父辈才摆脱了奴隶的身份，成为正常公民，却也只是在生死边缘挣扎的贫民，外婆英宁嫁入晨曦族后本来应该享有荣誉的英家上上下下二百三十三人，为了镇压伦塔森的叛乱，除了外婆，尽数充军，据说一个人也没有剩下。

“可我还想教她用剑……”这是她那个嘟着嘴巴，手提轻剑，有着和英宁一样的湖蓝色头发，天蓝色眼睛，却不穿礼服，穿骑士装，喜好骑马用剑的姑姑艾天岚。艾天岚性格开朗，人缘据说不算坏，可她的死因一向成谜，无人解开，只知道她的尸体在云岚星被人发现，仅此而已。从未有人想过要彻查她的真正死因。

“有机会的，岚儿。”艾延道。

“有机会的。”伦安叹了口气，“等到冥儿一家来了之后，就真的团聚了。”

说着，伦安身上的礼服，礼服上的胸章，甚至紫发中的几根白发，一齐暗淡下去。

“外公？”艾伦那发现了这一细节。

“孩子，你应该还不知道冥域的规则吧？”伦利亚道，“来到这里的，除了统领者‘冥君’和其他神明，只有死者的魂魄能来到这里，魂魄上的颜色越明艳，表明它的执念越强。当魂魄上的颜色全部消散，化为一片灰白时，便会重新开始新的旅程。”

“那么外公……”

“你外公担心的，除了你，就只有霄儿了。”说着，伦利亚身上的颜色也淡下去。

艾伦那扫了一眼其他人，果然，所有人身上的颜色都有着不同程度的消散，以伦利亚和艾希最为严重。灰白色从下肢一直蔓延到了上肢，甚至额头上的金黄色的月星晨也开始消散了。

艾伦那无力改变现状，只得说：“妈妈，等等好吗？我还有一件事。”

伦利亚身上的颜色似乎回来了一些，问：“怎么了？”

艾天岚突然凑了过来，一双天蓝色的眼睛中充满着好奇：“是因为光耀皇族的那个小子吗？”

艾伦那的脸一下子就红了，一时间不知所措。

“天岚！”奶奶宋芬上一秒还满脸严肃，下一秒面容又柔和起来，“艾伦那，你姑姑经常胡说八道，可千万别当真。”

“没……”

“妈！”艾天岚抗议道，“我说的是实话，您不也看到了吗？”

“看到什么？”艾伦那问。

“哦，就是冥域中的人可以通过身上的颜色，也就是心中的执念，看见世间的景象罢了……天岚你，唉，越大越不懂事！”

艾伦那望望身上越发明艳的颜色，自言自语道：“我也可以吗？”

“当然可以了。”伦利亚不知何时又站在了她的身边，“你和他的事，我都知道了。”

艾伦那更加窘迫了，浅红色一直蔓延到了脖子，耳朵上也沾染上了些许羞红，深紫色的双眼还算镇定，只是不住地左右上下乱看罢了。当她看到微微含笑，还点了点头的艾希，艾伦那恨不得给自己一巴掌，拍进地里再也不出来算了。

可是比起窘迫，艾伦那更关心还在世间的队友们的情况。突然，她面前的灰白似乎是知晓了她的目的，展现出了世间的情况：

任伊彭、辽德予与林沐，还有林沐旁刚刚苏醒的银月都在自己疗伤，而凯文亚却呆在艾伦那消散的地方，并没有处理伤口。艾伦那心中一紧，身上的颜色愈发鲜艳。

“没事的，他们几个没事了，很快就能下山了，到时候有琴亦接应。”伦利亚道。

“我担心的不是这个。”艾伦那道，她的一双紫眸愈发深沉，额上的月星辰更加明亮，整个人不再像亡魂，而越来越像真正的人。

“伦塔森，没死。”

78

报复，命悬

与此同时，凯文亚等人也在悬崖上休息。

“喂，凯文亚，处理一下伤口吧，别在那里傻愣着……伊彭，你打我干什么？”辽德予嚷嚷着。

任伊彭扭过了头，不说话。辽德予只得从林沐的药箱中胡乱抓了几把绷带之类的东西丢给了凯文亚。凯文亚看了看，没动。辽德予翻了个白眼，便不去理凯文亚了。除凯文亚外的几个人依靠在被艾伦那的第五技能影陌·万魔熄灭炸出的、埋葬着伦塔森的土堆。突然，辽德予站了起来。

“不对。”

辽德予眉头紧皱着，耳朵似乎动了动，十分严肃。任伊彭与林沐也跟着站了起来，凯文亚也匆匆处理完伤口并走了过来。任伊彭走近辽德予，问：“怎么了？”

“土堆里有能量波动……大家快跑！”说着，辽德予就向着唯一的山坡奔去，几个人不明所以也跟了上去。突然，身后传来了巨大的爆炸声，土屑纷纷扬扬地散落，几个人回头一看，伦塔森破土而出，一行人的目光紧盯着他。只见伦塔森的模样又是一变：这次，他成了一只奇大无比的巨蝎，将坡道完全堵住。它全身黑棕色，表面上如同附着一层黑色的盔甲，刀枪不入，蝎尾顶部异常乌黑明亮，好似那顶部是这蝎子镶嵌上的一颗黑曜石，双目血红，凝望着余下的四人，却没有了动作，似乎是在隐忍着些什么。

“伦塔森……没死？”辽德予站在众人的最前面，准备施展防御。左后方的凯文亚则左手捂住了腹部的伤口，右手开始汇聚能量。

“艾姐的第五技能威力还不够吗？”林沐的双手颤抖着，紧紧地握着沐风法杖，不住地后退了几步，尽管她已经在最后面。

“伦塔森……可能被什么附身了。”任伊彭站在几个人的中间，右手汇聚着雷电与火焰的力量，随时准备出击。

“墨岩巨蝎。”沉默了许久的凯文亚忽然道，“来自魔域的‘六魔王’之一，大地属性。”

“可是六魔王不是在接近四百多年前就被奇布大法师与影魔族、晨曦族的先祖联手用上两把圣剑封印了吗？这个……”任伊彭又惊又恐，辽德予和林沐也朝着凯文亚看去，银月也被他的话转移了注意。

“喂，人类，你说的……”

“大约十七年之前，也就是我、伦那、任伊彭与辽德予出生的那年的最后一天，封印最弱的一天。”

“破了，封印破了。”辽德予喃喃道。

“那封印不是……”

林沐还没问完，就被凯文亚打断了：“老师守护了这个秘密十六年，为的是不让民众们陷入恐慌，至于这条消息，我是从彗芒口中得知的。”

“十六年以来，老师一直在追踪‘六魔王’与镇压用的另一把遗失了的圣剑的下落。”

“竟然是落到了‘那些人’手中。”凯文亚的目光微寒，紧盯着被墨岩巨蝎附身了的伦塔森，“老师说过，‘六魔王’作为来自魔域的附身类物种之一，不能独自伤人，必须附身于他人，吸收那人身上的负面的能量，可以为被附身的那人增添四个独特的被动技能……”

任伊彭突然激动地打断了凯文亚：“那么，失控的李梦宁，还有之前遇到的欧阳渊、臣可辰、纸鹤、廖小怡……”

“变种啊不对，同样来自魔域！”辽德予道，“‘六魔王’作为当年最强的附身物种，肯定不会用在他们身上！”

“‘那些人’还有更深的背景……”凯文亚道。这时，林沐的声音打断了众人的思路。

“小心！墨……墨岩巨蝎发动攻击了！”

说时迟，那时快，只见一道黑色的光束自蝎尾射了出来，众人立刻向着后方的两边散去，而巨蝎则冲了上来，紧接着猛然一跃，随着它的落地，四周凸起了数枚黑水晶般颜色的突刺。

“啊——”林沐躲闪稍迟，右胳膊被划出了一道伤痕。尽管伤痕只有一道，却从右手手背一直蔓延到右肩，流出了黑色的似乎是血的液体。几个人立刻赶到她的身边，林沐也立刻掏出了随身携带的绷带与药物，左手将沐风法杖放下，含着眼泪坐在原地疗伤。

可巨蝎趁着他们关注林沐的伤势，悄悄靠近了他们，发起了攻击。任伊彭感到了身后似乎有能量波动，回头一看：“小心！”

但已经晚了，巨大的、棕黑色的能量球在墨岩巨蝎头部斜上方汇聚，越来越大，直到爆炸！

“啊——”

另一边，艾伦那刚看到那个巨蝎，便不想再看下去了，转而问伦利亚：“妈妈，我能……回去吗？

我的队友们需要我。以现在这个六魔王之一的墨岩巨蝎的实力来看，他们必败无疑。想要打败它，必须集齐我们所有人的力量，加上归雀的力量，用影陌·万魔熄火集中攻击它的弱点，才有可能击败它，但即便如此，影陌·万魔熄灭是纯暗影系的技能，在它面前还有一定的削弱……”

“可你不在，归雀剑——或是圣剑，也在你身上。”伦利亚温柔地说，“这里是冥域，从来没有人找到出去的路，更别说回去了。”

“没有人出去，我就做第一个冲出去的人。”艾伦那道。

这时，沉默许久的艾希突然说话了：“伦那，我知道，但你要想好了，出去，就没有回头的机会了。”

艾伦那沉默不语了一会儿，鞠了个躬，道：“我想好了，爸爸。恕我不能在这里陪伴你们了。”

伦利亚微微一笑：“放心，冥君不会为难我们的。”

直到这时，艾希才露出了笑容，在虚空中比划着道：“冥界外共有六道关卡，但不同的方向关卡数目不同，我只知道，就在你身后的那个方向，只有其中的四道。一直向前走，过关斩将，就可以冲出冥域。”

艾伦那微微低头垂眸：“我知道了，谢谢爸爸。”

突然，所有人都出现到了她的身前，颜色相较之前，已经明亮了许多。外公立在远处，面露微笑，微微地点了点头。外婆的一对天蓝色眼睛含着笑，也含着泪。奶奶笑得很开心，似乎每条皱纹都含着笑，她一边笑，一边用手拍了拍姑姑，道："天岚啊，赶紧的。"姑姑艾天岚却故意翻着白眼来掩盖着即将夺眶而出的眼泪，与红红的鼻尖，嘟着嘴道说着什么"祝侄女早生贵子"什么乱七八糟的，搞得外婆宋芬又气又笑，眼睛中也镀上了一层晶莹。艾伦那原本就因落泪微而红的眼眶又落下泪来。爷爷也摸着白须点点头，一边点头，一边轻轻地叹息，吟着送别的诗句。

在这些亲人中，伦利亚与艾希站在最中间，身上的颜色格外得耀眼。艾希早已轻轻搂住伦利亚，似乎悄悄地说了些什么，但见伦利亚用手背擦了擦眼泪，献上了所有人的祝福。

"跑吧，艾伦那，义无反顾地，向着正确的方向跑吧，我们会等着你的。"

听到这里，她再次落下泪："我会的，我会冲出这里的。"

说完，她立刻转身回头，眼泪随之滚滚落下，并向前疯狂地奔跑了起来，蝶翼的光芒时隐时现。她跑得那么快，仿佛只要在看他们一眼，再跑慢一点，她就会舍不得离开一般。

可是还没跑多远，她的前面就出现了一个纯白色的人影，把她被拦住。

第一道关卡，艾伦那心想。

只不过，那个白色人影的话，实在出乎意料。他说："我是冥君。"

79

救赎与交锋

艾伦那想到过第一道关卡会很快来临，但从未想过会这么快。仿佛她只要一回头，就还能看见她的亲人们。她终究没有回头眺望，而是停在了原地，目光投向了灰白色的远方，平静而淡漠。

“任何灵魂不得擅自离开冥域。”声音慵懒而疲惫，似乎这句话他已经重复了无数次，懒得再去说了。白色的人影，或是冥君，逐渐出现了人形，却看不清面部，只能看见他有着似乎是银色的短发并穿着一身亮银色的礼服（也有可能只是因为冥域的环境导致艾伦那看到的是亮银色），身量似乎要比艾伦那高一些，身后有着四对灰色的翅膀，一只手似乎插在了礼服的口袋里，另一只手则随意地搭在外面。艾伦那所能看清的也仅此而已，毕竟通过他身上的八只翅膀艾伦那就能判断出他是一个神，真正的神明，神明系。不是凯文亚所属的光耀皇室那种半吊子神明——神灵所能比的。

尽管如此，艾伦那还是说:“我需要。”

刚说完这句话，她就感到全身一僵，竟是半点也动弹不得，随即连声音也发不出来了，脖子就像被一双有力的大手紧紧掐住了一半。虽然以艾伦那的能力尚能保持表面上的淡定，但细看就会发现她面上青筋微微凸起，呼吸也变得有些急促。

冥君绕着艾伦那走了几圈，似乎摇了摇头，叹了口气。

“连第一关也迈不过去。”

见艾伦那没有回答，他继续说:“凡人，总是有各种各样要回到现实的理由。可惜现实中有太多的挫折与磨难，实际上远逊于存在着他们的亲人，温暖安全的冥域。与其回去，还不如乖乖地重入轮回。就算冥域所有的亡魂都想要出去，也一定会第一时间折返，因为这一道关卡就是专门加强他们的这种认知的。你的执念倒是强，但也不过刚巧两方制衡而已罢了，只要再过五分钟……”

就在这时，他听见轻微的“咔嚓”一声，似乎是玻璃碎裂的声音，随即这道看似透明的屏障碎了一地，露出了后面的风景。尽管仍是灰白一片，却大有不同。

四周灰白的一片中，隐隐闪现出一丝金色，如果不是其余的部分仍然是灰白色的，艾伦那就可以有着十成的把握判断出，这所谓的第一道关，只是一座宫殿一道可以制造幻境并可以加强人心中各种欲望的门。现在，她只能看到眼前灰白略带着金色的路。

“对我而言，绝对是不存在的。只要我想要出去，我相信我可以做到。”

说完，艾伦那以最快的速度奔跑起来且用上了很久没用过的蝶翼实体化——蝶之翼，迅速地将留在原地捡拾碎片的冥君甩开。

她没有看到，捡拾碎片的冥君露出了一丝微笑。

“尽管有些人通过特殊的手段越过第一道关卡，还没有人冲破过第二道关卡。”刚说完，他便叹了口气。

“果然是你，蝶儿。被‘背弃者’影陌族与晨曦族镇压了这么久，有三百多年了吧。你在晨曦族的血脉中流淌，最终通过这个小女孩（好像是叫艾伦那吧）回到这里。你是不是还遵守着那段戏言，谎称自己是所谓的‘第二人格’？只不过这个艾伦那确实是天赋异禀，第一道关卡还从未有人把它摔得这么碎，回头我还得叫神域的那些人来修。”

“可惜了，第二道就没这么简单了。”

艾伦那只顾着以最快的速度向前奔跑，却没能听见冥君的叹息。

突然，她的身体猛然向下一沉，像是陷入了一片沼泽之中，没有一丝浮力。低头一看，身边不知何时变成了黑黝黝的一片，望不到尽头。抬头一看，天空仍然是灰白带着金色的一片，冥君不知何时飞到了她的上空。

“掉进游泳池里了。”说完，似乎有什么东西死死地抓住了艾伦那的脚踝，似乎抓出了血，将她向着无边的深渊拖去。艾伦那没有吭声，只是咬着牙挥舞着手臂，想从泥沼里出去。却又有什么东西，黏黏的，滑溜溜的，抓住了她。她低头一看，黑色的沼泽中伸出了一只灰白色的手或手骨，抓破了她的双臂，流出了鲜红的血液,令那几只手发出了“咔擦咔擦”的声音,似乎是在狂笑。

“这是……什么东西？”

她听见冥君似乎冷笑了一声，飞了下来:“‘现实中那些罪恶滔天的人，都会落入地狱。’这难道不是那些古老的童话所说的？没错，这就是地狱葬，刚刚你破开的只是折返葬。只不过折返葬只会把人送回去，而地狱葬则会把你吞噬。”

说完，又有几支白骨攀上了艾伦那的身体，将她压入了黑色的泥沼中。

刚进去，艾伦那呛了口恶臭的泥水，随即一个可怕的念头涌进了她的脑海。

光暗……毁灭……

如果我回去，是不是也会是那些“罪恶滔天，遗臭万年”之人呢？

随着这个念头的出现，艾伦那逐渐停止了挣扎，慢慢地下坠，下坠……

但就在艾伦那要落入无边的深渊时，另一个念头强占进了她的大脑。

不是的！真正的罪人，是伦塔森，是“那些人”，是那些只为一己私利，荼毒世间万物之人！

诅咒又如何，只要用在正道，它就不是诅咒，是祝福！是上天的赐福！

天启战队的伙伴们相信我，我的家人们相信我，文亚也相信我，更重要的是，我相信我自己！

只要这股相信还在，我就一定能冲破这道关卡！

点点金色与紫色泛出，随即照亮了她的四周。借助蝶之翼的加持，她向上不断地冲刺，冲刺，身旁的亮光越来越明亮，直到……

艾伦那从泥沼中冲了出来，与此同时，她的右手汇聚能量。

“蝶葬！”

泥沼中的尸骨与黑暗都被炸了出来，周围的颜色又恢复了一些。可以看得出，她这是在宫殿外的围绕着水池旁，而折返葬正好对着“水池”的中央。

艾伦那心道，还真是游泳池，早知道就用蝶翼直接飞过去了。

吐槽归吐槽，艾伦那只是在半空中微微一顿，就借助着蝶之翼向前冲去。与此同时，冥君在空中做了一个手势，来了一个银色的亲卫兵："冥君。"

"调用冥域的前后军队，前往竞技场。有好戏看了。"冥君的两只手都插进了口袋，微微昂起头。

"是。"

尽管刚刚冥君语气中充满了不屑，但他还是在亲卫兵退下后迅速地向着下一道关卡冲了过去。八只羽翼凌乱地拍打着，全身也紧绷着，似乎有什么大事将会发生。

而那个刚刚退下的卫兵则录下了冥君冲过去的身影，先发布了冥君的命令，然后把录像悄悄地用手腕上的金色手镯发送给了某个人，还附上了几句话。

"主君，刚刚有人破了冥界自创始以来从未破过的'地狱葬'。"

"那个人来自影陌族与晨曦族，是两族的混血。身上还有杀戮之神兼蝶神——葬蝶的……"

突然，那人说话的声音一顿，一柄剑刃雪白的短剑刺穿了他的胸口，但他及时地按下了发送键。亲卫兵身后的冥君抽回短剑，那个亲卫兵就倒了下来，临死前还不忘说："主君万岁……"

冥君擦了擦沾血的短剑，取下了那个金色的手镯，意外地发现这个双向通讯器没有随着被取下而自动报废，于是点按了几个按钮，用最随意的语气道："十六弟啊，不对，主君，地狱葬这个破池子成功报废了，还有折返葬，冥域的人力物力都不够修。"

说完，他随即丢弃了终于报废了的镯子，面色阴沉下来。

"冥域本来就没钱，十六弟也真是够抠门的。自然，还有蝶儿以及……"冥君叹了口气，望着无穷无尽的灰白，展开了四对灰色的翅膀，向着灰色的、破败的竞技场飞去，"看来，当年那事对他的影响可真够深啊……”

冥域的一个因为几百年之前某几个神打了一架而彻底报废，于是成了关卡的竞技场。

艾伦那站在竞技场大门外，蝶之翼早已收敛。她摊开了右掌，几只紫白相间的蝴蝶飞了出来。

“万蝶群飞，百花齐放，神之所赐，蝶心化眼！”

万千蝴蝶自她的右手之中冒出，如同一道又一道的海浪，拍向了竞技场。

“侦查。”艾伦那轻轻地吐出了两个字，蝴蝶们立刻收到了指令，消失在竞技场中。随即艾伦那就走进了这个看似摇摇欲坠的竞技场，它的门口歪斜地展示着显然是新挂上去的门牌，这正是第三道关卡。

走过阴暗的长廊，就进入了竞技场中央，与此同时，整个竞技场的内部情况她也了解得七七八八。

现在，她知道，只要一直向前走，穿过这个尸骸遍地的竞技台，无需再穿过长廊，就可以抵达下一道关卡。

“回。”蝴蝶们第一时间返回到了她的身旁融入了她的身体。

很可惜的是，冥君并不会就这么放过她。

果然，不出一分钟，排山倒海似的，穿着深灰色的盔甲的士兵们包围了她。

艾伦那深吸了一口气。开始了，真正的较量，交锋！

80

承　诺

“墨岩巨蝎……书上说，外壳似墨，身体坚硬如岩……斯——体型巨大，蛮狠，如蝎。”任伊彭一边咬着牙在一边处理着伤口，一边背，情不自禁地想到：要是擅长历史的艾伦那还……活着就好了。一边想，她险些又掉下泪来。咬牙忍了半天，她才把眼泪同哭声咽了下去。

“那么它的弱点是什么啊？”辽德予一边展开护盾，一边回头大声地问。

“啊——真把我当百科全书啊？历史老师也没你考得多！”任伊彭翻了个白眼。突然，她看到了墨岩巨蝎伸出的巨钳就要向着辽德予建立的盾牌砸去，立刻把手上的药物一丢，冲了过去：“德予小心！千雷引！”任伊彭一边跑，一边聚集雷电的能量并甩了出去。雷电打在了墨岩巨蝎的身上，可是却没有什么用，反而让它转移了注意，巨钳交错，就要发动招式，辽德予赶紧三步并作两步，下意识地抱住呆立着地任伊彭，顺势扑出了两三米倒在地上，恰好躲过了攻击。

不过现在产生了一个十分尴尬的局面。

被压在下面的任伊彭：“……”

压着任伊彭的辽德予："……"

懵住了的林沐和银月："……"

两人沉默了一会儿，最终还是辽德予打破了沉默："额……"

不过两位的沉默与被打破的沉默也就到此为止了。没错，墨岩巨蝎又开始攻击了。见状，凯文亚抢先一步，挡在二人面前："圣灵佑光盾！"

两人这才反应过来，立刻爬起来撤走，凯文亚才撤去法力，闪到一边。

"墨岩巨蝎的弱点是它的背部，绕到后面攻击。"还是凯文亚，补上了刚刚的问题。

"你怎么知道的？"辽德予跑到墨岩巨蝎面前，任伊彭则与林沐、银月绕到了后面。

"被强制补课补多了不就记得了……"凯文亚小声地说，目光有些迷离，似乎是想到了什么。他随即又集中精力，全力抵御墨岩巨蝎的攻击。

"蝶葬。"

万千蝴蝶遮天蔽日般，笼罩了前来围攻的冥兵们。与此同时，艾伦那闭上了眼。

终究还是不愿见到杀戮。

再度张开眼时，地面上已经多了不少冥兵，他们穿着银色的盔甲，面容如同冥君一般无法看清，背后仅有一对灰色的翅膀，手上的武器各异，但现在的姿势却是异常一致——倒在血泊之中，了无生气。其他的冥兵仍然包围着她，但人数已经锐减了大概三分之一。除了倒下的，还有一些只怕是被刚刚的一幕吓跑了。

"杀戮的感觉……"恍惚间，艾伦那似乎再次置身于那个紫色的空间之中，又似乎还在原地。

第二人格，你……

“蝶神与杀戮之神，神域第一个拥有两个神位的‘神明’，出身魔域却为了一个负心汉而自愿‘弃暗投明’的魔域人，被影魔族与晨曦族联手葬蝶。”

“反正你也记不得多少，干脆一起告诉你罢了。”

你觉得我想听你的长篇大论吗？

“额……”葬蝶轻笑了一声，似乎带着嘲讽，“剩下的士兵就全部由你解决吧，不过我可不想这之中第一个死去的凡人是你。”

“毕竟还有不少利用价值。”这句话轻飘如烟，可就在话音戛然而止的那一刻，艾伦那突然感到背后一凉，喉头发甜，鲜血涌出嘴角。

冥君动手了，尽管他还是悠闲地站在那里，但艾伦那明显感觉到，这里已经被他的领域笼罩了。

“不许作弊哦。”冥君站在艾伦那对面的墙上的那个观景台之上，悠闲得甚至哼起了小曲。

艾伦那一边全身警戒着，一边暗自思忖：这个领域恰巧压制住的是葬蝶的力量而保留了我本身的实力，会不会是巧合？

不管了，无论如何，一定要从这里出去！

“影陌·万魔熄灭！”

虽然已经负伤，艾伦那仍然勉力发动了这个技能，可是这还不及刚刚那招有葬蝶的威力。

暗影系的影陌·万魔熄灭竟然被他们弱化了，看来这些冥兵的属性克制暗影系。可惜我没有别的更强大的招式了。

在艾伦那的注视下，漫天冥兵就像漫天柳絮，又恰如扑火的飞蛾，无穷无尽……

“呼呼……”现实之中的凯文亚等人也不好过，仅凭他们现在的防御力，加上林沐的辅助，也只不过勉强挡下墨岩巨蝎的每一次攻击罢了。虽然之前的战略有效，但真正能对墨岩巨蝎发挥了多大作用，他们心里没底。

豆大的汗水不断地从他们的脸颊滑落，浸入泥土。

已经过去多久了？一刻钟？半小时？一小时？两小时？明明伦那牺牲的那一幕就在眼前，明明她那回眸一笑就在眼前，可这一切已经成为了虚幻。“不，不行了……”

凯文亚等人回头一看，林沐一只手紧握着，用沐风法杖撑地，但却抵挡不住浑身的颤抖，以及另一只手的能量汇聚。

“百花……媚放！”

是林沐的那个同时可以恢复法力和体力的技能！荒凉的山坡之中，姹紫嫣红的百花一齐开放，一时间犹如处在人间天堂，而不是刚刚宛如炼狱般的战斗之中。

百花媚放，点点黄绿色的光融入了几人的身体之中。任伊彭感到浑身上下再次充满了能量，她晃晃脑袋，粗大的麻花辫随着她一起晃动，紧接着任伊彭就以迅雷之势冲向了墨岩巨蝎的后方。

“连天火雨！”

成百上千的火球纷纷落下，与此同时，银月也跑了出来。

“疾风之爪！狼王怒！”银月的技能合成了！

“狼王疾风爪！”银月向着墨岩巨蝎扑去，前爪抓向了墨岩巨蝎的后腿，狠狠地刺入。

可惜这样狠戾的攻击对于墨岩巨蝎的效果并不是很大，毕竟之前的狼王怒只有十级，疾风之爪也就五级。合成后的狼王疾风爪技能听起来高大上，却只有十二级。

只见墨岩巨蝎迅速转过身，血红色的双眼凝视着众人。

下一刻，地裂山崩。

“开启防护罩！”

激战已经持续了两个多小时，灰白色的冥兵仍不见少，反而越来越多。而冥君则直接坐在了观景台的护栏上，冷笑中透出高傲。

“为什么回去？”

这个问题冥君已经问了无数遍，艾伦那心中自有答案。冥君的提问次数越多，这答案就越来越像玉石般清澈透亮。

为什么？因为她知道，她的队友们正在人间与那个丑陋的恶魔战斗，他们需要她。

想到这里，艾伦那心中一痛，右手召唤出归雀剑，归雀剑化作归雀，朝着冥兵喷射火焰。

“圣光琉璃碎！”

第二个，第五技能！冥君惊得差点跌下来。

从未有过这样的情况！

只见耀眼的光芒自艾伦那的身体中迸发而出，照亮了所有的黑暗，所有的不公邪恶，而艾伦那犹如涅槃重生。她，才是一切光芒的来源。

圣光琉璃碎，世上最为强大的光系技能之一。

这世上，有一种强大的力量，神明。但，也有更加强大的力量，远超神明。

比如信念，又比如爱。

光芒散去，尸横遍野，现场被夷为平地。

冥君遥望着艾伦那渐渐消失的身影，右手一挥。

“追。”

“冥君，这……”传令的冥兵迟疑了一下。

“拦是拦不住了，但我有一个问题。”

随着敌方的覆灭，眼前景象的颜色愈来愈明显，比如眼前的最后一道关卡。

灰白色的假象下，夜影葬整体仿佛由黑水晶制成，衬托出了眼前那片光芒的明亮。那是冥域与现世的交界处。艾伦那匆匆跑过黑色的水晶长廊，只顾着眼前的光芒，沿途的水晶折射出了她的身影，她也没有太注意，直到一块水晶碑吸引了她的目光。

水晶碑上刻着三个血红色的字——夜影葬。三个字的上面，刻着一个灰色的六角星。

这大概就是冥域的标志了，艾伦那心道，前面不远处有光亮，大概就是出口了。只要出了这里……

“凡人。”冥君的声音猝不及防地响起。

艾伦那没有回头，问:“什么事？”

冥君深深地吸了口气，说:“附着在你身上的是子蝶，或者说，葬蝶吗？”

艾伦那听得出来，冥君心中波澜起伏，却仍然保留着一丝为神的高傲。

“是。她告诉我了。”说完，艾伦那回手丢出了几道光暗破轮，阻断了追兵和呆立在半空中的冥君。艾伦那继续向前奔去，如果没有任何阻拦，她将进入那片希望的光芒，直到她听见冥君犹如忏悔般的、喃喃的声音。

“凡人……现在不要说，等到将来某个合适的时机，再告诉蝶儿，也就是葬蝶……我在等她。”

艾伦那暗自点了点头，踏入了那片光。很快，她就看见了墨岩巨蝎，看见了她疲惫的队友，看见了他。

“文亚，我回来了。”

身后的光芒出现时，凯文亚还不太在意，直到那一声轻唤，他才后知后觉般转过身。他看见了奇迹，艾伦那就像神明一般，散发着光芒，就站在他们所有人的身后。光芒褪去，艾伦那完好无损地站在那里。

凯文亚笑了，嘴角微弯，眼泪却止不住地流了下来。与此同时，其他人也转过身。

“我回来了。”艾伦那微笑着，眼睛中含着泪，“我们一起，诛灭伦塔森，或者墨岩巨蝎吧。”

“嗯！”

几个人又恢复了原来的队形。辽德予和凯文亚站在最前防御，艾伦那站在中间主攻，任伊彭站在侧翼接着攻击，林沐与银月站在最后负责辅助。

“大家请听我指挥，一会儿大家将力量聚集在归雀剑，攻击墨岩巨蝎的致命弱点——腹部。”

辽德予愣了一会儿，说：“那凯文亚你说的弱点……”

“什么弱点？”艾伦那问。

凯文亚捂脸：“我说的，它的背部是弱点。”

艾伦那叹了口气：“没错，但那不是致命弱点。回去可以抄历史书了。等等，任伊彭你……”

虽然艾伦那以最平静的语气说出，可是她还是看到了任伊彭与辽德予一脸吃瓜的表情，还不停地眨眼的。

艾伦那说:“先把它打趴下……”

凯文亚还是捂着脸，但点了点头。

用圣光琉璃碎代替影陌·万魔熄灭要好得多，艾伦那心想，击杀它我十拿九稳。

“圣光琉璃碎！”艾伦那全身再次迸发出耀眼的光芒，只不过这次她集中能量，面向着墨岩巨蝎轰去。墨岩巨蝎也不甘示弱，它双钳拍地，激起了一道集结了黑暗与大地的能量的盾牌。可惜这在耀眼的白光面前不堪一击。在白色的光芒的照耀下，艾伦那的眼睛也显得发白发亮，变得清澈。

在圣光琉璃碎的强势攻击下，盾牌碎裂。虽然这一击不足致命，但有效地让墨岩巨蝎露出了致命弱点——黑褐色的腹部。毕竟光克制暗影，而伦塔森，或是墨岩巨蝎则是大地·暗影系。

“归雀。”归雀剑应声而出，飘在空中，剑锋对着墨岩巨蝎露出的腹部。

“光，暗。”艾伦那轻声道，握住了剑柄。

突然，有人拍到了她的右肩，艾伦那转头，是凯文亚。他脸上尚有泪痕未干，却向她露出了真诚的笑容。

“神灵。”

是任伊彭猛地一拍她的后背，而她身后则是辽德予。

“雷电·火焰！”

“大地！”

林沐则握住了艾伦那的右手,银月也按了个爪子到她的脚上。

“万……万灵。”

“万灵·战斗。”

“谢谢。”艾伦那回以其他人一个如春风般的微笑。

回首，艾伦那的笑容微敛，道："该结束了。"

她右手紧握归雀剑，刺向了墨岩巨蝎！

一击毙命！

墨岩巨蝎被归雀剑捅穿，倒在了地上。艾伦那松了口气，叹道："终于结束了。"

正当艾伦那回头，微笑着与队友们庆祝胜利的时候，她的身形一顿。不仅是艾伦那，其他人也诧异地看到了艾伦那的身形在一点点地消失，下半身甚至已经半透明了。

"伦那……"

艾伦那听到了凯文亚的呼唤与一句低语，露出微笑吗，说："我会回来的，这是我的承诺。"

冥君言而有信，大概……不会错。

凯文亚冲了过去，却扑了个空，他悲痛大喊："伦那……"

留给他的只有金色的点点碎片，微风吹过，随风飘散。

81

尾　声

璀璨群星，寂寞无声，星辰默默地照亮了大地。

三百多年前，在这个悬崖之上，曾有一位预言家为亡妻落泪——这是他恶补历史学到的。而此刻，他就坐在悬崖处，坐在三个月之前他们与墨岩巨蝎激战过的地方，等一个未归人。

夜色越来越浓，渐渐地，星星愈来愈多，挂满了夜空，照亮了天空，也照亮了他的面庞。

他已经等了许久。

从战斗结束到现在，从三个月前到现在，从黄昏到现在，很久了吧。山崖下有几间小屋，是他的队友们在着三个月中建的，他们暂时居住的地方。屋中原先还有些光亮，而现在，悬崖下一片寂静。没有声音，没有光。

静寂、黑暗、疲乏，但他依然向着前方望去，坚信她一定会回来。

“等了她很久了吗？”苍老的声音在他背后响起。是老师。

“嗯。”

老师没有应答，走了。

仿佛又过了一个漫长而又冰冷的世纪，就在他即将带着他那颗坚定而又痛苦的心陷入沉睡时。

他看到了一阵并不耀眼却万分温暖的光芒，来自他的背后。

他笑了。

他转过身，将早已冻得有些麻木的双腿放在地面上，趺趺撞撞地向着光跑了过去。

光芒散去，她看见了他。

他不由自主地停在了她面前，这近在咫尺的面庞突然有些虚幻。

他先伸出手，紧紧地握住了她的。心中有着千言万语，只剩下两个字："伦那。"

相视一笑，这就够了。

可艾伦那接下来的话却让凯文亚如坠冰窟。

她说："你是谁？"

…… ……